Best Time

白 马 时 光

不能说的名字

〔英〕克里斯·克里夫　著

李睿　译

The Other Hand

百花洲文艺出版社
BAIHUAZHOU LITERATURE AND ART PRESS

图书在版编目（CIP）数据

不能说的名字 /（英）克里斯·克里夫著；李睿译
. — 南昌：百花洲文艺出版社，2019.11
ISBN 978-7-5500-3410-5

Ⅰ.①不… Ⅱ.①克… ②李… Ⅲ.①长篇小说－英
国－现代 Ⅳ.① I561.45

中国版本图书馆 CIP 数据核字（2019）第 211719 号

江西省版权局著作权合同登记号：14-2019-0163
THE OTHER HAND By Chris Cleave
Copyright © Chris Cleave 2008
This edition arranged with Rogers, Coleridge & White Ltd.
Through BIG APPLE AGENCY, INC., LABUAN, MALAYSIA.
Simplified Chinese edition copyright © 2019 Beijing White Horse Time Culture
Development Co.Ltd.
All rights reserved.

不能说的名字 BUNENG SHUO DE MINGZI
〔英〕克里斯·克里夫 著 李睿 译

出 品 人	李国靖
特约监制	王 瑜
责任编辑	刘 云 兰 瑶
特约策划	王云婷
特约编辑	王云婷
封面设计	林 丽
版式设计	赵梦菲
封面绘图	金书玙
出版发行	百花洲文艺出版社
社 址	南昌市红谷滩世贸路 898 号博能中心Ⅰ期 A 座 20 楼
邮 编	330038
经 销	全国新华书店
印 刷	三河市兴博印务有限公司
开 本	880mm × 1230mm 1/32
印 张	8.5
字 数	210 千字
版 次	2019 年 11 月第 1 版第 1 次印刷
书 号	ISBN 978-7-5500-3410-5
定 价	42.00 元

赣版权登字：05-2019-258
版权所有，侵权必究
发行电话 0791-86895108　　网 址 http://www.bhzwy.com
图书若有印装错误，影响阅读，可向承印厂联系调换。

目 录
contents

为逃离迫害和冲突的人们提供安全的庇护之所
是英国引以为傲的传统。

——《英国的生活：公民身份之旅》

（英国内政部，2005 年）

离开移民羁押中心

我是个非洲姑娘,但多数情况下,我更愿意变成一枚一英镑硬币。那样,人人都乐意见着我。也许周末的时候,我还伴在你身旁,但突然之间,我就跑到了街角商店老板的口袋中。谁叫我善变呢?不过,你也不会放在心上,因为你已经在享用肉桂面包,或者痛饮冰爽的罐装可口可乐了。你和我都很快活,像一对在度假时萍水相逢的情侣,假期一结束,我们就相忘于江湖。

这一英镑硬币能去任何它认为安全的地方。它可以横跨沙漠,穿越大海,远离枪林弹雨的喧嚣,远离被战火引燃的茅草屋。只待它感到温暖和安全,便会回过身来对你微微一笑,就像那年夏天,姐姐妮可茹卡对村里男性展露的微笑一样。那是个短暂的夏天,姐姐正处在从女孩蜕变成女人的过渡期。就在那晚天黑前,母亲把姐姐叫到一个僻静的地方,好好把她训斥了一通。

当然，一英镑硬币也可以严肃起来。它可以把自己伪装成权力和财富的象征，不过如果你是个没钱没势的姑娘，那就没什么好说的了。你必须追上那枚硬币，把它揣进口袋里，这样它就不能独自逃到安全的国度里去，除非把你也一起带走。别小瞧一英镑硬币，它可是和足球运动员一样狡黠。我见过它在被人追赶时，竟能像蜥蜴一样断尾以求自保，后面的人只能捞着一便士而已。而当你真正将其握在手里，英镑又将展现无穷的魔力，摇身一变，化成两张一模一样的绿色美钞。说真的，到最后你只能扑个空。

我多希望自己能变成一枚一英镑硬币！硬币可以无拘无束地跑到任何安全的地方去，而我们只能在后面眼巴巴地看着。这就是所谓的全球化，人类引以为豪的胜利果实。像我这样的姑娘不能随便移民，但硬币却可以在海关闸门自由进出，避开那些着装统一大块头男子的盘问，纵身一跃，跳进机场门口排队等客的出租车里。"先生，您去哪里？"哦，伙计，这是西方礼节，你可得快点回话。

来看看一英镑硬币是怎么说一口漂亮话的！它象征着英国伊丽莎白二世女王，硬币上印刻着女王的头像，有的时候我看得太入迷，恍惚间还能看见女王翕动的嘴唇。我赶忙举起硬币，贴近耳朵，仔细地听起来，女王在说什么呢——"立刻把我放下来，年轻的姑娘，否则我就叫警卫了！"

女王都用这种口气讲话了，你觉得你能违背她的意愿吗？我曾在报纸中读到过，女王身边的人，甚至包括亲王和首相在内，每每面对女王的命令，也许大脑还没做出判断，身体就已经先一步给出了反应。我告诉你，不是因为他们畏惧她头顶的王冠和手中的权杖，而是她使用的语言和讲话的方式。瞧我，就算往我这头乱糟糟的短发上扣一顶王冠，再往手里塞一根权杖，打扮得像女王一样，穿大头鞋的警察一样会走过来盘问我："您这身打扮真不错。女士，麻烦出示一下您的证件，好吗？"统治这片土地的不是女王的权杖和王冠，这也就是为什么人人都争相模仿她的谈吐。你可以用如同女王王冠上镶嵌的库里南钻石般尖锐的口吻回应警察："天哪，你怎么能如此无礼？"

我还能撑到现在，全都是因为我会讲女王讲的那种标准英语。或许你会认为，这没什么难的。毕竟，英语是我的祖国——尼日利亚的官方语言。是这样没错，可问题是我国的英语要比标准英语方便得多。要讲好标准英语，我不得不忘掉母语中那些灵活的表达。比如，女王永远不会这样说话："太招人烦了，那女的把我大儿子迷得晕头转向，诓他和她扯了证，傻子都知道，最后她什么也得不到。"相反，女王会说："我已故的儿媳，女性魅力十足，王储深深为之着迷。然人人皆能预料，二人的婚姻难得善终。"这话听起来有点别扭，不是吗？学习标准英语，跟舞会过后的一大清早就得刮掉脚趾盖上鲜红的指甲油一样，费时不说，还总是刮不干净，剩下一抹红色的印记，时时提醒着你昨日的欢乐时光。不过，我时间多的是，我可以在英国东南部的埃塞克斯移民羁押中心好好地学学英语。整整两年，他们把我关在这里，我一无所有，只剩时间。

但为什么非要费尽心思地学英语呢？因为这里有几位年长我的大姐告诉我，要想活着，就得打扮得好看点，英语也要说得更好。相貌平平或者沉默寡言的女孩，她们的移民文件永远乱成一团。用标准英语说就是，她们会被遣返回国。用我们的话说则是，送回家去。英国就好比孩子们的派对，美好并不能长存。但是面容姣好和能言善谈的女人就可以留下来。这样一来，英国也变得更加鲜活美丽，富有生命力。

现在我来讲一讲，他们放我离开移民羁押中心时发生的一些事。

羁押中心的警官往我手里塞了张凭证，交通凭证，告诉我可以叫辆出租车。"谢谢您，先生，愿上帝的福泽常伴您左右，愿上帝永远为您送去欢乐，愿您深爱的人们都能飞黄腾达。"警官抬眼望着天花板，似乎那里有什么有趣的东西，接着他说："上帝啊，真是够了。"说完，他伸出手指向走廊的另一头，说："那儿有电话。"

所以，我就去排队打电话了。我在琢磨，刚才道谢的话说得有些夸张了。女王可能只会说句谢谢，这样就可以了。实际上，女王应该命令那警官直接去叫辆出租车，或者她会下令枪毙他，摘了他的脑袋，挂在伦敦塔桥前面的栏杆上。就在这个当口，我渐渐发觉，在羁押中心，从报纸和书籍上学习标准英语是一回事，而实际交流所用的英语又是另一回事。我很生自己的气，我暗自思量，出去了可不能再犯这种错误。如果你像个在偷渡船上学会英语的乡巴佬，那他们肯定会把你揪出来送回祖国的。我就是这样认为的。

在我前面还排着三个女人，所有的女性都在同一天释放。那是五月一个星期五的早晨，阳光明媚，天气正好。羁押中心的走廊特别脏，好在空气还算清新。这是他们惯用的把戏——靠漂白剂来"净化"空气。

一名警官坐在桌子后面，瞧都不瞧这群女人一眼。他正伏在桌上看报纸，不是我学英语看的那种报纸，也不是《泰晤士报》《邮报》或者《卫报》，不是这种，是你和我都不会看的那种。报纸上印着一个白人女孩，裸着上半身。我这样描述你自然清楚，毕竟这是标准英语的表达。但如果我这样讲给我的姐姐妮可茹卡和村子里其他的姑娘听，我就必须再补充一下，裸着上半身不是说报纸里的那个人没有上半身，而是上半身不穿衣服。你能体会到个中的差别吗？

"等一下，连胸罩都不穿？"

"嗯，连胸罩都不穿。"

"我的妈呀！"

需得这样解释一通我才能接着往下讲，不过老家的姑娘们肯定会偷偷嘀咕，用手捂着嘴傻乐。然后当我讲到一大早他们允许我离开羁押中心的时候，她们便会再次打断我。妮可茹卡会说："听她讲，好吗？听她说，这样我们才能弄明白。报纸里的那个女孩，是个妓女，对吧？晚上干活的那种？她有没有害臊得抬不起头？"

"没有，她没有害臊得连头都抬不起来。她直视着照相机，面带微笑。"

"什么？在报纸里？"

"对。"

"这么说，在英国，在报纸里面展示你的奶子，不算丢人喽？"

"不丢人。小伙子都爱看，也没什么可害臊的。不然那裸着上半身的女人也不会微笑了，明白吗？"

"所以，英国的女人都这样吗？出门的时候，也任由奶子乱晃？无论是在教堂还是商店或是大街上？"

"不是，只在报纸里这样。"

"那如果男的都喜欢这一套且不觉得丢人，为什么大家不都这样？"

"我不知道。"

"你在那儿待了两年多了，你怎么会不知道？"

"在那儿是这样的。我在英国的时候，大多时候都很困惑。有的时候，我认为就连英国人也搞不清楚为什么。"

"老天爷啊！"

瞧，跟老家的人说话时，我得停下来解释每一个小细节，对话可能就是这样的。我还得介绍一下油毡、漂白剂、色情杂志还有会变形的一英镑硬币，在她们眼中，这些日常物品是特别神奇的存在。那么不用多久，我要讲的故事就再也讲不下去了，因为英国神奇的事物多了去了。相比之下，我的故事就没那么重要，也没那么神奇了。但和你们讲的话，会更容易一些。瞧，我会这么讲，我被释放的那天，羁押中心的当值警官正在看报纸上裸女的图片。然后你们立刻就会明白我的意思。这就是我花了两年时间学好英语的原因，这样你们和我就可以无障碍地进行交流。

羁押中心那位看报纸中裸女的警官，是个矮小的男人，头发花白，看上去和每周二我们吃的罐装蘑菇汤没什么差别。他的手腕很细，很白，就像包着塑料的电线。他的制服有些大，肩膀的位置鼓起两个包，脑袋两侧一面一个，就好像是他在里面藏了小动物一样。我想象着晚上他脱掉外套，那些动物在灯光下眨眼的样子。我在想：是的，先生，如果我是你的妻子，我会穿好胸罩的，谢谢。

接着我又想到：为什么你宁愿盯着报纸里的女孩，也不抬头看看眼前排队等着打电话的女孩呢？要是我们跑了怎么办？但马上我又想到，本来他们就是要放我们走的。关了这么久，还以为他们不会放行呢。两年来，我一直待在这个羁押中心。我十四岁的时候来到英国，那个时候，我没有任何证明年龄的文书，所以他们把我关进拘留成人的羁押中心。麻烦的是，男人和女人关在一起。到了晚上，他们会把男人带到羁押中心的另一边去。他们就像关在笼子里的狼一样，天黑了就进笼子，白天就放出来和我们待在一起，吃的食物也都是一样的。可我仍然认为他们饥渴难耐，我想他们看我的眼神中充满了渴望。所以一位年纪稍大的姐姐曾悄悄告诉我："要活着，就必须打扮得好看或者说得好听。"我决心在"说"这方面下功夫，我想这对我来说更保险。

我故意活得很邋遢。我从不洗澡，这样皮肤就变得油腻腻的。我在胸前缠了一大圈宽宽的棉布，藏在衣服下面，这样我的胸看上去又小又平。募捐箱里有各种二手衣服和鞋子，有的姑娘会尽量利用这些东西来把自己打扮得好看一些，但我总是翻箱倒柜地找那种遮住体形的衣服。我穿着肥大的蓝色牛仔裤，男式夏威夷 T 恤还有笨重的黑色靴子，破烂的鞋面下面，钢鞋头还闪闪发亮。我拜托羁押中心的护士，用医用剪刀把我的头发剪得很短。整整两年，我没有笑过，甚至不去看任何一个男人。我太害怕了，只有到了晚上，他们把男人都关起来以后，我才回到自己的牢房里，解开缠在胸前的棉布，深深地吸口气。然后，再脱掉笨重的靴子，下巴抵在膝盖上，抱膝而坐。

每周，我都会坐在我的床上——一张泡沫床垫，涂脚指甲，每周一次。我是在募捐箱底找到的一小瓶指甲油，上面还标着价签。如果我知道是谁捐赠的这瓶价值一英镑九十九便士的指甲油，我会告诉对方，他拯救了我的生命。因为这是我在那里能做的，唯一一件能提醒自己还活着的事：在那钢鞋头下面，我的脚上涂着鲜艳的红色指甲油。有时脱掉靴子后，我一边强忍着眼泪，一边前后晃动身子让自己暖和起来。

在万物生长的季节，我的姐姐妮可茹卡在非洲阳光的炙烤下，蜕变成了一个成熟女人。如果是阳光的曝晒让她变成一个浪荡轻佻的女人，谁又能怪罪到她的头上呢？如果看见我的母亲叫她安分地坐好，并告诉她"妮可茹卡，亲爱的孩子，你不能冲着比你大的小伙子那样笑"，又有谁不会靠在自家的门柱上会心一笑呢？

而我，待在距离伦敦东侧四十英里的移民羁押中心，在地下的某个房间里，这里只有荧光灯，没有四季。这里冷冰冰的，除了冷还是冷，连个可以对他微笑的人都没有。那些冰冷的年月一直停留在我的体内。被关在移民羁押中心的非洲女孩，可怜的孩子，她从来没能真正地解放。在我灵魂深处，她还被关在那里，永远地关在那里。头顶是荧光灯，屈膝坐在绿色的油毡地上，下巴抵在膝盖上。而这个被释放的姑娘，也就是我，是新的人类。我不是天然而成的，是在囚禁中诞生——不，是重生的。我从你们的报纸上学习语言，身上的衣服也是你们不要的，口袋里一个英国货币都没有。想象一下，一个像从《救助儿童会》的广告里剪下来的面带笑容的女孩，穿着超市停车场回收垃圾桶里捡来的破破烂烂的粉衣服，讲话却是《泰晤士报》专栏作家的风格。就算是我迎面遇上这样一个人，也会想躲开。没错，无论是英国人还是尼日利亚人都会这样想。他们会说："这个逃难的姑娘可不是我们这儿的人。她不属于这里。她是个异类，是不正常的产物，像是从月球来的。"

是，我是个难民，为此我感到非常孤单。我长得不像英国人，说话的方式不像尼日利亚人，但这是我的错吗？谁规定英国女人的肤色必须和夏日里的白云一样苍白？谁规定尼日利亚女人说的英语必须是蹩脚的英语？就像是高空里，英语和伊博语①混合变成雨水，落到她的嘴巴里，差一点就把她淹死，而带着鲜亮的非洲色彩还有油炸芭蕉味道的趣事将她噎得哑口无言。她可不像个会讲故事的姑娘，活像个洪水中被救起的受害者，正从肺里往外咳殖民地的脏水。

真是抱歉，我学习的是标准英语。我要讲个真实的故事。我要讲的不是鲜亮的非洲色彩。我是发达世界里重生过的公民，我要告诉你，我的生活是灰色的。如果我告诉你，我其实喜欢炸过的车前草，那我请求你不要告诉任何人，好吗？

那个早上，他们放我们离开羁押中心的时候，把属于我们的东西还给了我们。我拿着透明的塑料袋，里面装着一本《柯林斯袖珍英语

---

① 伊博语，尼日利亚的通用语言。

词典》，一双灰色袜子，一本并不属于我的英国驾照，一张泡了水的名片，当然这也不属于我。如果你想知道，那我告诉你，这些属于一个名叫安德鲁·欧洛克的白人，我是在海边遇见他的。

羁押中心的警官让我排队打电话的时候，我手里就拿着这个透明塑料袋。队伍最前面的女人个子高挑，相貌出众。她的过人之处在于美貌，而不是谈吐。我在想我们两个中是谁做了更好的选择。这个女人把眉毛都拔掉了，然后再用铅笔画好，这就是她自救的办法。她穿了一条紫色的 A 字裙，上面还印着粉色星星和月亮的花纹，围着一条漂亮的粉色围巾，脚上穿着紫色的拖鞋。我想，她肯定在这里关了很久。要知道，从募捐箱里凑齐这么多东西，凑成这样一身不错的装扮，肯定需要花很长时间。

这个女人棕色的大腿上有许多白色的小伤疤。我不禁想到，这些伤疤是否同那星星和月亮一样，遍布这女人身体的其他地方？我想即便如此，那也是很美的。我想请求你同意我的观点，伤疤并不意味着丑陋。留下这些伤疤的人就是想让我们觉得丑。但是你和我，我们必须意见统一，不能让那些人得逞。这些伤疤在我们眼里，就是美丽的，对吗？这是我们的秘密。因为在我看来，伤疤不是死亡的象征，而是意味着"我活下来了"。

不用多时，我要讲一个悲情的故事，但是你一定要像对待伤疤一样对待我要讲的话。悲情的故事代表了另一种美，代表着讲故事的人还活着。接着你便会知道，好事、美妙的事将会降临在讲故事人的身上。然后她会迎来新的生活，也会微笑。

这个身穿 A 字裙、腿上带着伤疤的女人正在讲电话。她说："你好，出租车吗？你能来接我，对不？好。哦，我从哪儿来？我是牙买加的，相信我。什么？哦，我现在在哪儿？好，等会儿。"

她抬起手，捂住话筒，转身对身后的女人问道："听着，亲爱的，这是哪儿？咱们这是在哪儿？"但是后面的女人只是定定地看着她，耸了耸肩。这个女人身材瘦削，有着深褐色的皮肤和绿色的双眼，就像是把剥去糖皮的果冻放在月光下折射出的颜色。她穿着黄色的印度纱丽裙，同我一样，手里提着一个透明塑料袋子，但是里面什么都没装。起初我以为里面是空的，而后转念一想，如果里面什么都没有，这女人为什么还要拎着它呢？既然能透过袋子看到她的纱丽裙，那我想她袋子装的全是柠檬黄。这就是重见天日之时，她所拥有的全部。

我对这女人有些了解。曾经，我和她在同一间屋子里住了两个星期，但我从没和她说过话。她不会说英语，一个字也不会。所以她只能耸耸肩，紧紧地攥住手里的柠檬黄。于是那个拿着电话的女人，像桌子后面的警官一样，抬眼看向天花板。

拿着电话的女人转而去问队伍里的第三个女人："你知不知道，这儿，是哪儿？"但是第三个女人也不清楚。她就站在那里，穿着蓝色 T 恤，蓝色斜纹粗布牛仔裤，白色的邓禄普绿色网球鞋。她低头看着自己的透明袋子，里面全是文件和信。袋子里装了太多纸，全都折皱了。她用一只手托着袋子，生怕里面的纸张掉出来。这第三个女人我也是有一些了解的。她并不好看，也不善言辞，但却有一样让她不用被"送回家去"。她的优势在于她有书面文件，而且都经过官方的认定，她的文书上有红色墨水写的"真实有效"。我记得她曾和我讲过一次她的经历，大概是这样的：

那群人来到村子，他们——
一把火烧了我的村子
绑架了我的女儿

还无耻地强奸了她们

然后把她们都带走了

他们用鞭子抽打我的丈夫

还割掉了我的乳房

我逃了出来

穿过灌木

发现了一条船

漂洋过海……

然后他们把我关在了这儿

故事大概是这样的。我经常搞混在羁押中心听到的各类故事。所有女人的故事都是以"那群野蛮人闯进村子，他们……"开头，然后以"然后他们把我关在了这儿"结束。所有的故事都很悲情，但我和你关于悲情故事的看法是有过约定的。这个女人——队伍里的第三个女人——她的经历太过凄惨，以至于她伤心到连自己身在哪里都不清楚。她也不想知道，她一点也不好奇。

拿着话筒的女人又问了一遍。"啥？"她说，"你也不知道啊？你也不知道这里是哪里吗？"

队伍里的第三个女人抬眼望向天花板，接着，拿着话筒的女人再次抬眼看向天花板。我想，好吧，羁押中心的警官看了天花板一次，第三个女人看了一次，第一个女人看了两次，说不定天花板上有答案。或许天花板上有什么有趣的东西，又或许上面也写着一个故事：

那群人来到村子，他们——

送给我们鲜艳的衣裙

还带来了生火的木柴

他们讲起了令人捧腹的笑话

同我们畅饮啤酒

欢声笑语好不热闹

帮我们控制住了蚊虫的叮咬

还教我们怎么抓住一英镑硬币

把月亮变成了芝士

哦，对

最后他们把我关在了这儿

　　我望着天花板，但是除了白色的油漆和荧光灯管，其他什么也没有。

　　握着电话的女人终于把目光转向我，于是我告诉她："这个地方叫黑山移民遣送中心。"这女人直直地盯着我。"你诓我。"她说，"这算哪门子的名字？"我只好指向钉在电话上方墙壁上的小金属牌。女人看了眼牌子，然后看向我，说道："对不起，亲爱的，我不认识。"所以我一边指着那些字一边读给她听，黑——山——移——民——遣——送——中——心——东——易——斯——特——切——姆——斯——福——德——市——埃——塞——克——斯——郡。

　　"谢谢，亲爱的。"这个排在最前面的女人说道，再次举起了话筒。她对着话筒说："好了，听着，先生，我在黑山移民遣送中心。"接着她说："不，请，等等。"再然后，只见她愁容满面，把话筒放回座机上。我问："怎么了？"她叹了口气，说道："出租车司机说来不了。然后他说'你们是渣滓'。啥意思你知道不？"

　　我说不知道，因为我不确定，随即我从透明袋子里拿出《柯林斯袖珍英语词典》查起单词来。我对第一个女人说："渣滓，是液体表面形成的一层杂质或者是植物。"她看看我，我看看她，我们不约而同地咯咯笑起来，因为我们都不明白该怎么理解，这也是我学习说英语的过程中时常碰到的问题。每个字眼的意思都很微妙，每每当你要找到它的意思时，这单词又分裂出两种不同的意思，原本的理解也不作数了。我真羡慕你们这群说标准英语的人，你们就好像是魔法师，将英语变得和你们的货币一样，不会被外人轻易得到。

我和队伍里的第一个女人就这么咯咯笑着。我手里提着我的透明袋子，她也提着她的，她的袋子里面装着一支黑色的眉笔，一只镊子，还有三片干瘪的菠萝。第一个女人发现我在看她的袋子，立马止住了笑。"你看啥？"她说。我说我不知道。她又说："我知道你想啥呢。你想，没出租车来接我，我拿着一个眉笔，一个镊子和三片菠萝能走多远？"我对她说："或许你可以用眉笔写张字条，就写'帮帮我'，然后把这三片菠萝送给第一个对你伸出援手的人。"这女人看我的神情仿佛是我疯了一般，她说道："好吧，亲爱的。第一，我没纸，写不了；第二，我不会写，我就会画眉毛；第三，菠萝，我自己吃的。"说完，她瞪大了眼睛盯着我。

就在这时，那个身穿黄色纱丽裙、手提柠檬黄透明袋、排在第二位的女人站到了队伍最前面，因为现在电话在她手里。她在对着话筒讲话，但是那种语言像是跌进蜂蜜里面的蝴蝶发出来的。我拍了拍她的肩膀，拉了拉她的纱丽裙，说道："不好意思，你必须得讲英语。"穿着纱丽裙的女人看看我，不再说那种蝴蝶语言。她开始讲英语，缓慢地、小心翼翼地讲着，就像在回忆梦境中的语言。她对着话筒说道："英国，对，麻烦，麻烦，谢谢。我要去，英国。"

穿着 A 字裙的女人，站在穿柠檬黄纱丽裙的女人跟前，鼻子都快贴上了。她伸出手指，敲了敲后者的额头，发出一种类似于扫帚杆敲击空桶的声音。"梆！梆！"她对着纱丽裙女人说道，"你已经在英国了！明白？"然后，她伸出两手的食指，指着油毡地继续道，"这儿是英国，亲爱的，明白不？就这儿，嗯？咱们已经在英国了。"

穿着纱丽裙的女人沉默了，她那双像果冻一样的绿色眸子盯着穿 A 字裙的女人看了起来。接着，穿紫色 A 字裙的牙买加女人开口道："来，给我电话。"她拿过纱丽裙女人手里的话筒，举到嘴边，说："听着，等着，一分钟就成。"然后她就沉默了，她将话筒递给我听，里面传来拨号音。我转身面向纱丽裙女人。"你要先拨出一个号码。"我说，"你明白吗？先拨号码，然后告诉出租车司机你要去哪里。懂吗？"

但是纱丽裙女人却眯起眼睛盯着我，把透明袋子提在身边，就好像我随时要像穿 A 字裙的女人抢电话一样抢走她的袋子。穿 A 字裙子的女人叹了口气，转过身面向我说："不太好，亲爱的。"接着，她把话筒递给我。"拿着。"她说，"你打一个。"

我指着队伍里的第三个手提一袋文件、身穿蓝色 T 恤和邓禄普绿色网球鞋的女人，说道："她呢？她站在我前面的。""是啊。"A 字裙女人回道，"但是她不会讲，不是吗，亲爱的？"她看向第三个女人，后者只是耸耸肩，低头看自己的运动鞋。"是这样吧？"A 字裙女人说道，接着她又看向我，"随便，亲爱的。你得把我们弄走，在他们改主意把我们关回去之前。"

我低头看看话筒，这灰色的话筒看上去很脏，我有些怕。我又看向穿 A 字裙的女人。"你想去哪里？"我问道。她说："随便。"怎么可能？"哪里都行，亲爱的。"

我按照电话上标记的出租车号码拨了出去，电话那端响起一个男人的声音，听起来很疲倦。"出租车。"他说，他标准的英语简直帮了我一个大忙。

"早上好，我需要一辆出租车。"

"你要叫出租？"

"对的，麻烦了。一辆出租车，四名乘客。"

"在哪儿？"

"在黑山移民遣送中心，谢谢。在东易斯特，离切姆斯福德市不远。"

"我知道那地方。现在，听我说——"

"拜托了，没那么严重。我知道你不会接难民，我们不是难民，我们是清洁工，在这里工作。"

"你们是清洁工？"

"对。"

"就是清洁工，对吗？如果我有那个闲钱施舍给每个坐在出租车后面，不知道去哪里，用斯瓦希里语 ① 一直对着司机喋喋不休的难民，那我宁愿用这钱去打高尔夫，而不是在这儿跟你废话。"

"我们就是清洁工。"

"好吧，你说话的方式跟难民不一样。你要去哪里？"

我记得透明塑料袋里那个英国司机驾照上的名字，安德鲁·欧洛克，也就是我在海滩遇见的那个白人，他住在萨里郡泰晤士河畔的金斯顿。我对着听筒讲道："金斯顿，谢谢。"

身穿紫色 A 字裙的女人抓住我的胳膊，对着我窃窃私语。"别，亲爱的。"她说，"哪儿都行，就是别去牙买加。要是回去，他们会弄死我，弄死我！"起初我不理解她为什么这么害怕，但是我现在知道了。英国有一个金斯顿，牙买加也有一个，只不过两地的气候截然不同。还有就是你们这群魔法师完成了一件了不起的事——就连你们的

---

① 斯瓦希里语，与阿拉伯语、豪萨语并列为非洲三大语言，是非洲使用人数最多的语言之一。

城市都有两条尾巴。

"金斯顿？"电话那头的男人说道。

"是泰晤士河畔的金斯顿。"我说。

"那鬼地方可有几十英里远，不是吗？是在，哪里来着？"

"萨里郡。"我回答道。

"萨里郡，到树林葱郁的萨里郡接四个人，是这个意思吗？"

"不是，我们是附近的清洁工，但是上面要把我们送去萨里郡做清洁工作。"

"那，现金还是转账？"

他听起来十分疲倦。

"什么？"

"你是支付现金，还是走羁押中心的账目？"

"我们付现，先生。到地方之后我们再付钱。"

"最好是这样。"

这通电话大概持续了一分钟。我将手放在座机上，拨下另一串号码。是我透明塑料袋里那张名片上的号码。那张名片已经被水泡过了，最后一个数字不知道是 8 还是 3。我试着拨出 8，因为在我们国家，奇数会带来霉运，我可不想再倒霉了。

一个男人接起了电话，他听起来很生气。

"谁啊？现在才他妈早上六点。"

"是安德鲁·欧洛克先生吗？"

"是的，你是哪位？"

"我能来见见您吗，先生？"

"你是谁？"

"我们在尼日利亚的海滩边见过面的。我记得你，记得很清楚，欧洛克先生。我现在在英国，我能过去拜访您和莎拉吗？我没地方可去了。"

电话另一端沉默了。接着那个男人咳嗽起来，开始大笑。

"这是恶作剧对不对？是谁啊？我告诉你，像你这种疯子我见多了。滚远点，不然叫你吃不了兜着走。官司我可是常打。他们能根据这通电话找出来你在哪里，然后把你抓起来。你可不是第一个。"

"您不相信是我？"

"别烦我，明白吗？我不想听你鬼扯。那件事都过去多久了，而且也不是我的错。"

"我会去您府上的。那么您就会相信是我本人了。"

"不行。"

"在英国我一个人也不认识，欧洛克先生。我很抱歉，我只是事先跟您说一声，这样您好有个准备。"

听起来，对方已经消了气，他发出了轻微的声音，就像孩子紧张的时候发出的那种声音。我挂断了电话，转身面向其他女人。我的心跳得很快，我想我就要吐在油毡地上了。其他的女人都看着我，既紧张又期待。

"他说啥？"穿 A 字裙的女人开口问道。

"嗯？"我说。

"那出租，亲爱的！出租说了啥？"

"哦，对，出租。那人说十分钟之内会有辆出租车过来接我们。他让我们在外面等。"

穿 A 字裙的女人笑了。

"叫我叶薇特，从牙买加来的。你很有用，亲爱的。我该咋叫你呢？"

"我叫小蜜蜂。"

"这也是个名字？"

"这就是我的名字。"

"你从哪儿来？你们那儿的人都这么起名？"

"尼日利亚。"

叶薇特大笑起来，像电影里的海盗匪首那样笑得很夸张。"哇哈哈哈哈！"那声音震得座机上的听筒都跟着动了。"你日力亚[①]！"叶薇特说。接着，她转向另外两个人，纱丽裙女人和拿着文件的女人。"和我们一起走，姐妹儿。"她说，"来到英国，看看这地儿，今天都跟着你日力亚走。哈哈哈！"

我们四个女人经过安检桌子走向门口的时候，叶薇特仍狂笑不止。当我们路过的时候，羁押中心警官的视线终于离开了报纸。那个裸着上半身的女人不见了——警官翻了页。我低头看着他的报纸，新翻的这一页上面的头条写着"难民在吃我们的粮食"。我盯着那名警官，但是他没有抬眼看我。我看向他时，他动了动压在报纸上的胳膊，遮挡住了头条标题。他故意做出挠手肘的动作，或者他是真的在挠手肘。我才意识到，面对男性，我只剩恐惧。制服的码数偏大，办公桌的尺寸过小，八小时的工作时间太长，突然之间冒出来一个拿着三公斤重的文件对什么都不感兴趣的女人，后面跟着一个长了一双绿色眼睛、穿着黄色纱丽裙美得让你不敢盯着看太久的女人，还有一个来自尼日利亚以"蜜蜂"为名的女人，以及一个笑起来像蓝胡子海盗一样聒噪的牙买加女人。也许就是因为这样，这名警官的手肘才会发痒。

穿过双扇门之前，我又回头看了看羁押中心的警官，他正注视着我们离开。他看上去十分矮小，手腕很细，孤零零地一个人坐在荧光灯下面。在灯光的映衬下，他的肤色呈绿色，和刚刚破壳而出的毛毛

---

① 即尼日利亚。

虫幼虫一样的颜色。清晨的阳光透过玻璃门射了进来，刺眼的光线让警官眯起了双眼。我想，他看到的应该是我们在阳光下的剪影。他张开嘴，似乎要说什么的样子，却没有发出声音。

"什么？"我不由得问道。我猜想他可能要说流程中出了差错，要我们回去。我开始考虑是否应该逃跑，我可不想回去了。跑的话，能跑多远呢？他们会不会放狗来抓我们？

警官站起身，他拉开座椅，椅子和油毡地摩擦的声音异常刺耳。他双手垂在身侧，站在桌前。

"女士们。"他开口道。

"怎么？"

他瞥了眼地面，思忖了片刻，最后目光落回到我们身上。

"祝你们好运。"他说。

听完，我们这群女人转过身，朝着光亮走去。

我推开双扇门，下一秒便呆住了。是阳光让我呆住了。在羁押中心待得久了，我变得越发脆弱敏感，我生怕那明晃晃的光线将我劈成两半。我不敢迈出第一步。

"咋不走了，小蜜蜂？"

叶薇特站在我身后。我堵在门口，挡住了大家的去路。

"麻烦，等一会儿。"

外面清新的空气中满是湿润的青草的味道，拂面而过，香气令我发慌。两年我都只闻到漂白剂、指甲油和关在里面的人抽的烟草味。我没有见过自然界中的事物，那里面更没有像阳光这样的存在。我能感觉到，我恍惚之间迈出了一步，但似乎有什么东西拔地而起，阻止了我前行的脚步，我感觉十分别扭。我站在那里，脚上穿着笨重的靴子，胸部被裹得严严实实的，既不像个女人也不像个少女，而是一个忘记了母语学会了标准英语并且没有过去的生物。

"你等啥啊，亲爱的？"

"我害怕，叶薇特。"

叶薇特摇了摇头，笑了起来。

"你害怕也正常，小蜜蜂，因为你脑袋灵光。可能是我笨，不会害怕。但我关在这鬼地方十八个月，如果你觉得我笨到因为你害怕而愿意在里面多待一秒钟的话，你可错喽。"

我转头面对着她，伸手扶住门框。

"我动不了。"我说。

叶薇特对着我的胸前就推了一下，我不由得向后仰去。就是这样，我第一次踏上了英国的土地，以一个自由人的身份。准确来说，不是双脚踏在这片土地上，而是切实地坐在了地上。

"哇哈哈哈哈哈哈！"叶薇特说道，"欢迎来英国，挺好的，是不？"

调整好呼吸后，我也大笑起来。我坐在地上，暖阳照在我的后背上，我意识到这片土地并没有拒绝我，阳光也没有将我劈成两半。

我站起身，回给叶薇特一个微笑。我们一行人离开了羁押中心的大楼。趁其他人不注意，我将手探进夏威夷T恤里，解开了压在胸前的棉布，大口地呼吸着新鲜洁净的空气。

走到正门口，我们四个停下了脚步。视线越过高耸的电线网，落在黑山山坡下面的世界。英国乡村的风貌在我们面前一览无遗，一直延伸到地平线的尽头。一层薄雾笼罩着山谷，在清晨阳光的照射下，低矮的丘陵散发着金色的光芒。我笑了起来，因为整个世界是那样洁净、清新、明亮。

安德鲁的葬礼

从 2007 年春天开始，到悠长的夏天结束，小蜜蜂一直和我们住在一起，而我的儿子只在洗澡的时候才会脱掉那套蝙蝠侠的衣服。我订了两套蝙蝠侠的衣服，这样儿子洗澡的时候，我还可以清洗带着汗渍和草屑的那一套。跪在草丛中锄奸惩恶可是一件又脏又累的活计，蝙蝠侠面对的不是带有致命冰射线的急冻人，就是死敌企鹅人，甚至还有更加邪恶的海鹦。不知为何，蝙蝠侠系列的作者没有把这号人物编入史册。我和儿子就生活在有着一屋子的喽啰、黑帮手下和随从的环境中。它们潜伏在沙发后面，对我们挤眉弄眼，或者暗藏在书架旁的缝隙之中窃窃私语，实际情况还要更复杂。无论是醒着还是睡着，四岁的儿子总是整装待发。他从不摘下神秘的蝙蝠面具，也不脱掉莱卡蝙蝠装，身上一直挂着泛着黄色光泽的多功能腰带，披着黑色斗篷。叫他的名字是没有用的，他只会回过头，仰起头，耸耸肩，好像在说——我用蝙蝠能力感知到这里没有叫这个名字的男孩，女士。在那个夏天，唯一让我儿子有反应的名字就是"蝙蝠侠"。和他解释他父亲的离开也是毫无意义的，因为他并不相信肉体会死亡。死亡是无法接连挫败坏人的邪恶计划时才会发生的——当然，这对我儿子来说也是不可能的。

那个夏天——我丈夫过世的那个夏天——我们都有不愿丢弃的身份象征。我的儿子有蝙蝠装，我还延用丈夫的姓氏，而小蜜蜂，尽管她当时和我们在一起相对安全，但是她仍然保留着在那段恐怖的经历中获得的名字。那个夏天，我们都在逃避现实，都在逃避自己。

当然，逃避残酷的事情是再正常不过的事情。那个夏天，小蜜蜂再次闯入我们的生活。某天清晨，小蜜蜂从羁押中心打来电话，是我丈夫接听的。很久之后我才知道是她打来的——安德鲁从来没告诉过我。显然，她是告诉他，她要过来，但我想安德鲁并不愿再见到她。五天之后，安德鲁上吊了。他们发现尸体的时候，就看他双脚悬在空中，双脚没有踏及任何一个国家的领土。死亡，当然，也是一种逃避。那是另一个地方，新名字、面具，或是斗篷都不能让你隐藏起来，是当你羞愧得无地自容时要去的地方。

我丈夫过世的五天后，也就是小蜜蜂被释放的十天后，她叩响了我家的前门。两年之后，她跋涉了五千英里来到这里。她到得还是太迟了，安德鲁已经走了，但她赶上了他的葬礼。

"你好，莎拉。"她说。

小蜜蜂是上午八点到的，十点钟的时候送葬者敲响了门。一秒不早，一秒不迟，正好十点。我在想，送葬者可能在我家门前站了几分钟，一边盯着手表，一边等着我们的生活推进到一条分裂过去和未来的割裂线上，然后再轻叩三下铜门环。

是我儿子去开的门，他将送葬者领进屋。送葬者身材高大，衣着得体，举止庄重。在我看来，这个送葬者就像蝙蝠侠日常生活中的形象。儿子的喊叫声从走廊里传来："妈妈，是布鲁斯·韦恩 ①！"

那天早上，我站在街边，透过微微泛着绿光的送葬车的厚玻璃，望着安德鲁的灵柩。后来小蜜蜂牵着蝙蝠侠出来了，送葬者一路带领我们走向一辆加长的黑色豪华轿车，点头示意我们可以坐进去。我告诉他，我们更想走路。

远远看上去，走在一起的我们三人更像是用 PS 软件被粗制滥造地拼在了一起。一个中产白人母亲，一个骨瘦如柴的黑人难民，还有一个来自哥特城的矮小的神秘骑士。一时间，我思绪万千，脑子里尽是虚无缥缈的消极想法。

距离教堂只有几百码了，我们三人走在送葬车队的最前面，后面跟着一长串不耐烦的送葬队伍。这种感觉很不好。

我戴着手套，身上的短裙、丝袜和夹克全是深灰色的。小蜜蜂披着我的黑色雨衣，雨衣下是她离开羁押中心时穿着的衣服——非常不适合葬礼穿的夏威夷 T 恤和蓝色牛仔裤。我儿子的脸上却挂着兴奋的表情。他，这位蝙蝠侠，拦下了后面的车队。他在前面昂首阔步，斗篷随着他动作幅度带起来的风而摆动。黑色面具下，他的嘴角都快咧到蝙蝠耳后面去了。

他总能幻想出坏人的存在，动不动就停下来对着空气一通拳打脚踢。他担心海鹦派来的隐形暗杀者会攻击我。儿子出门之前没有小便，这令我有些担心，我担心他会尿在裤子里。想到接下来的日子里，我会变成寡妇，我不由得担心起来。

起初，我认为选择走路去教堂是十分勇敢的行为，但现在我有些头晕，觉得自己这么做有些蠢。我想我快要晕倒了，小蜜蜂扶着我，

---

① 超级英雄蝙蝠侠的名字。

低声告诉我，要深呼吸。我还有意识，不由得想：这太奇怪了，为什么是你来安抚我？

我坐在教堂的最前排，小蜜蜂坐在我的左边，右边是我的儿子蝙蝠侠。当然，教堂里满是前来吊唁的人，其中并没有我的同事——我尽量不让生活和杂志社的工作掺杂在一起——但其实我和安德鲁的熟人都出席了葬礼。这场面让我产生了一种错觉，就好像你通讯录里的所有亲朋都穿着黑色礼服参加葬礼，只是没有按照字母表的顺序进行排列，而是按照不成文的葬礼习俗来选择座位。有血缘关系的亲属坐在离灵柩最近的地方，女性老友们不情愿地聚在一处，坐在洗礼盆附近。我不敢回头去看身后自然形成的新的座位。一切都来得太突然了，一周之前我还是一位成功的母亲，有体面的工作。现在，我却在丈夫的葬礼上，身边坐着一个超级英雄和一个尼日利亚难民。这一切仿佛一场梦，似乎稍微挣扎一下，我就可以清醒过来。我盯着丈夫的灵柩，上面装饰着白色的百合。蝙蝠侠望着牧师，他似乎很喜欢牧师的披肩和白色法衣。所以他对着牧师郑重其事地竖起大拇指，这是一个穿着斗篷的十字军对另一位斗士的敬意。牧师回礼示意，然后将拇指落回褪色的《圣经》书页上。

教堂逐渐安静下来，所有人都静静等待着。儿子环顾四周，最后看向我。"爸爸在哪儿？"他说。

我握紧了儿子热乎乎、汗涔涔的小手，听着回荡在教堂里的咳嗽声和抽噎声。我不知道该如何对儿子解释他父亲的离开。安德鲁死于抑郁症，当然——包括压抑和罪恶感。但是我的儿子并不相信死亡这回事，更别说由情感因素导致的死亡。他更相信急冻人的冰射线能杀人，或者海鹦死亡之翼的致命一击也能让人丧命。但是瘦骨嶙峋的非洲女人打来的一通平淡无奇的电话竟能逼死一个人，这很难解释得清楚。

我想总有一天要把整件事跟儿子讲清楚。我不知道该如何开口。那是两年前，也就是 2005 年的夏天，抑郁症慢慢控制住并长期影响着安德鲁的生活，直至如今最终夺走了他的生命。一切都是从我们在尼日利亚某个荒芜的海滩上遇见小蜜蜂那一天开始的。那次相遇之后，我唯一获得的纪念品就是失去左手的中指。截掉手指后留下的印记十分明显，中指那里仅剩下一点点指根。原来中指是用来敲键盘上的 E、D、C 的，现在只留下一点幻影。我再也没法打出来这三个字母了。在我最需要它们的时候，它们消失得无影无踪。"高兴"变成了"请求"，"狂喜"变成了"停滞"。①

到交稿日的时候我尤其想念这根手指，那时校审的工作人员都回家了，而我还要对杂志进行最后的补充。我们曾发表过这样一篇文章，其中我写道："我提防敏感的男人。"其实，我想写的是"疲于应付"。②当然，在收到一百多封来自男性的投诉信之后——他们八成是在同居女友的咖啡桌上瞥见了我的文章（大概是在按摩后背和洗碗的时候看见的）——我才真的开始感觉到什么叫作"疲于应付"。我告诉他们这只是打印错误。不过我没有说，这个错误是在尼日利亚的海滩上，因为一把钢制砍刀而造成的。那么，该如何定义这次相遇呢——结识一个非洲女人的代价是失去 E、D、C ？"我想在你们的语言中是找不到合适的字眼的。"估计小蜜蜂会这样说。

我坐在教堂的长椅上，按摩着左手残存的指根，第一次发现自己不得不承认，自从遇见小蜜蜂，我丈夫的命运就注定以悲剧收场。在那之后的两年，出现了接连不断的凶兆，直到十天前的早晨，我被电

---

① 高兴的英文为"pleased"，去掉字母 d，则变成了"please"请求。狂喜的英文为"ecstasies"，去掉字母 e 和 c，则变成了"stasis"停滞。

② 提防"wary"与疲于应付"weary"，相差一个字母"e"。

话铃吵醒，厄运达到了顶峰。我吓得不行，蜷缩在床上瑟瑟发抖。那只是一个普通的工作日早晨，杂志的六月刊已经准备印制，安德鲁为《泰晤士报》写的专栏也已经完成。只是一个普通的早晨，但是我却怕得连胳膊上的汗毛都竖了起来。

有些乐观的女性认为天朗气清，岁月静好，可我从不这样想。在我看来，平日里也有无数的预兆和细碎的波澜。比如安德鲁没刮胡子，比如在一个工作日的晚上连喝了两瓶酒，比如在周五交稿日的文章中用到了被动语态。"被社会接受的某种态度会让时事评论员有点不知所措。"这是我丈夫写下的最后一句话。在他《泰晤士报》的专栏中，我丈夫一向用词精准。对于一个门外汉来说，"不知所措"就是"疑惑"的同义词，但是对我丈夫来说，这是经过慎重斟酌的告别。

教堂里面有些冷。我听到牧师说："啊，死神，你的毒钩藏在何处？"我双眼无神地看着百合花，嗅着花朵散发出来的芬芳，花香像是对我温柔的指控。上帝啊，我对安德鲁的关心还是不够。

该如何告诉儿子那些凶兆是无关紧要的呢？当灾难对其自身的力量充满信心时，它可会张开嘴唇来宣告它的降临？据说在地震前一小时，天空中会出现铅灰色的云彩，风速也会减慢，就像呼出的热气，鸟类会落在市政广场的树上，寂静无声。是这样没错的，但是老实说，之前吃午饭的时候也出现过类似的征兆。如果风速减慢就代表有情况发生的话，那么到了摆盘吃饭的时候，我们就应该躺到餐桌底下去。

儿子会接受父亲过世的事实吗？"我胳膊上的汗毛都竖起来了，蝙蝠侠，可我还要打理家务，我不能理解他竟然真的这么做了。"我能够如实告诉他的就是我被电话铃声吵醒，我预感到要发生点什么，但没想到事情会这么严重。

查理还在睡觉。在电话铃声还没吵醒查理之前，安德鲁就迅速地接听了书房里的电话，他的声音听上去很不耐烦。我在卧室里听得清清楚楚。"别烦我。"他说，"那件事都过去多久了，而且也不是我的错。"

问题就在于，这不是他的真实想法。

我发现他哭了。我问他是谁打来的，但是他不肯说。鉴于我们都醒了，但查理还睡得很熟，所以我们开始做爱。偶尔我也会和安德鲁这样。实际上，主要是为了他而不是我。到了婚姻的这个阶段，这就变成了例行公事，就像是把散热器中的空气排出来一样——这也是家庭事务的一部分。我不知道——事实上，我现在也不明白——如果不把散热器中的空气排出来，到底会有多糟糕的结果。这可不是一个谨小慎微的女性该去思考的问题。

我们俩都一言不发。我带着安德鲁进了卧室，我们躺倒在床上，床边是高悬的乔治亚风格的窗户，上面还挂着黄色的丝质窗帘，窗帘上绣着淡淡的树叶的图案，丝绸绣制的小鸟不安地躲在树叶中间。那是在泰晤士河畔的金斯顿，五月里一个明媚的清晨，然而透过窗帘射入屋内的阳光却像是神秘又绚烂的藏红花，炽热得如同疟疾一般。卧室的墙壁是黄色和红褐色的，穿过嘎吱作响的楼梯平台就是安德鲁的书房，书房是白色的——我想，就是空白页的那种颜色。就是在那里，在那通可怕的电话之后，我挽回了安德鲁。越过他的肩膀，我瞥见了他的专栏。他整夜都在工作，写的是中东的时评，他从没去过中东，对那里一点也不了解。

2007 年的夏天，我的儿子还在和企鹅人和海鸥作战，我的国家还在同伊朗和伊拉克作战，而我的丈夫正在影响社会认知。那个夏天，谁也不肯卸下自己的伪装。

我把安德鲁从电话旁拉开，牵着他睡袍上的流苏带子进了卧室，因为我曾读到过这种做法会让他兴奋起来。我把他推倒在床上。

我记得他在我体内运动的方式，他就像一只发条老化的钟摆。我将他拉近，轻声说道："哦，上帝。安德鲁，你还好吗？"他没有回答，只是紧闭着双眼，不让眼泪流出来。动作越来越快，我俩都不自觉地发出低声的呻吟，呻吟声在静默的绝望中交织在一起。

就在这场小小的悲剧正在进行的时候，我的儿子出现了，他更擅长和坏人展开大规模的较量。我睁开眼睛，就发现他站在卧室门口，透过蝙蝠侠面具上菱形的小洞观察着我们。从我能看见的他的表情来看，他应该是在思考多功能腰带上的哪个按钮能解决眼前的问题。

看见儿子后，我赶忙推开安德鲁，慌乱地抓过羽绒被盖在我们身上。我开口道："哦，上帝。查理，很抱歉。"

我儿子看看身后，又看看我。

"查理不在这里，我叫蝙蝠侠。"

我点点头，咬着嘴唇。

"早上好，蝙蝠侠。"

"你和爸爸在干什么，妈妈？"

"嗯……"

"你们在干坏人吗？"

"你们在打坏人吗？查理，不能用'干'。"

"那是在打坏人吗？"

"是的，蝙蝠侠。没错，我们就是在打坏人。"

我微笑地看着儿子，然后等着他的回答。我不知道他会说什么。他说："有人在我衣服里放了屎，妈咪。"

"拉了屎，查理。"

"对，很大、很大的屎。"

"哦，蝙蝠侠，你真的在衣服里拉屎了？"

蝙蝠侠摇摇头，他的蝙蝠耳朵跟着抖动了几下。面具之下，依稀可见的脸上露出了狡黠的表情。

"不是我拉的屎。是海鹦。"

"你的意思是，晚上海鹦出现了，在你的蝙蝠侠装里拉了泡屎？"

蝙蝠侠认真地点了点头。我注意到他戴着蝙蝠侠面具，却没有穿蝙蝠侠装。除了面具和斗篷，他什么也没穿。他举起蝙蝠侠装让我检查，一坨东西从衣服里滑出来，扑通一声砸在地毯上。难以形容的恶臭扑鼻而来，我从床上坐起来，看见从地毯一路到卧室门口，一长串块状物体清晰可见。在我体内某处，那个理科成绩全 A、热爱实验的女人发现，蝙蝠侠的手上、门框、卧室墙壁、我的闹钟收音机，当然还有蝙蝠侠的衣服上，全都是儿子的排泄物。他的手上、脸上，甚至蝙蝠侠衣服上黑黄双色的蝙蝠侠标志上都沾着大便。我没法让自己相信这些是海鹦干的好事。这就是"蝙蝠屎"。

我依稀记得我曾经读过如何教育子女的文章。

"好吧，蝙蝠侠。妈咪不生气。"

"妈咪把这些大便清理干净。"

"嗯，哦，上帝。"

蝙蝠侠严肃地摇了摇头。

"不，不是上帝，是妈咪。"

愤怒之情超过了罪恶感和难为情。我扭头看向安德鲁，他仍旧紧闭双眼，双手扭曲，临床抑郁症开始发作，一场本就不算愉快的性爱被迫中断，还有恶臭熏人的大便都让他越发痛苦。

"蝙蝠侠，为什么不让爸爸帮你清理呢？"

儿子盯着他爸爸瞧了许久，然后又看向我，仿佛在向低能儿解释某件事一样，他颇有耐心地摇了摇他的小脑袋。

"但是，为什么不呢？"我现在的语气算得上是恳求了，"为什么不叫爸爸去做呢？"

蝙蝠侠一脸严肃。"爸爸正在打坏蛋。"他回答道。这一次，语法一点毛病都没有。我和他一道扭头看向他的父亲，接着我叹了口气。"好吧。"我说，"我想你是对的。"

五天之后，也就是我最后一次见到我丈夫还活着的那个早晨，我给离不开斗篷的十字军穿好衣服，让他吃了早餐，把他送到幼儿园的早起者俱乐部，然后回到家里，冲了个澡。安德鲁看着我穿好紧身衣。我总是在交稿日那天打扮得正式一些，高跟鞋、短裙还有时髦的绿色外套。杂志出版这一行自有它的规则，如果主编不能遵守，那更不要指望其他员工了。我不会给芬迪高跟鞋写特刊，也不会在杂志最后加上推广彪马的文章。

我抓紧时间穿好衣服，安德鲁一丝不挂地躺在床上，一言不发地盯着我看。我临行前看了他最后一眼，他还在看我，然后我便关上了房门。该怎么向儿子描述他父亲脸上最后的神情呢？我决定告诉儿子，他的父亲看上去十分平静。我也决定向他隐瞒，其实我丈夫张着嘴似乎要说些什么，但是我上班就快迟到，只得匆忙地转身离开。

上午九点半的时候，我到了办公室。杂志社位于斯毕塔菲尔德的商业街上，从泰晤士河畔的金斯顿乘交通工具的话，大概九十分钟就到了。最糟糕的是你必须离开地面，走进地铁的热浪之中。每节地铁车厢里都塞着二百多号人，所有人挤在一处，动弹不得，只能听着金属车轮在铁轨上摩擦的声音。连着三站，我都和一个身着灯芯绒外套的男人挤在一处。他身材瘦削，正在默默流泪。正常情况下，人们会选择睁开眼睛，但是我夹在那里动弹不得，只能看着他哭。我应该伸手去抱抱他的——哪怕是同情地拍拍他的肩膀，但是我左右两边都是上班族，胳膊夹在中间无法活动。或许他们其中的某些人也想安慰这个男人，但是彼此靠得太紧，实在无法抽身。

好心的人还是太少，这就让表达同情之心的举动显得无比尴尬。乘客中应该有人推开身旁的人，发挥一下带头作用的，但这不是英国人的做派。我并不确定，在人满为患的地铁中，在其他乘客的注视下，我是否会做个表率。对我而言，冷眼旁观是可耻的，但我又夹在两种羞愧感中间左右为难。一方面是因为丧失掉基本的人性而带来的羞愧感，另一方面，我又羞于成为第一个有所表示的人。

我对那个流泪的男人无助地笑了笑，反复想着安德鲁的事情。

当然，一旦回到地上，人们就会忘记有关人性关怀的事。伦敦这座城市就是这样。那个早晨，伦敦是那样明亮、鲜活、充满魅力。六月刊就要完结了，这让我很兴奋。实际上，最后两分钟我是跑着进办公室的。我们大楼的外部就写着杂志的名字——女妖，这两个字是用三英尺高的粉色霓虹灯拼成的。我在外面站了片刻，深吸了几口气。空气仿佛静止了一般，在车水马龙的轰鸣声中，你还能听见霓虹灯啪啪作响的声音。我站在那里，一边扶着门，一边想着在我出门之前，安德鲁到底想说什么。

我的丈夫并非一个不善言辞的人，不过自从我们遇见了小蜜蜂，他就开始陷入长久的沉默。在那之前，他的话匣子是一分钟都闲不住的。度蜜月的时候，我们总是聊个没完。我们的蜜月是在海边别墅里度过的，我们喝着朗姆酒和柠檬水，滔滔不绝，侃侃而谈，以至于我都没有留心大海的颜色。每当我需要停下来回想自己曾经有多爱安德鲁时，只消想到这一点就行了。地球表面的十分之七都是海洋，而我的丈夫却能让我忽略如此辽阔的存在。他对我来说就是这么重要。当我们回到金斯顿的新房时，我问过安德鲁蜜月期间的海洋是什么颜色的。他说："嗯，是蓝色的？"我回道："拜托，安德鲁，你可是个行家，你还能给出更好的答案。"接着安德鲁说："好吧，那么，令人叹为观止的大海，呈现出醉人的深蓝色，耀眼的阳光洒在浪尖上，给海面铺上一层绯红和金黄。接着，海浪又被推入幽暗的海洋深处，颜色越发浓厚，变成了邪恶阴暗的靛蓝。"

在说最后两个字的时候，他拖长了声音，这让音色更加低沉，增添了一种喜剧效果，同时他还扬起了眉毛。"靛——蓝——"他低声说道。

"你当然知道为什么我没有注意到海的颜色，对吗？那是因为整整两周，我都在——"

说到这里，我丈夫的目光都停留在我身上。

然后我们忍不住窃笑起来，在床上滚来滚去。查理，亲爱的查理，就是那个时候怀上的。

我推开街边的大门，走进杂志社的大厅。黑色的意大利大理石地板是我们租用这栋大楼以来唯一保存下来的优雅元素，大厅剩下的装饰都颇有我们的风格：无数装着女装样品的箱子靠墙堆放着。某个实习生还用粗头的蓝色马克笔给箱子分了类——"适用于拍摄""不宜拍摄"，或者用得意专断的语气写道"这可不是时尚"。一个带有裂缝的金色日本有田烧花瓶里插着一株已经枯萎的刺柏，枝丫上还挂着三个闪闪发光的圣诞节装饰物。在紫红色彩灯的映衬下，墙壁显得颇为老旧。即使是从商业街射进来的暗淡的光线，墙面上残破不堪的油漆也显得十分寒碜，然而我并不讨厌这个样子的大厅。《女妖》杂志不同于其他女性杂志，就让那些杂志社拥有整洁明亮的大厅和豪华的埃姆斯椅子吧。而要让我选择编辑部，我宁愿要得力的团队和一个阴暗的大厅。

克拉丽莎是负责我专题版的编辑，她跟在我身后进来。我们行了三次亲吻礼——自学生时代起我们就是朋友——她挽着我的手，一起上楼梯。编辑部就在这座大楼的顶层。楼梯上到一半的时候，我发觉克拉丽莎有些不对头。

"克拉丽莎，你穿的还是昨天的衣服。"

她尴尬地笑了笑："换成是你，你也会如此，如果你见到昨天那个男人的话。"

"哦，克拉丽莎，我能为你做些什么呢？"

"涨工资，给我买杯浓咖啡，再来些扑热息痛。"

她笑着举起手指不断列举。我提醒自己，克拉丽莎不像我，还没有拥有我所拥有的一些美好，比如一个漂亮的儿子——我的蝙蝠侠，所以她没有我过得充实。

十点半的时候，我该去视察下面员工的工作情况了，愿上帝保佑她们。她们竟然还没有到办公室。清洁工还在编辑部里用吸尘器打扫房间，吸走办公桌上的灰尘，把下属们装着男朋友照片的相框上下颠倒过来，以此证明相框下面的灰他们也顾及了，《女妖》编辑部的人对此都无可奈何。在 *Vogue* 或者《嘉人》杂志社工作的编辑，通常八点就会到办公室，打扮时尚，品着绿茶。他们不会愿意深夜加班，在没有过时的巴黎老字号时装店的样品箱子上写"非成衣"的字样。

克拉丽莎坐在我办公桌的一角上，我坐在桌子后面。这间办公室是开放式的，所以我们能看见那些顶着黑色面孔的清洁工顺手拾走了昨天的布料样品和星巴克的杯子。

我们谈论着即将完成的这一期杂志。这个月，广告销售部同事们干得非常好——说不定是涨价的街边毒品让他们把更多的精力转移到了工作上——我们发现可编写的材料已然超出了版面。我有一篇"现实生活"的文章——一个试图逃离巴格达的妇女的故事,我打算把这篇文章放到这期杂志里;克拉丽莎也有一篇文章,写的是只有和老板发生关系时才能体会得到的新式性高潮。我们在讨论该选哪一篇。我有些心不在焉,于是给安德鲁发了条短信,问他在做什么。

走廊尽头的平板电视上正在播放 BBC 的《新闻 24 小时》,声音并不大。电视里放的是一段战争的画面,那是某个卷入战争的国家,浓烟滚滚,一片焦土。别问我是哪个国家——我早就跟不上时政了。那场战争持续了四年。从我儿子出生的那个月起,这场仗就开始了,一直伴着我儿子成长。起先,儿子和战争,二者都给了我巨大的冲击,我一直关注着他们,但是随着时间的流逝,他们变得独立起来,我也不再时刻关注他们了。有时,我会因为一件特别事项而关注他们其中之一。但有时会像现在这样,我会想:上帝啊,你不是已经长大了吗?

我对那种新式性高潮很感兴趣,于是我仰起头问克拉丽莎:"怎么可能只在和老板做爱的时候发生呢?"

"就像是禁果,不是吗?打破办公室的禁忌,让你获得意想不到的快感。就像荷尔蒙或是神经传导素之类的东西,你知道的,跟科学有关。"

"那,科学家证实这一点了吗?"

"莎拉,别和我提实验。我们在谈一种有关性快感的全新领域。我们给它命名为 B 点,B,就是老板(boss)的意思。你知道我们在干什么了吧?"

"天才。"

"谢谢你,亲爱的,我们会试试的。"

想象着这个国家上上下下的女性和西装笔挺的中层经理做那回事，我的心里就非常难过。平板电视上，《新闻24小时》的内容已经从中东跳转至非洲。不同的场景，却有着相同的天空，浓烟滚滚，黑烟密布。镜头中是一双患了黄疸病的眼睛，表情呆滞，和我出门前安德鲁的样子如出一辙。我胳膊上的汗毛再次立了起来。我把目光瞥向别处，然后跨上三级台阶，走到临近商业街的窗前。我把额头抵在玻璃上，这是我思考事情时的习惯。

"你还好吗，莎拉？"

"还好。听着，帮我个忙，去拿两杯咖啡好吗？"

克拉丽莎走到那台古怪的咖啡机边上，这台机器若是放在 Vogue 杂志社的办公室里，保准会成为一个沙龙据点。下面的商业街上，一辆警方巡逻车正开过来，停在我们大楼前面的双杠黄色停车线处。两个身着警服的官员走下车，越过车顶对视了一眼。其中一个留着金色头发，另一个是秃顶，脑袋又光又圆，活像个出家的和尚。我看见他歪着头在听衣领上无线电里的指令。我笑了起来，心不在焉地想到了查理的幼儿园举办的一项活动，名字叫"警察：帮助我们的人"。我儿子——不必说——是绝对不信的。身穿蝙蝠侠斗篷、头戴面具的查理总是保持高度警惕，他坚信，一个自豪的公民应该随时做好自救的准备。

克拉丽莎拿着两杯拿铁回来了。一个杯子里有咖啡机投出的树脂搅拌棒，另一个则没有。克拉丽莎犹豫该给我哪一杯。

"这是今天编辑部要做的第一个重大决定。"她说。

"轻松点，我是上司，给我有搅拌棒的那杯。"

"要是我不想呢？"

"那你那篇 B 点就永远也别想刊登了。克拉丽莎，我警告你。"

克拉丽莎脸色发白，把有搅拌棒的那杯递给我。

我说："我喜欢巴格达那篇。"

克拉丽莎叹了口气，肩膀垂了下来。

"我也是，莎拉，我当然也喜欢那篇。那篇写得不错。"

"五年前，我们就追求这样的东西，这一点毫无疑问。"

"五年前的发行量太低了，我们只能冒险。"

"那是咱们杂志的经营方式——与众不同，这才是我们。"

克拉丽莎摇摇头，说："经营和维持不是一回事。你我都心知肚明，当其他竞争者都把'性'当作卖点的时候，咱们不可以把重点放在道德上。"

"但你凭什么认定咱们的读者变得更愚蠢了呢？"

"我不是这个意思。我想，老读者对咱们的杂志失去兴趣的原因就在这里，他们的注意力转移到更有趣的事情上了。如果你总是在重复你的工作，那你也会厌倦。或许你还不清楚自己有多么能干，莎拉，你去给一份全国发行的报纸做编辑都没问题。"

我叹了口气："多可怕啊！每一个版面上都是袒胸露乳的女人。"

我那根断指有些痒。我再次低头去看街上的巡逻车，两名警官正在戴警帽。我用手机轻轻叩着门牙。

"克拉丽莎，下班后一起喝一杯吧？如果你愿意，可以带上你的新男友。我带上安德鲁。"

"真的？在公共场合吗？带上你丈夫？上次的事还不够糟糕吗？"

"五年前才是真的糟糕。"

克拉丽莎偏过头看着我。

"莎拉，你在暗示我什么？"

"我不是在暗示你什么，克拉①。我喜欢你都来不及，怎么会暗示你？

① 克拉丽莎的昵称。

我不过是在问自己，是的，问自己或许五年前的那个选择不算太糟。"

克拉丽莎露出顺从的微笑，说道："行吧，但别指望我会因为他是你丈夫，就能保证我的手离桌子底下他那迷人的大腿远远的。"

"你要是敢那样做，克拉丽莎，我让你下半辈子充其量当个占星术版面的小编辑。"

这时，我桌上的电话响了。屏幕上显示十点二十五分。怪好笑的，我总是记着这些细枝末节。我接起电话，是前台打来的，接线员的声音听起来十分单调，叫人不由得想要分心。在《女妖》杂志社，我们把前台当成惩罚——要是哪个编辑部的女人经常开低俗的玩笑，那她将被派去这个最受瞩目的位置待一个礼拜。

"来了两位警察。"

"哦，他们来这儿了？来干什么？"

"好吧，让我想想我为什么要拨通你的号码。"

"他们来找我？"

"选你当领导真是太对了，莎拉。"

"少来这一套。他们找我谈什么？"

对方停顿了一下。

"我问问他们。"

"如果不麻烦的话，拜托了。"

长时间的沉默。

"他们说他们想在办公室里拍一部色情电影，他们说他们并不是真的警察，而且他们的老二特别大。"

"哦，看在上帝的分上，跟他们说，我这就下去。"

我挂断了电话，看着克拉丽莎，我胳膊上的汗毛再次竖起来。

"警察。"我说。

"放轻松。"克拉丽莎说道，"他们不会因为你要刊登一篇严肃的文章就抓你的。"

她身后的电视上放着乔恩·斯图尔特的节目。他笑得很开心，他的嘉宾也是。这让我感觉好多了。那个夏天，你总得找点可以令人快乐的东西，从而忘却那浓烟滚滚的场面。要么纵情大笑，要么换上超级英雄的衣服，要么试试尚未得到科学证实的性高潮。

我下了楼梯朝大厅走去，脚步越来越快。两个警察站得很近，手里还拿着警帽，洁净的皮鞋踩在黑色的大理石地板上。年纪轻一点的警察脸涨得通红。

"不好意思。"我说。

我瞪了一眼前台接待，她把脸藏在完美的偏分金发后面，朝我咧嘴一笑。

"是莎拉·欧洛克吗？"

"是萨默斯。"

"您说什么，夫人？"

"莎拉·萨默斯是我在行业里用的名字。"

年长一些的警察面无表情地看着我。

"欧洛克太太，我们要谈的是私人事务，能另外找个地方聊吗？"

我带他们去了一楼的会议室。室内的装饰大多呈紫罗兰和粉色，里面摆着长长的玻璃桌，还有比外面更多的霓虹灯。

"喝咖啡吗，还是茶？我的意思是，我不能确定咖啡机打出来的是咖啡还是茶，机器有些……"

"或许您先坐下来比较好，欧洛克夫人。"

在粉色灯光的映衬下，两名警官的脸色显得很不自然，看上去像是从黑白电影里走出来的人物，然后又经电脑上了色。年长一点的秃顶的警官大约有四十五岁，而年轻一点的那个留着一头金色的短发，有二十到二十四岁，丰满的嘴唇长得十分漂亮，看上去十分水润光泽。他长得并没有那样英俊，但是他站着说话的方式和他说话时下垂的双眼让我十分着迷。当然，制服魅力是不可否认的，脱下制服是否还是一样的呢？对此我表示怀疑。

二人把警帽放在深紫色的玻璃上，白净的手指转动着帽子，接着又同时停下，就好像精准地完成了基本训练——帽子摆放的角度要合适。

他们都盯着我看。这时，放在玻璃桌上的手机突然响了起来——来了一条短信。我笑了，肯定是安德鲁。

"我们带来了一条坏消息，欧洛克夫人。"年长的警官说。

"怎么说？"

他的措辞比我预想的还要直接。他们的视线已经转移到了桌子上的警帽上。我打算看一眼刚进来的短信，正当我伸手去拿手机的时候，我看见二人的目光又落在我残缺的指根处。

"哦，这个啊，是我度假时受的伤。实际上，是在一处海滩上弄成这样的。"

两名警官对视了一眼，又转头看向我。年长一点的警官开口说话了，他的声音突然变得粗哑。

"我们十分抱歉，欧洛克夫人。"

"哦，请千万不必如此。没关系的，真的，我现在很好。只是一根手指。"

"欧洛克夫人，我不是这个意思。恐怕我们得告诉您——"

"瞧，坦白讲，没了一根手指也是可以习惯的。起初你会觉得很严重，但后来你就学会用另一只手了。"

我抬起头，看见他们都在看我，表情严肃，神情凝重。霓虹灯噼啪作响，墙壁上的钟表宣告着下一分钟已经来临。

"真正有趣的是，有时候我还能感觉到它的存在。你明白吗？就是我的手指，少了的那一根。有的时候这里还会痒，然后我去挠痒的时候又发现这里空空的，这是当然的了。我时常梦到这根手指长回来了，能长回来我当然开心，尽管我已经适应没有它了。这有点傻，是不是？我很怀念那根手指，看到了吧，这里还会痒。"

年轻的警官深吸了一口气，低头看向他的记事本。

"欧洛克太太，今天早晨九点多，有人发现您的丈夫在家中失去意识，您的邻居听到叫喊后拨打了999求救电话，说一名男子昏迷不醒。警察于九点十五分赶到现场，破门而入，在楼上的房间中发现了不省人事的安德鲁·欧洛克先生。我们的同事竭尽全力抢救欧洛克先生，然后救护车赶到了，抬走了当事人。但我非常遗憾地通知您，欧洛克太太，您的先生当场死亡……死亡时间是九点三十分。"

警官合上了他的记事本，继续说道："非常抱歉，夫人。"

我拿起电话，新来的这条短信确实是安德鲁发来的，只有两个字——抱歉。

他说抱歉。

我把电话，包括我自己，都调到了静音模式。这种安静持续了一个星期。它在我坐出租车回家的路上隆隆作响；它在我把查理从幼儿园接回来的时候肆虐地咆哮；它在我给父母打电话的时候发出爆裂的声音；它在送葬者向我说明橡木和松木棺材的优点时溃堤而出；当《泰晤士报》的讣告编辑致电确定最后的细节时，它抱歉地清了清嗓子。现在，它一路跟着我走进了阴冷的、回音绕梁的教堂。

该如何向四岁的超级英雄说明死亡这件事呢？如何宣告悲恸的突

然到来呢？警察告诉我安德鲁过世的时候，我的大脑拒绝接受这个消息。我认为我只是一个极其平凡的女人，对付日常琐事还可以，比如被迫中断的欢爱、编辑部内的重大决策，还有坏了的咖啡机——这些都在我可承受范围之内。但是我的安德鲁，死了？这根本就是不可能的。从某种角度说，他曾经覆盖了地球表面的十分之七。

而现在，我看着安德鲁朴素的橡木棺材（一个经典的选择，夫人），在教堂宽敞的大厅里，它显得那样渺小。这是个无声的噩梦。

"妈咪，爸爸在哪儿？"

我坐在教堂的最前排，怀里搂着我的儿子，我发现自己竟然在颤抖。牧师正在念哀悼词。他用的时态是过去时，悼词简洁明了。我想起来，他从没有像我一样用现在时谈论过安德鲁，他没有读过安德鲁的专栏，也没有感受过像个破钟摆一样的安德鲁在我体内的运动。

查理在我怀里扭动着，重复了一遍问题，自从安德鲁死后，他每天要问上个十来遍。"妈咪，我爸爸到底去哪儿了？"我俯下身子，在他耳边说道："今天早上，他在一个十分漂亮的天堂里，查理。那里有一个可爱的、长条状的房间，他们都在那里领取早餐，里面有许多有趣的图书，还有许多事要做。"

"哦，那里可以画画吗？"

"对的，可以画画。"

"那现在，爸爸在画画吗？"

"不，查理，爸爸现在正在打开窗户，仰望天空。"

我打了个冷战，不知道还要花多长时间来杜撰我丈夫的来世。

牧师继续念悼词，然后是赞美诗。有人扶着我的胳膊把我领到外面。我发现自己身处墓地之中，附近的地面上已经有一个深坑了。六个身穿西服的送葬者正在下葬灵柩，灵柩上面系着绿色的丝质粗绳，绳子末端还系着流苏穗。我认出这就是教堂前面架子上停放的灵柩。灵柩已经放好了，送葬者抽走了绳子，六个人的手腕都娴熟地抖动了一下。我记得那个时候我还在想：我敢肯定他们经常做这个动作。我觉得自己颇具洞察力。这时，有人将一抔泥土递到我手中。我意识到他们这是在引导我——甚至是催促我——把这抔土扬到坑里去。我站在深坑边上，周边全是从果蔬店里买来的干净的草皮。我俯瞰着深坑里的情况，看见灵柩在深处泛起微弱的光。蝙蝠侠紧紧地抱着我的腿，和我一起注视着幽深的墓穴。

“妈咪，为什么布鲁斯·韦恩那群人要把这个大箱子放进洞里呢？”

“咱们现在不谈这个，亲爱的。”

一周以来，我费了不少时间向查理描绘天堂的样子——里面的每一个房间、书架还有沙坑——我从来不谈及安德鲁肉体的死亡。我觉得四岁的儿子并不能理解肉体和灵魂的分离。现在看来，我得承认我低估了这个同时生活在泰晤士河畔的金斯顿和哥特城里的男孩。我想，如果我能早些和他坐在一起，向他仔细解释这一切的话，他会欣然接受这种平行二元论。

我跪下来，用胳膊搂着儿子的肩膀。我的动作很轻，但是脑袋却晕晕的。我想，要不是抱着查理，我就已经跌下去了。我把查理抱得更紧了。查理把嘴巴凑到我耳边，轻声道：“爸爸现在到底在哪里呢？”

我悄悄地回答：“你的爸爸待在天堂的小山上，查理。每年到了这个时候都会这样。我想他在那里会过得很开心。”

“妈咪，爸爸会很快回来吗？”

“不，查理，去了天堂的人是不会回来的。我们谈过这个问题。”

查理噘起小嘴。“妈咪。”他又说道，“为什么要把那个箱子放下去呢？”

"我猜是因为放在那里很安全。"

"哦。那他们会再回来把箱子拿出来吗？"

"不会，查理，我想他们不会。"

查理眨眨眼，面具下面的他皱起眉，试着理解我说的话。

"天堂在哪里，妈咪？"

"够了，查理，不要再提了。"

"箱子里是什么？"

"回头再说这件事，亲爱的，好吗？妈咪现在头很晕。"

查理凝视着我："我爸爸在那个箱子里吗？"

"你爸爸在天堂，查理。"

"那个箱子就是天堂吗？"查理大喊道。

所有人都看向我们，我没法回答。儿子盯着那个深坑，然后抬头看着我，一脸警惕。

"妈咪！放他出来！让爸爸从天堂里出来！"

我搂紧他的肩膀。"哦，查理，拜托，你不懂！"

"放他出来！放他出来！"

儿子挣脱开我的束缚。一切发生得太快了。眼下，他就站在大坑的边缘。他回头望着我，然后转过身向前走了一步，但是草皮掩盖住了墓穴的边缘，他一脚踩空，跌入了墓穴之中。他身后的蝙蝠侠斗篷飘了起来。砰的一声，他落在了安德鲁的灵柩上。送葬的人群中爆发出一声急促的尖叫。这是安德鲁死后第一个打破寂静的声音。

尖叫声在我脑中回响，我觉得恶心，头晕目眩。我仍旧跪在地上，朝着墓穴的边缘探过身去。只见下面的阴影之中，儿子正在用力地捶打灵柩，大声嚷道："爸爸，爸爸，快出来！"他抓着灵柩盖，穿着蝙蝠侠鞋子的双脚抵在墓穴一侧的墙上，双手扣着灵柩盖上拧紧的螺丝使劲地向上拉扯。

我从墓穴的边缘探出手去，请求查理拉住我的手，让我把他拉上来。但是我觉得他压根没听见我说话。

起初，儿子气喘吁吁、充满信心地行动着。毕竟，在他看来，那个春天里的蝙蝠侠是无敌的。他已经战胜了企鹅人、海鹦还有急冻人。在儿子的观念里，他是绝对不会认为自己不能克服这个挑战的。因为愤怒和激动，他大喊大叫。他没有放弃，但是如果我迫使自己坦白在这一过程中哪个瞬间最为痛心，那就是我看见儿子的手指第十次从暗淡无光的橡木灵柩盖上滑落，看见儿子瘦小的身体上反映出其疲惫不堪和难以置信的心境。

送葬的人围在墓穴边缘，被眼前骇人的场面惊得不知所措。第一次接触死亡比死亡本身更可怕。我想靠得再近一点，但是后面拉着我手肘的人把我往回拽。我挣扎着，但全是白费力气。我看着四周那些惊恐的面孔，心想为什么没有人伸出援手呢？

但是，要做第一个行动的人，实在是太艰难了。

最终，小蜜蜂下到墓穴里面，抱起我的儿子，让别人把查理拉上去。查理又是踢又是咬，在沾着泥巴的面具和斗篷下面愤怒地挣扎着。他还想下去，小蜜蜂在他挣脱后再次抱紧了他，及时把他拉了回来，尽管他仍在喊叫："不要，不要，不要，不要，不要！"而这时，所有重要的送葬者都走到从果蔬店买来的那一小条草皮上，把手里的一小抔土撒进墓穴。儿子的哭喊声持续了很长一段时间。我怀疑我的神经是否会像女高音的声音震碎玻璃酒杯那样被儿子的吵闹摧毁。事实上，安德鲁以前的同事，一名曾在伊拉克和达富尔待过的战地记者后来打电话给我，向我介绍了一位专治疲劳的咨询师。"你想得真周到。"我告诉他，"但是我又没有去打仗。"

墓地旁，儿子不再哭喊以后，我拉起他，把他抱在胸前，让他的头抵在我的肩膀上。他已经没有力气了。透过蝙蝠侠面具上的小洞，我能看见他的眼皮耷拉下来。我看着送葬者一个一个朝着停车场走去，五颜六色的雨伞和肃穆的西服很是不搭。

这时，天空下起了雨。

小蜜蜂和我都留在后面。我们站在墓穴的边缘，看着彼此。

"谢谢。"我说。

"没什么。"小蜜蜂说，"我只是做了任何人都会做的事。"

"是啊。"我说，"但是别人都没有这样做。"

小蜜蜂耸耸肩："这种事对不相干的人来说还容易些。"

我打了个寒战。雨越下越大。

"这件事是完不了了。"我说，"对吗，小蜜蜂？"

"'无论月亮消失多久，总有一天它还会发光。'这是我们村子里的老话。"

"'四月的小雨会带来五月的鲜花。'我们这里的说法。"

我们看向彼此，勉强地笑了笑。

我没有把手里的泥土撒进墓穴里，似乎我也没法做到这一点。两小时以后，我在家里厨房的餐桌旁待了一会儿，发现手上还握着那抔泥土。我把这一小堆米黄色的泥土放在了干净的棉质蓝色餐布上，但是几分钟后，当我回来时，却发现有人经过这里并把泥土清理掉了。

几天之后，《泰晤士报》的讣告专区上刊登了前专栏撰稿人葬礼上令人心痛不已的场面。安德鲁的编辑将剪报装进厚厚的淡黄色信封里，寄给了我，上面还附着一张白色的问候便签。

不属于这里的女孩

要是把这个故事讲给老家村子里的姑娘们听，我首先得解释一下一个简单的词"恐惧"。在我们村里的人的眼中，这个词有不一样的含义。

在你们的国家里，如果你还不算特别害怕，那你也许会看一部恐怖片。看完之后，你离开影院，走入夜色之中，然后你会发觉，周围的一切都渗透出恐怖的气息。也许你会想到说不定杀手正埋伏在家里等你回去，而你会这么想是因为你看到家里亮着灯，但你记得出门前把所有灯都关了。当你在镜子前卸完妆时，你会看到一张奇怪的脸。你眼中的那个人不是你，接下来的一小时，你都心惊肉跳的，不敢相信任何人，直到那种感觉慢慢消失。在你们的国家里，恐惧就好比一服药，你喝下这服药就是为了宽慰自己并没有受到恐惧的支配。

对我和村子里的姑娘们来说，恐惧是一种病，而且我们都得了这种病。这不是你站起身，让电影院的红色大座椅折叠起来就能治好的病。

不过，这倒是个好主意。如果我能那样做的话，请相信，我宁愿待在休息室里，同小卖部里的小伙子开开玩笑，花一英镑硬币买份奶油爆米花，然后说："哎，感谢上帝，总算演完了。这是我看过的最吓人的电影，我想下次我会看部喜剧或者带吻戏的爱情电影。"但是你还记得电影的内容，要忘记没有那么轻松。无论你走到哪里，这片子都会自动在脑海中放映。所以当我说我是个难民的时候，你一定要明白我可没有避难的地方。

有些时候我会想，有多少人像我一样，在我们的世界和你们的世界之间漂泊无依。成百上千的难民在海上漂泊，如果没法给领头人一些偷渡费，那就只能躲在货船上，藏进阴森森的货舱里。在黑暗之中，连气都不敢喘，饥肠辘辘，听着船上丁零当啷的怪响，闻着柴油和油漆的臭味，听着引擎的轰鸣声。在夜里更是睡不好，听着海底深处传来的鲸鱼的叫声，那声响简直响彻船舱。所有人都在低声私语，在默默祈祷，在暗暗思索。我们思索的是什么呢？是人身的安全，是内心的平静，是休息室中呈现的虚幻缥缈的国度。

我溜进了一艘巨轮，但是仍旧非常害怕。离开家乡的时候，我以为我逃了出去，但是到了辽阔的大海上，我又开始做噩梦。我太天真了，以为离开的时候什么也没有带，但实际上，我背负的麻烦可不少。

他们把我放在泰晤士河畔的某个码头上。我不是从跳板上走下来的，而是被移民局的人带走的。他们把我关进羁押中心，那儿可是个不能胡来的地方。该怎么说呢？你们的制度很残酷，但是你们当中的许多人对我还算友好。你们会送来募捐箱子，你们会把我的恐惧用靴子和花里胡哨的 T 恤粉饰起来。你们还送来了涂指甲的油彩，还有图书和报纸。现在，你们眼里的麻烦——我——也会说标准的英语了。我们现在也能谈谈避难所和收容所了。这样，我能告诉你们——用我说母语时的快语速——我在逃避的事情了。

我可以向你发誓，在生活中，比起男人能对你做的事，自杀更轻松一些。一旦明白这一点，你的眼睛就会一直警惕地注视周围，提防着男人的出现。

在移民羁押中心，他们告诉我们，必须要通过训练学会克服恐惧。以下是我学到的东西：无论走到哪个地方，我都会计划在那里如何进行自杀。以防男人冷不防地出现，我要保证自己做好了准备。我第一次走进莎拉浴室的时候就在想：对，小蜜蜂，你可以打破药品柜的玻璃，用碎片割腕。莎拉带我出门的时候，坐在她车里的我就想：小蜜蜂，你可以摇下车窗，解开安全带，翻到车窗外面去，然后你就会落在迎面而来的卡车前面。莎拉带我到里士满公园放松了一天。她欣赏风景的时候，我却在寻找地面上的藏身之处，就是可以躺在里面、等到你们发现我的时候就剩一堆白骨的地方。狐狸和兔子也会用软软的、湿漉漉的鼻子嗅一嗅我的头盖骨。

如果突然之间杀出一个男人，那我将做好自杀的准备。你会因为我有这种想法而为我感到难过吗？如果真的有男人出现，而且发现你还没有做好自裁的准备，那么就该轮到我替你难过了。我被关在羁押中心的前六个月，每天晚上我都会尖叫，白天则预想着上千种自杀的方法。我想象着像我这样的女人在这里可能遇到的情况，计划着在各种情况下自杀的方式。医务室里，可以用吗啡；在清洁室，可以用漂白剂；在厨房，可以用滚烫的热油。你认为我太夸张了是吗？和我关在一起的人之中，真的有这么做的。羁押中心的警官常在夜里处理这些尸体，因为他们不想让当地人看到有救护车从这里进出。

或者，他们放我走以后，我该怎么自杀呢？去看电影的话，该怎么在影院里自杀呢？我会从放映厅上面跳下来。要是在饭店里呢？那我会躲进最大的冰箱里，冻死自己，长眠不醒。要是在海边呢？那我就偷一辆冰激凌货车，开着车就往海里冲。这样你们永远也别想再见到我。而唯一能够证明这个受了惊吓的非洲女人存在过的证据，就是两千个正在融化的冰激凌，它们乘着蔚蓝色的冰冷的海浪，在包装袋里左右摇摆。

经过一百个无眠的夜晚后，我终于设计好在羁押中心乃至这个国家的每个角落里施展自杀的办法。不过这些都还只是我的想法。因为恐惧，我的身体变得十分虚弱，他们把我送去了医务室。远离了其他犯人，我躺在粗糙的床单上，每天都在想问题。我知道，他们打算把我遣返回国，所以我开始盘算回到尼日利亚以后该怎么自杀。其实，方法跟在羁押中心的差不多，只是周围的景色更加秀美，这算是一个意外的小惊喜吧。在森林中，在静谧的村子里，在群山两侧，我一次又一次地夺走了自己的生命。

在景色优美的地方，我秘密地谋划着这些自杀行动。在热带丛林深处，空气中弥漫着湿润的苔藓的气味和猴子粪便的臭味。曾经，我砍了一整天的树，想要搭建一座高塔，这样我就能把自己吊死在上面。我有一把砍刀。我想象着双手沾满黏稠的树液的样子，想象着那甜美的气味。伐树把我的胳膊累酸了，但这感觉真不赖。因为我把树都砍倒了，气得猴子们不停地尖叫。在我的幻想里，我干得很卖力，我用藤蔓把树干捆在一起，按照我姐姐妮可茹卡教我的方法打了一个特殊的结。对于一个瘦小的女人来说，这一天干下来可不容易。我很自豪。在这一天结束的时候，我还独自躺在病床上，幻想着那座用来自杀的塔。我意识到，只要从树上往下跳，一头栽到石头上就成了。

我的脸上第一次露出了微笑。

我开始吃他们送过来的饭。我告诫自己：必须保存体力，小蜜蜂，要不然时候到了，你连自杀的力气都没有，那样就太遗憾了。从那以后，每到饭点的时候，我便会从医务室走到餐厅去吃饭，这样我就不用吃送来的餐饭了，还可以选择喜欢的食物。我开始问自己：哪一种食物能让我在自杀的时候更有力气呢？胡萝卜还是青豆呢？

食堂里经常开着电视机，我开始了解你们国家的生活。我看到过一些节目，比如《爱之岛》《地狱厨房》《想变成百万富翁？》。我计划好了，如何在这些节目里进行自杀。溺水、用刀自裁，还有向观众求助。

一天，羁押中心的警官给了我们一本书，名字叫《英国生活》。书中介绍了你们国家的历史，也讲述了如何入乡随俗。我已经计划好了在不同时代自杀的方法。丘吉尔时代，站在炸弹底下；维多利亚时代，滚到马车底下；亨利八世时代，嫁给亨利八世。我也想好了在工党和保守党的执政时期内自杀的办法，我也明白在自由党当权的时候自杀为什么变得没那么重要。我开始理解这个国家的运作方式。

他们把我从医务室转移出来。夜里我还是会尖叫，但不会每晚如此。我注意到我肩负着两个重担。是的，其一是恐惧，但另一个则是希望。我发现通过自杀，我找到了新生。

我会阅读你们的小说，还有你们送过来的报纸。我把舆论专栏中重要的句子都划出来，用《柯林斯袖珍英语词典》查找单词的意思。我对着镜子，练习讲话，一练就是几小时，直到我能流利自然地使用那些高深的辞藻。

我读过许多关于皇室的报道，我喜欢你们的女王多过喜欢她讲的英语。如果你被邀请去参加伊丽莎白二世女王在伦敦白金汉宫的大草坪上举办的露天酒会，那你该如何自杀呢？是的，我知道。如果有男人突然冒出来，那我就用破碎的香槟酒杯或者锋利的龙虾钳自杀，还可以把一小片黄瓜吞进气管里。

我好奇如果男人突然出现，女王会怎么做，别跟我说她从不考虑这种事。读《英国生活》的时候我曾看到过，身处女王高位的女性会面临什么是非。我能理解，她会经常思考这件事。我想如果女王接见我的话，彼此都会发现我们有很多共同点。

女王经常面带微笑，但是如果你仔细观察五英镑钞票背面的女王头像时，你会看到她也背负着重担。女王和我，我们都做好了最坏的打算。在公开场合，你会看到我们面带微笑，有时还会开怀大笑。但是，如果你用某种特殊的目光打量我们的话，我们保证，在你用手指触碰到我们的身体之前，我们就已经死了。我和英国的女王，我们是不会让你得逞的。

像这样生活其实挺好。一旦你做好死亡的准备，你就不会再被恐惧支配。所以，在那个释放我们的早晨，即便我十分紧张，仍然面带微笑，因为我已做好赴死的准备。

接下来我要同你讲讲出租车司机来了之后的故事。我们四个女人，站在羁押中心外面等车。我们都是背对着羁押中心的，因为如果有一个灰色的大怪物把你吞进肚子里，一待就是两年，现在又突然把你吐出来，你也会这么做的。你背对着它，说话也不敢太大声，生怕它想起你们，又想到了什么"好主意"，把你们再吞回肚子里。

我看向叶薇特，这个个子高挑面容姣好的牙买加女性。之前我每次看她的时候，她不是在哈哈大笑就是在微笑，可现在，她的笑容看上去和我一样，十分不安。

"怎么了？"我悄声问她。

叶薇特把嘴巴凑到我耳旁，说："这儿，不安全。"

"可是他们已经放我们走了，不是吗？我们自由了，还有什么问题吗？"

叶薇特摇了摇头，又低声说道："哪儿就那么容易了，亲爱的。有种自由，叫'你们这群女人可以离开'，还有一种，叫'抓你们之前，你们是自由的'。很糟糕，今儿这种自由是第二种，小蜜蜂儿，真的，他们说这叫'非法移民'。"

"我不明白，叶薇特。"

"好吧，但我现在可不能告诉你。"

叶薇特又看了那两个女人一眼，接着瞥了一眼身后的羁押中心，最后转过身，凑到我耳旁说："我耍了个招，就把咱们放出来了。"

"什么招子？"

"嘘！亲爱的，这里人多，小蜜蜂儿，相信我，得找个地儿躲起来。有空儿我再告诉你。"

旁边的两个女人都在看我俩，我冲她们笑了笑，尽量不去想叶薇特的那番话。我们跪坐在羁押中心的正门口，两侧是足足有四人高的围墙，上面还挂着带刺的铁丝网以及肮脏的黑色铁圈。我看着其他三个女人，咯咯笑起来。叶薇特站起身，双手插在腰间，瞪大了眼睛看着我。

"笑啥呢，小蜜蜂儿？"

"我叫小蜜蜂。叶薇特，我在笑这墙。"

叶薇特抬起头望着围墙。

"上帝啊！亲爱的，你这个你日力亚人看着聪明，其实怎么这么笨啊！你说这墙有意思，我可一辈子都不想见了，你还觉着有意思。"

"我说的是铁丝网，叶薇特。我是说，看咱们这几个，手里拿着装有内衣的透明袋子，你还穿着人字拖，这个女人穿着漂亮的黄色纱丽裙，那个女人拿着证明文件。咱们这行头能翻墙吗？我说，各位，就算是撤了这铁丝网，在墙上摆上英镑硬币和新鲜的杧果，咱们照样爬不过去。"

叶薇特大笑起来："哇哈哈哈哈哈哈！"接着她举起一根手指嘲笑我说，"你傻啊！你以为这墙是为了关住咱们？疯了吗？这墙是为了把男的拦在外头。要是他们知道里面关着这些漂亮女人，非得把门砸烂不可。"

我也跟着笑了起来，接着那个拿着文件的女人开口说话了。她仍旧跪坐在那里，低头看着那双邓禄普绿色网球鞋。

"我们去哪儿呢？"

"随便出租车拉咱们去哪儿，懂吗？之后再打算，精神点，亲爱的，咱们可是在英国！"

叶薇特用手指指着大门，手拿文件的女人抬头看着她指的方向，穿纱丽裙的那位也看了过去，我也一样。

这是一个阳光明媚的早晨，我已经说过了。现在是五月，温暖的阳光穿过白云间的缝隙倾泻而出，似乎天空是一个带缺口的蓝色大碗，一个孩童正用这碗来装蜂蜜。我们现在是在山顶上。长长的沥青碎石马路从门口一直延伸到天际，马路上一辆车都没有。马路的这一头一直延伸到我们坐着的地方——不再通向别处。马路两边是田野，景色宜人，翠绿的青草看上去鲜嫩可口，叫人食欲大涨。我看着两边的田野，想四肢着地，把脸埋进草丛里，大快朵颐地吃上一顿。马路左边有许多正在吃草的奶牛，右边的绵羊数量更是庞大。

在离我们最近的田野里，一个白人正驾驶一辆小型的蓝色拖拉机，在田里拉着农具作业。不过，不要问我那是干什么用的。还有一个白人身穿蓝色衣服，我想用你们的话说就是工装连体裤，他正用一条鲜艳的橘黄色绳子圈住篱笆。田地里十分整洁，方方正正的，田地与田地之间还间隔着笔挺低矮的树篱。

"好大呀。"拿着文件的女人说道。

"哎，这算啥。"叶薇特说，"咱们就要去伦敦了，我认识那儿的人。"

"我谁也不认识。"拿着文件的女人说，"我不认识任何人。"

"哦，那你加油吧，亲爱的。"

拿着文件的女人皱起眉头："为什么没人过来帮咱们？负责我这件案子的人为什么没有过来接我？他们为什么不给我释放证明？"

叶薇特摇摇头，说："你袋子里的材料还嫌不够吗，亲爱的？有的人，给他们一寸，他们非得进一尺。"叶薇特笑了起来，但她的眼神中满是失落。"该死的，出租车上哪儿去了？"她说道。

"电话里面说十分钟就到。"

"简直跟十年似的，真是的。"

叶薇特不说话了。我们眺望着乡间的景色。眼前的风景壮丽恢宏，微风拂过田野，美不胜收。我们跪坐在那里，望着奶牛和羊群，还有正在扎着篱笆圈牛羊的白人。

过了一会儿，出租车终于驶入了我们的视线。当它还是马路另一端的一个小白点时，我们就开始目不转睛地盯着它看。叶薇特转身面向我，微微笑着。

"这司机，电话里面，声音好听吗？"

"我没和司机讲话，跟我说话的是管理平台的人。"

"十八个月了，我没碰过男人。小虫子，这个司机最好长得好看些，你明白我啥意思吗？我稀罕高的，胖一点，我不稀罕瘦子。我还稀罕穿得好看的，我没那闲工夫跟窝囊废玩，对吧？"

我耸耸肩，注视着出租车越来越近。

叶薇特看着我，问道："小虫子，你稀罕啥样的？"

我看向地面，上面的青草倒向沥青碎石马路。我伸出手，搓捻着青草。一想到男人，我就十分恐惧，就像一把刀子，刺穿我的身体。我不想说话，但是叶薇特用手肘顶了顶我。

"说吧，小虫子，你稀罕啥样的？"

"嗯，你知道的，就一般的。"

"啥？你是说，一半的？高？矮？胖？瘦？"

我低头盯着我的双手，说："我的理想型应该会说很多门语言，他要会说伊博语、优鲁巴语、英语、法语，还有其他语言。他能和所有人说上话，包括士兵。碰上野蛮暴力的，他也会化解他们心中的戾气。他不用动武，你明白吗？他不用特别帅，但是讲话的时候一定要很有魅力。他要心地善良，就算你在做饭的时候因为和闺密谈笑而把食物烧煳了，他也会说'啊，没关系的'。"

叶薇特看着我。

"原谅我，小虫子，但是你稀罕的那种，听起来，不像个真人儿。"

拿着文件的女人将目光从她的邓禄普绿色网球鞋上转向我们："别烦她，看不出来她是个处女吗？"

我低头看向地面。叶薇特盯着我瞧了好长时间，然后把手放在我的脖子后面。我的鞋尖抵着地面，叶薇特看向手拿文件的女人。

"你咋知道，亲爱的？"

那个女人耸耸肩，指着她透明袋子里的文件，说："我见过世面，我会看人。"

"那你知道那么多，为啥还老不说话？"

那女人又耸耸肩。叶薇特仍盯着她瞧。

"他们都是咋叫你的，亲爱的？"

"我从不告诉别人我的姓名。这样更保险。"

叶薇特翻了个白眼："我打赌你也不给小伙子们电话号码。"

拿着文件袋的女人看向叶薇特，然后朝地面啐了一口。她在发抖。

"你什么也不知道。"她说，"如果你对人生有一丁点了解，你就知道现实没那么有趣。"

叶薇特双手叉腰，慢慢地摇摇头。"亲爱的，"她说，"生活没有给你，也没有给我任何礼物，就是这样。说真的，我就剩开开玩笑这一点儿乐趣了。你，你还剩下一堆文件。"

她们没有接着说下去，因为出租车停下来了，就停在我们面前。车窗摇了下来，里面传出音乐的声音。我来告诉你那首歌叫什么，它叫《我们是冠军》，英国皇后乐队的歌。我为什么会知道这首歌呢？那是因为移民羁押中心的警官特别喜欢这个乐队。我们关在里面的时候，他总是用音箱放些音乐给大伙听。如果你能跟着跳舞，表示你很喜欢这首曲子，那他还会多给我拿些吃的。有一次，他给我看了这个乐队的照片，是 CD 盒上的照片。上面有一个音乐人，留着一头乌黑浓密的卷发，扣在他脑袋上，像极了大秤砣。头发并不短，沿着脖子后面一直垂到肩膀上。我明白你们的语言中"时尚"这个词的意思，但是这种发型看起来并不时尚。我跟你说——那更像是一种惩罚。

我们在看 CD 盒上的照片的时候，另一名警官经过我们身旁，他指着那个发型奇特的歌手说："好一只鸡。"记得我当时非常高兴，因为那个时候我还在学习你们的语言，而且刚开始理解有的词有两种含义。我一下子就明白这句话的意思了。"鸡"可以用来形容这个歌手的头发，就是来形容这个歌手的头发像小公鸡的鸡冠子，你知道吧？所以"鸡"的意思就是像鸡冠子，也可以用来形容留着那样发型的人。

我同你讲这么多主要是因为那个司机就留了那样的发型。出租车停在羁押中心门口的时候，司机并没有下车，他透过打开的车窗打量着我们。他是个瘦削的白人，戴着一副太阳镜，镜片是墨绿色的，镶着闪闪发亮的金边。穿着黄色纱丽裙的女人被眼前的出租车惊到了。我想她和我一样，从没见过这样崭新、闪亮的白色大轿车。她围着车子绕了起来，用手抚摸着车身，不住地发出赞叹的声音。她仍旧提着那个透明袋子，她抽出一只手，抚摸着车后的字母。就像在羁押中心学习字母时一样，她小心地、缓慢地念着上面的字："F——O——R——D——哦！福特！"她走到车前，看着车灯直眨眼。她把头靠在一侧的车灯上，接着又把头正对车灯，直勾勾地盯着车灯咯咯地笑。出租车司机一直观察着她，然后他转头面向我们几个，看他的表情，就好像误把手榴弹当成李子吞下去了一样。

"你们的朋友脑子有问题。"他说。

叶薇特用手肘捅了捅我的肚子。"最好你来说，小虫子。"她低语道。

我看向出租车司机，《我们是冠军》那首歌还在放，而且声音很大。我想我必须得同他说些什么，来证明我们不是难民。我想让他觉得我们就是英国人，会说你们的语言，理解你们的文化。还有，我想让他开心一点。所以，我走上前，对他说："你好，我想你是一只鸡。"

我觉得这司机并没有听懂我的话。他脸上的表情变得更难看了，他慢慢地摇了摇头，说："丛林里没人教给你们这些猴子规矩吗？"

接着，他就开车走掉了，非常迅速地走掉了，以至于车轮摩擦地面的声音就像是小宝宝被夺走牛奶时发出的号叫。我们四个女人，站在那里看着出租车消失在山下。马路两边的牛羊也抬起头望着那辆车，随后又继续低头吃它们的草。我们跪坐在地上。一阵风吹过，围墙上的铁丝网发出嘎啦嘎啦的声响，一小团云朵的影子投射在田野之上。

过了许久，没有人说话。

"或许，该让纱丽裙说的。"

"对不起。"

"见鬼了，非洲人。你老觉着自己了不起，但其实啥也不知道。"

我站起身，走到栅栏旁边，抓着锁链，透过锁链的缝隙望着山下的风景和周边的田野。那里有两个农民正在劳作，一个开着拖拉机，一个在扎篱笆。

叶薇特走过来站到我身边，说道："小虫子，现在咋办？不能待在这里。走出去吧，怎么样？"

我摇摇头，说："农田里的人会怎么办？"

"你是说，他们会不会拦住咱们？"

我把锁链抓得更紧了："我不知道，叶薇特，我怕。"

"怕啥呢，小虫子？说不定他们不会管咱们，除非你给他们起啥外号，就像你刚才给那司机起名一样。"

我微微一笑，又摇了摇头。

"成吧。别怕。我们和你一起，不管咋的。别再像猴子一样，规矩点儿吧。"

叶薇特转身面向拿文件的女人，问道："你呢，没名字的小姐，也一起走吗？"

那女人回头看了眼羁押中心，说："他们为什么不帮帮我们？为什么不让负责人来接我们？"

"行了，因为他们不干这种事儿，亲爱的。你打算咋办呢？回去，让他们派辆车或者给你找个男朋友，还是个陪审团的人？"

那女人摇了摇头。叶薇特笑了。

"保佑你，亲爱的。你呢，纱丽裙？简单点说，就是跟我们走吧，亲爱的。同意的话，你啥都不用讲。"

穿纱丽裙的女人歪歪头，冲她眨了眨眼睛。

"好的。都走，小虫子。大家都走出去。"

叶薇特转身面对我，但我还盯着那女人。一阵风吹过，吹动了她的黄色纱丽裙。我看到她喉咙上有一道伤疤，那疤横贯整个喉部，足有小手指那样粗。白色的伤疤烙印在黝黑的皮肤上，好似阴森的白骨。那疤凝结盘旋在喉管处，不愿消退，似乎认为还有机会要了她的性命。她注意到我在看她，赶忙用手遮住伤疤，所以我的视线又落到了她的手上。手上也有伤疤。关于伤疤，我们的意见已经统一过了，我知道的。但是这一次我还是将视线移开了，因为有时候，这样的美，你见得太多了。

我们走出大门，沿着沥青马路朝着山下走去。叶薇特走在最前面，我紧随其后，剩下的两个女人跟在我身后。我全程都在盯着叶薇特的脚后跟，没有东张西望。走到山脚下的时候，我的心脏怦怦直跳。拖拉机嘈杂的声音越来越大，最后盖过了叶薇特拖鞋的声音。我们渐行渐远，拖拉机的噪声在身后渐渐减弱，现在我能自在地舒一口气了。我想，现在应该没事了。我们从他们面前走过，没有招来任何麻烦。我竟然还会害怕，真是愚蠢。正这样想着，拖拉机的声音消失了。附近某处传来鸟鸣的声音，打破了突如其来的寂静。

"等等。"是一个男人的声音。

我低声对叶薇特说："继续走。"

"等等！"

叶薇特停了下来。我想走到她前面去，却被她拦下。

"冷静点儿，亲爱的。你想跑到哪儿去？"

我也停了下来。我怕极了，连气都不敢喘。其他的女人看上去也是一脸恐慌。那个没有名字的女人在我耳边低语道："拜托，回去吧，回到山上去。这些人不喜欢我们，你知道吗？"

开拖拉机的人跳下了车，另一个扎篱笆的人也和他一道走了过来。他们站在马路中间，站在我们和羁押中心之间。拖拉机司机穿着一件绿色的夹克，戴着一顶帽子，双手插在口袋里。另一个扎篱笆的男人——穿着蓝色工作服——个子很高。拖拉机司机只到他的胸前。他太高了，以至于裤子的底边都高于袜子。还有，他特别胖。他的脖子下面有很宽的一圈粉色肥肉，裤子和袜子之间的缝隙中也能看到露出来的一层突出的肥肉。他戴着一顶拉得很低的羊毛帽子。他从口袋中掏出一包烟草，卷了一支烟，眼睛一直盯着我们这些女人。他没有刮胡子，鼻子又红又肿，眼睛里布满血丝。他点了烟，吐出烟圈，然后往地上吐了口痰。他一开口说话，肥肉都跟着颤动。"你们逃出来的，是吧，孩子们？"

拖拉机司机大笑起来。"别管，小阿尔伯特。"他说。

女人们都看着地面。我和叶薇特站在最前面，穿黄色纱丽裙的女人和没有名字的女人站在我们身后。没有名字的女人再一次在我耳边悄声说道："拜托了，咱们回去吧。这些人不会帮我们的，明白吗？"

"他们不敢伤害我们。这里是英国，和我们的国家不一样。"

"拜托了，赶紧走吧。"

我看着她穿着邓禄普绿色网球鞋的双脚一左一右交替蹦着。我不知道该走还是该留下。

"你们是，"高个子的胖男人说，"逃出来的？"

我摇摇头，说："不是的，先生。我们是被释放出来的。我们是官方认证的难民。"

"我想，你是有证明的吧？"

"我们的证明还在负责人手里。"没名字的女人说道。

高个子的胖男人挨个瞧了瞧我们的四周，又看了看马路前后，最后还伸长脖子越过篱笆。

"我没看见负责人。"他说。

"不信的话，你可以打电话。"没名字的女人说道，"打给移民总署，让他们查看文件，他们会说我们是合法的。"

她开始翻找那个装满文件的塑料袋，找到了她想要的文件。

"这儿，"她说，"电话号码在这里，打过去，你就知道了。"

"不不不，别这样。"叶薇特说。

没名字的女人盯着她看。"有什么问题吗？"她说，"他们已经释放我们了，不是吗？"

叶薇特双手交握。"没那么简单。"她低声说道。

没名字的女人看着叶薇特，眼里满是怒火。"你都干了些什么？"她说。

"干了我该干的事儿。"叶薇特说。

一开始，没名字的女人还很生气，然后开始疑惑，慢慢地，我看到她眼里写着恐惧。叶薇特向她伸出双手，说："抱歉，亲爱的，我不想这样的。"

那女人推开了叶薇特的手。

拖拉机司机向前迈了一步，看了看我们，叹了口气。

"我想，这常见了，小阿尔伯特，我真这么想。"

他一脸悲伤地看着我，我感到胃里一阵搅动。

"你们几个女人没有文件的话，处境很艰难，不是吗？有人会乘虚而入。"

有一阵风吹过田野。我的嗓子紧巴巴的，一句话也说不出来。拖拉机司机咳嗽起来。

"政府经常干这种事儿。"他说,"我他妈才不关心你们合不合法呢。但是他们怎么能放了你们却不给你们证明文件呢?左手是不知道右手的打算的。这就是你们拿到的全部东西吗?"

我举起了透明塑料袋,其他女人看见了,也举起她们的。

拖拉机司机摇了摇头,说:"太他妈常见了,不是吗,阿尔伯特?"

"不清楚,阿尔斯先生。"

"政府谁也不关心。你们不是第一批有这种情况的,我们看到过,也有人走着穿过马尔提安斯的田野。你们根本不知道自己在哪儿,对不对?该死的政府根本不关心你们这些难民,不关心乡村的发展,不关心农民。该死的政府只关心狐狸和城市佬。"

他抬头看了眼我们身后羁押中心围墙上的铁丝网,然后挨个打量了一遍我们四个女人。

"你们不应该沦落成这样。真是丢人,他们就是这样,把你们这样的女人关进那种地方。对吧,阿尔伯特?"

阿尔伯特摘下了羊毛帽子,挠挠头,也看了看羁押中心。烟圈从他的鼻子里冒出来,他什么也没说。

阿尔斯先生看着我们几个。

"好吧。我们该拿你们怎么办呢?你们希望我上去跟他们说应该把你们抓回去,直到负责人把证明文件给你们吗?"

听了这话的叶薇特瞪大了双眼。

"不可以,先生,我才不要回那个鬼地方。一分钟都别想,那样的话还不如宰了我。"

接着,阿尔斯先生看向我。

"我想他们没有放错人。"他说,"对,这就是我的想法。是这样吧?"

我耸耸肩。纱丽裙女人和无名女人只是看着我们，等着看接下来会发生什么。

"你们这些女人有地方可去吗？有亲戚吗？有人等你们吗？"

我看向其他女人，又看了看他，最后摇摇头。

"还有其他方法能证明你们是合法的吗？如果我让你们进入我的田地，我就麻烦了，就变成我包庇非法移民了。我有老婆和三个孩子要养。所以我问你的问题是相当严肃的。"

"抱歉，阿尔斯先生。我们不会进入您的土地的。我们会离开。"

阿尔斯点点头，摘掉了那顶扁平的帽子，瞥了眼帽子的内里，然后转起帽子来。我看到绿色的布料里，他的手指在来回摆动。他的指甲又厚又黄，指头上沾满了泥土。

一只黑色的大鸟在头顶飞过，朝着出租车消失的方向飞去了。阿尔斯先生深吸了一口气，把帽子举到我眼前，让我看看内里。帽子的缝线处缝着一个名字。那里有一块白色的标签，上面是手写的名字，标签已经被汗渍染黄了。

"你会英语吗？你知道标签上写的是什么名字吗？"

"写着阿尔斯，先生。"

"对的。是，就是这样。我是阿尔斯，这是我的帽子，你们踩着的这片土地就是阿尔斯的农场。我在这里劳作，但是这里的法律可不是由我制定的。我只管春天耕种秋天收获。你觉得这样的工作能给我权力决定这些女人的去留吗，小阿尔伯特？"

有那么一会儿，我只能听见风吹过的声音。小阿尔伯特在地上啐了一口："好吧，阿尔斯先生，我不是律师。我就是个每天和牛啊猪啊打交道的人，对吧？"

阿尔斯先生哈哈大笑。"你们可以留下。"他说。

下一刻我就听到身后传来啜泣声，是无名女人。她手里攥着那袋文件，然后哭了。穿着黄色纱丽裙的女人伸出手臂，抱着她。她轻声唱起歌，就像夜里远处传来的枪声吵醒了孩子，为了哄他入睡而唱的摇篮曲一样轻柔。我不知道你们是如何形容这样的歌声的。

阿尔伯特拿出嘴里的香烟，用拇指和食指将烟掐灭，把烟揉成一个小球，丢进了工作服的口袋里。他又往地上吐了口痰，然后戴好羊毛帽。

"她哭啥啊？"

叶薇特耸耸肩："说不准，她还不习惯这种友善。"

阿尔伯特想了想这句话的含义，然后慢慢地点点头："我能把她们带去采摘工的谷仓里吗，阿尔斯先生？"

"谢谢，阿尔伯特。当然，把她们带到那儿去，让她们安顿下来。我让我老婆去准备些她们用得到的东西。"说完，他转身面向我们，"我们有个宿舍，就是按季过来采摘的工人住的地方。现在还是空着的，只有丰收和给羊接生的时候才用得上。你们能在那儿待一周，就一周。之后，我就管不了了。"

我朝阿尔斯先生笑了笑，但是他摆摆手，像赶走一只靠得太近的蜜蜂一样。我们四个女人排成一条直线，跟着阿尔伯特穿过田野。阿尔伯特戴着羊毛帽，穿着工作服走在最前面，手里拿着一大坨橘色的塑料绳。他身后是穿着紫色 A 字裙、踩着拖鞋的叶薇特。然后是我，我穿着蓝色牛仔裤和夏威夷 T 恤。跟在我后面的是无名女人，她还在抽泣。最后是穿着黄色纱丽裙、仍在唱歌的女人。牛群和羊群都散到了一旁，看我们从中间穿过。你能看到它们在思考——瞧，小阿尔伯特带来了几头新奇的生物。

他把我们带到小溪旁一栋长长的房子前。这房子的砖墙并不高，只到我的肩膀，但是砖墙的拱门上方有一个还没有粉刷过的高高的金属屋顶，让整个房子看上去就像一条隧道。墙上没有窗户，屋顶只有塑料天窗。房子周围满是垃圾，到处是猪和母鸡在刨地。我们出现之后，猪还待在原地看着我们，而母鸡却警惕地闪到一旁，边走边回头，确保我们没有跟上去。

母鸡随时做好了逃跑的准备。只见它们颤颤巍巍地抬起一只脚，放下去的时候你可以看到那脚还在颤抖。它们咕咕叫着，凑到一处去。一看到有人靠近，便开始高声啼叫，而当我们远离它们时，那叫声又会弱下去。看到这群母鸡，我心里并不好受。它们的样子就是我和妮可茹卡最后离开村子时的样子。

那天早上，我们跟着一群妇女儿童逃进了丛林，一直走到天黑才在路边倒下睡觉。我们不敢生火。到了晚上，我们听到枪声，听见男人像猪一样号叫，那是他们被关进了笼子，很快就要被割喉，所以才会叫得那样惨。那晚是满月，我想，如果月亮张嘴尖叫，都不会比那种叫声可怕。妮可茹卡紧紧地搂着我。我们这里还有婴儿，母亲们唱着歌哄孩子入睡。第二天一早，我们村子所在的地方，高高升起了罪恶的黑烟。黑烟盘旋翻腾，径直冲向湛蓝的天空。我们一行人里有孩子问那烟是哪里来的，女人们微笑着告诉他们："是火山，小火山冒出来的烟。不用担心。"然后我看到笑容从她们的脸上消失了，她们转头看向飘向天空的黑烟，忧心忡忡。

"你还好吗？"阿尔伯特看着我问道。

我眨眨眼，回答说："是的，还好。谢谢，先生。"

"做白日梦了，是吗？"

"是的，先生。"

阿尔伯特摇摇头，大笑起来："说实话，你们这些年轻人，脑袋里不知道在想什么。"

他打开门锁，放我们进去。房内有两排床铺，两侧长长的墙壁边各放一排。床是金属做的，涂着深绿色的漆。上面放着干净洁白的床垫，还有没有枕套的枕头。地板是水泥的，刷成灰色的，上面一尘不染，甚至还泛着光亮。太阳通过天窗，在地上洒下金光。屋里悬挂着长长的环形链子，从屋顶垂下来。屋顶距离地板足有五人高。阿尔伯特向我们演示了怎么拉着链子打开天窗，怎么再拉另一端关上天窗。他还带我们去看了房子的隔间，在那里可以洗澡和上厕所。接着，他对我们挤了挤眼睛。

"这边，女人们。这里比不得酒店，但是这儿能住下二十个波兰女人，而且管事的人根本不用费劲。你们应该看看关灯以后，那些采摘工都是怎么干的。我跟你们说，我不该养牲口，应该去拍电影。"

说着，阿尔伯特放声大笑，而我们四个站在那里呆呆地看着他。我不明白他为什么提到电影。在我们村子里，每年雨季过去的时候，男人们回到镇上去，带回来投影机和柴油发电机，然后在两棵树中间系一条绳子挂上白布单，就在白布单上看电影。那是默片，你只能听到发电机发出的噪声和林子里动物的叫声。这就是我们了解你们世界的方法。我们看过的唯一的一部电影叫作《壮志凌云》，一共看了五次。我记得，第一次看的时候，村里的男孩儿都特别兴奋，因为他们以为这个电影讲的是个热血的故事，可事实并非如此。它讲的是一个人有着迅速移动到各地的能力，有的时候是骑摩托车，有的时候是开飞机，有的时候还大头朝下那样开飞机。我们和村里的孩子都讨论过这件事，最后得出两点结论：第一，这个片子应该叫《急忙赶路的人》；第二，这个电影主要是为了让他记得早点起床，不要和金发女郎赖床，实际上我们都叫她"赖床女郎"，这样他也不用每天急匆匆地东奔西跑。

这是我看过的唯一一部电影，所以当阿尔伯特提到电影的时候，我并不明白他的意思。他看上去不是要大头朝下开飞机的样子。实际上，我之前就注意到了，阿尔斯不让他开拖拉机。阿尔伯特看到我们在盯着他看，无奈地摇摇头。

"别介意。"他说，"听着，毛毯、毛巾啥的都在壁橱里。我敢说阿尔斯太太一会儿会拿点东西给你们吃。回头带你们看看农场，我保证。"

我们四个站在房子中央，看着阿尔伯特从两排床铺之间走出去。他出门以后竟然还在笑。叶薇特瞧瞧我们几个，用手指轻轻敲自己的脑袋。

"别管他了。白人都有些怪。"

她坐在离她最近的床边，从透明塑料袋中拿出一片干瘪的菠萝吃了起来。我坐在她旁边，纱丽裙女人带着无名女人去了另一面的床铺，让她躺下休息，因为那女人还在哭。

阿尔伯特走的时候没关门，几只母鸡进来了，开始在床下找吃的。无名女人看见母鸡进来之后高声尖叫起来，她把双腿蜷缩在胸前，怀里抱着枕头。她坐在床上，枕头上方露出的眼睛瞪得大大的，两只网球鞋从枕头下探出来。

"放松，亲爱的。它们不会伤害你，不过是鸡而已，明白吗？"

叶薇特叹了口气："咱又遇上麻烦了，小虫子？"

"是啊，又有麻烦了。"

"这女人有问题啊？"

我看向那个没名字的女人。她正一边盯着叶薇特，一边在胸前画十字。

"是的。"

"或许这就是最难的地方。现在他们让咱出来，在里面都是他们说别干这个，别做那个，咱没时间思考。但现在突然没人使唤你了，倒不自在了。这可不是好事，我告诉你。别让旧事重演。"

"你认为她为什么哭？"

"我知道，亲爱的。这会儿脑袋是咱自己的了，不骗人。"

我耸耸肩，下巴抵在双腿上，说："现在咱们怎么办，叶薇特？"

"没主意啊，亲爱的。你问我，这可是这个国家里最大的难题。我原来待的地方，可没啥太平日子，到处都是谣言。总有人悄悄跟你讲，可以上啥地方干这个干那个的。但现在，情况正相反！小虫子，咱们太平咯，可是没消息了。你知道我啥意思不？"

我看着叶薇特的眼睛，问道："发生什么事了，叶薇特？你动了什么手脚？为什么放了咱们还不给证明文件？"

叶薇特叹了口气，说："我帮了里面一个警察的忙，他在电脑上动了手脚，就比如，你知道，小格子上画个对钩儿，然后你、还有我，再加上其他俩女的。那些人不盘问咱们，只要早上的电脑里有咱们的名儿，他们就会把你带出牢房，领出门。现在别管啥负责人不负责人了，他们忙着看报纸上的裸体妞儿呢。所以，咱就出来了，安心啦。"

"但是咱们还是没有证明文件。"

"对，但我不怕。"

"可是我怕。"

"别怕。"

叶薇特捏了捏我的手，我回给她一个微笑。

"这才是我的好姑娘。"

我四下打量着这个房间，穿纱丽裙的女人和没名字的女人坐在距离我们六张床位的地方。我侧身靠近叶薇特，对她说："你认识这个国家的人吗？”

"当然，亲爱的。威廉·莎士比亚，戴安娜王妃，不列颠之战，这些我都知道，公民考试的时候我背过的。你可以多问我几个。"

"不是，我是说，离开这里，你要去哪里？投靠谁？"

"当然，亲爱的。在伦敦有我的熟人，一半的牙买加人都住在科尔港巷子里。说不定你日力亚的人也住那儿。你呢？你在这儿有家人吗？"

我把透明塑料袋中英国司机的驾驶证拿给叶薇特看。那是一张小塑料卡片，上面有一张安德鲁·欧洛克的照片。叶薇特举起驾照，端详起来。

"这是啥？"

"是驾驶证。上面有这个男人的地址，我要去见见他。"

叶薇特把驾照凑到眼前，盯着上面的照片。然后，她又把驾照举得远远的，斜着眼瞧了一会儿，接着又拿到眼前细细观察。最后她眨了眨眼睛。

"是个白人，小虫子。"

"我知道。"

"好吧，好吧，就是问问，看看你到底是瞎了还是傻了。"

我笑了，但是她没有。

"亲爱的，咱们应该待在一起。为啥不和我去伦敦呢？那儿肯定会有你认识的人。"

"但我不认识他们，叶薇特。我不知道能不能相信他们。"

"啥？但是你信这个男的？"

"我见过他一次。"

"哎哟，小虫子，可是这男的看上去不是你的菜。"

"我是在我们国家遇上他的。"

"他为啥会去你日力亚啊？"

"我是在海滩上遇到他的。"

叶薇特把头往后一仰，拍着大腿说道："哇哈哈哈哈！现在我搞懂了。她们还说你是个处！"

我摇摇头："不是你想的那样。"

"别跟我来这套，性感的虫子小姐。你肯定和这男的有猫腻，他才会把这个宝贝给你。"

"当时他妻子也在。叶薇特，她是个漂亮的女人，名字叫莎拉。"

"那为啥他要给你他的驾照？他妻子太漂亮了，所以他就想，见鬼了，我也不用开车去哪儿，只要坐在家里看我老婆就行了？"

我转过头去。

"还是咋回事？这是你偷来的？"

"不是。"

"那咋回事？发生啥了？"

"我不能说。那件事发生在前世。"

"你是不是花太多时间学英语了，小虫子。这简直是疯话。你只能活这一辈子，亲爱的，别管多不快活，都是你人生的一部分啊！"

我耸耸肩，平躺在床上，盯着离我最近的屋顶上垂下来的链子，上面的每一环都和前后一环紧紧地扣在一起。链子太结实了，像我这种瘦弱的女人根本弄不断。那根链子来回摆动着，在天窗射进来的阳光下闪闪发光。似乎只要拉下"成年"的这一段，你就可以很快回到"孩童"的状态，就像从水井里提起来一只水桶一样，你永远也不会抓空。

"让我回忆与安德鲁和莎拉相遇那天的故事，太痛苦了。现在，我还决定不了该不该去找他们。"

"那跟我说说吧，小虫子。我来帮你分析，他们对你到底好不好。"

"我不想和你提这事儿，叶薇特。"

叶薇特双手握成拳头，放在腰间，瞪着大眼睛看着我。

"你够了，非洲小姐！"

我笑了起来："我相信你的生命中也有你不愿提及的事，对吧，叶薇特。"

"只有你听完会嫉妒的事儿，小虫子。我要是跟你讲我逍遥的时候的事儿，你会嫉妒到发疯的，那还得让纱丽女人来收拾，她看上去够累了。你问吧。"

"不，我是认真的，叶薇特。你能谈谈你都经历过什么吗？为什么要来英国？"

叶薇特收起了笑容："算了吧，我跟别人说我的故事，都没人相信我。人们都觉着牙买加阳光明媚，有大麻，还有拉斯塔法里教，但其实不是这样的。你要是政治上站错了队伍，虫子，他们可让你有的受，我说得可是真的。不是说罚你一个月不吃冰激凌，而是说，你一觉醒来，发现你的孩子倒在血泊里，你的房子里死一样的寂静，永远，永远，不会再有声音。阿门。"

叶薇特一动不动地坐在那里，只是低头看着自己的拖鞋。我握住她的手。头上的链子在来回晃荡着。叶薇特叹了一声气。

"但是人们从不相信我们那儿会发生这种事。"

"那你跟羁押中心的人是怎么说的？"

"你说我那个避难审谈面试？你想知道我是咋说的？"

"对。"

叶薇特耸耸肩，道："我说，要是能把我从那地方救出来，他对我做啥都行。"

"我不明白。"

叶薇特转了转眼珠，说："感谢上帝，内政部那个可比你聪明，虫子。你从来没注意过面试的那间屋子没窗户吗？我敢发誓，那男的肯定至少十年没碰他老婆了，从他看我的眼神我就知道了。而且，不是一次就完事了，一共'面试'了四次，他才把我的材料弄好。你明白我啥意思吗？"

我抚摩着叶薇特的手，说："哦，叶薇特。"

"没啥的，虫子。和那些人对我干的事儿比起来，不算啥。总比把我送回牙买加强，是吧？没啥。"

叶薇特冲我挤出了一个微笑，泪水从她的眼角流到脸颊上。起初，我帮她擦掉脸上的泪水，后来我也跟着哭了起来，然后又变成叶薇特帮我擦眼泪。说来可笑，两个人竟然哭起来没完。后来，叶薇特大笑起来，我也跟着笑起来，笑得越大声，眼泪越是止不住地流。我们的声音越来越大，直到纱丽裙女人示意我们嘘声，不然会吵到那个没名字的女人。她还在用某种语言自顾自地说着疯言疯语。

"瞧瞧咱们现在这处境，虫子。咱们还能咋办呢？"

"我不知道。你真的认为，是因为那警官你才被放出来的？"

"我知道的，虫子。那人把日子都告诉我了。"

"但是没给你文件？"

"嗯……没文件。他说，他能力有限，你明白吧？他只能在电脑上打钩，让警察把咱们放了，他可以说'手滑造成的原因'，但要是批准避难的申请，又是另一码事儿了。"

"所以，你现在还不合法？"

叶薇特点点头："你和我一样，虫子。咱俩，加上那俩，咱们四个都是因为我和内政部那家伙的事儿才能出来。"

"为什么是我们四个呢？"

"他说只放一个人走，会惹人注意。"

"他是怎么选出来我们三个的？"

叶薇特耸耸肩："闭着眼睛随便钩的，我觉得。"

我摇了摇头，垂下双眼。

"怎么了？"叶薇特说，"你不喜欢这样，虫子？你们得感谢我，帮了你们大忙。"

"但是我们不能没有证明文件，叶薇特。你明白吗？如果我们留在那里，如果走正规程序，他们会给我证明然后再释放我们。"

"哦，小虫子，嗯。他们不会这样对我们的，不会这样对待牙买加人和你日力亚人。记着，亲爱的，走正当程序只有一个结果，遣——送——回——国。"

她用手掌在我额头上按照最后四个字的音节敲了四下，然后微笑道："要是把咱们送回去，一回去咱们就会被宰了，对吧？现在，至少咱还有活下去的机会，亲爱的，你最好相信我。"

"但是，如果我们是非法移民，就没法工作。叶薇特，我们没法赚钱，一样活不下去。"

叶薇特耸耸肩："死了的话你也是活不下去，可能你太聪明了，理解不了。"

我叹了口气，摇摇头。叶薇特咧着嘴笑了起来。

"这样才对嘛。"她说，"像你这样的年轻女人，要变成现实主义者了。现在，听着，你觉得他们会帮咱们吗？"

我低头看着那张驾照。

"不会。"

"要是我跟着你到了那儿，咱们咋办？"

"不知道，说不定咱们能找到工作，也许有的地方不需要咱们的证明。"

"说得轻巧。你这么聪明，会讲话，像你这样的女人不愁工作。"

"你也很会讲英语啊，叶薇特。"

"我？就像是把一个会讲英语的人吞进肚子里一样。我挺笨的，明白吗？"

"你才不笨呢，叶薇特。我们都走到这一步了，咱们都活了下来，怎么能说你笨呢？我跟你说，笨人可活不到现在。"

叶薇特靠近我，耳语道："你是认真的吗？你没看见穿纱丽裙的女人对着出租车笑的傻样吗？"

"好吧，她是不太聪明。但是，她是咱们几个里最漂亮的。"

叶薇特瞪大了眼睛，将透明塑料袋子抓到胸前，说："真伤人啊，虫子，你咋能说她是最好看的呢？本来想给你吃一片菠萝的，现在你自己待着吧，亲爱的。"

我咯咯笑起来，叶薇特也露出了微笑，揉了揉我的头顶。

接着只听无名女人一声尖叫，惊得我和叶薇特连忙回头。她站在床上，双手抓着塑料袋子捧在胸前，然后又开始尖叫。

"让它们停下！它们会杀了我们的，你们不明白吗？"

叶薇特站起身，朝无名女人走了过去。母鸡在叶薇特拖鞋旁边啄食，发出咯咯的声音。

"听着，亲爱的。这些母鸡不会宰了你的，之前就跟你讲过了的。这是鸡，它们更怕咱们，看看你像什么样子嘛？"

叶薇特低下头，跑到母鸡中间。接着，到处都是扑扇的翅膀和飞扬的鸡毛，母鸡都跳到了床垫上，吓得无名女人尖叫连连，不停地用邓禄普绿色网球鞋踢着靠近的母鸡。突然，她停止了尖叫指着某个地方。

我看不到她在指什么，因为漫天的鸡毛纷飞在从天窗中倾泻出的阳光里。她伸出的手指在颤抖，轻声地说道："看！看！我的孩子！"

所有女人都看向她指的方向，但是鸡毛都落地之后，我们还是什么都没看见。无名女人对着干净的灰色地板上一束明亮的光线微笑，眼泪从她的眼里滑落。"我的孩子！"说着，她朝那束光线伸出双手，我看到她的手指在颤抖。

我看看叶薇特和穿纱丽裙的女人，后者垂眼看着地板，叶薇特朝我耸耸肩。我扭头去看无名女人，对她说："你的孩子，叫什么名字？"

无名女人笑了，脸上绽放着光芒："阿比娜，我最小的孩子。她长得不漂亮吗？"

我看着她指着的地方。"是啊，很可爱。"我瞪大了双眼看向叶薇特，"她不可爱吗，叶薇特？"

"哦，是啊。真是个甜心。你说她叫啥来着？"

"阿比娜。"

"哦，不错的名字。听着，阿比娜，你来我这儿，咱们一起把鸡赶出去？"

于是叶薇特、穿纱丽裙的女人还有无名女人的幺女，一起把房子里的鸡都赶出去。而我坐在床上，握着无名女人的手说："你的女儿帮了很大的忙。看，她正在赶鸡。"无名女人的脸上露出了微笑，我也笑了起来。我想，能看到她的女儿回来，对她来说，对我来说，都是件值得开心的事。

如果要同老家的女人们讲起这件事，那我需要解释几个新词的含义，比如"效率"。我们这些难民都是非常有效率的。梦寐以求的东西，我们从来不曾拥有——比如我们的孩子——所以我们比较擅长深入挖掘。看看那无名女人能从一小块光影中发现她的女儿，你就明白了我的意思。再看看那穿纱丽裙的女人把黄色全都融进一个透明的空塑料袋，你也能明白我的话。

我重新躺回床上，望着环形的链子。我想，那阳光，那鲜亮的黄色，也许我看见的这些事物还不够多。也许我崭新的生活就是灰色的。关在羁押中心的那两年是灰的，现在我成了非法移民，也是灰的。这就意味着，你暂时自由——在他们抓到你之前。也就是说，你还生活在灰色地带里。我考虑着未来该如何生存。我想到了默默无闻过日子，我必须要隐藏起我的肤色，过着暗无天日的生活。我叹了口气，试着深呼气。我看着那些链子，想到了灰色的生活，真想大哭一场。

我在想，假若某天早上，英国首相打电话说："你好，小蜜蜂，现在交给你一项光荣的任务，为全世界的难民设计一面国旗。"那么，我会将国旗设计成灰色，无须用任何特殊材料来制作这面旗子，我会说这旗子可以是任何形状的，任何材料都可以用来做这面旗子。比方说，一个洗旧了的灰色胸罩，因为洗过太多次而变成灰色的。要是你没有旗杆，可以把它绑在扫把头上。不过，要是你有一根多余的旗杆，比如说，在纽约联合国总部的外面，有一根笔直的白色旗杆，我想，那个飘扬在各色国旗中的灰色的胸罩定会成为一道亮丽的风景。我想我会把它挂在美国的星条旗旁边，这个想法还不赖。想着想着，我不禁笑起来。

"笑啥呢，小虫子？"

"我在想灰色。"

叶薇特皱起眉头。"别发疯，成吗，小虫子？"她说道。

我再一次躺回床上，凝视着天花板，但是上面除了挂着长长的链子，其他什么都没有。我想，可以用那链子来上吊，没问题的。

下午，农民的妻子带着食物来了。篮子里装着面包和芝士，还有一把用来切面包的尖刀。我想，要是有男人闯进来，我就用刀子割开自己的血管。农民的妻子是个善良的女人，我问她为什么待我们这么好，她说因为大家都是人。我说："不好意思，女士，但我不认为叶薇特也是人，她是一种嗓门特别大的生物。"这话逗得农民的妻子捧腹大笑。我们先谈了一会儿，聊到我们从哪里来，要到哪里去。她告诉我们去往泰晤士河畔的金斯顿的方向，但同时她也劝我不要去。"别去郊区，亲爱的。"她说，"那里不伦不类的，不是什么好地方。那儿的人也都很奇怪。"这话把我逗笑了。我告诉她："说不定我能适应呢。"

当我们向她要五个而不是四个盘子的时候，农夫的妻子特别吃惊，不过她还是给了我们五个盘子。我们将食物分成五份，把最大的那一份留给无名女人的幺女，毕竟女娃娃还在长身体。

那天晚上，我梦见那群男人到来之前村里的一些事。村里有个男孩子们做的秋千，是用一个旧轮胎做的，男孩们在轮胎周围系上绳子，吊在一个高处的树枝上。那是一棵古老粗壮的西非榄仁树，就长在离我家不远、靠近学校的地方。在我还没长到能荡秋千的年纪的时候，妈妈就常常把我放在榄仁树旁深红色的土地上，这样我就能看着其他孩子荡秋千的样子。我喜欢听孩子们的欢声笑语。每次都有三四个孩子一起荡秋千，他们的四肢和脑袋全都挤在一起，秋千荡到最下面的时候，地上的红色尘土都被他们刮了起来。"哎哟！看在上帝的分儿上，别推啦！"秋千周围总是充满嬉笑打闹的声音，脾气暴躁的犀鸟站在我头顶的树枝上，冲着下面高声啼叫。偶尔，妮可茹卡会从秋千上下来，把我抱在怀里，在我胖乎乎的手指上放一点柔软的生面团让我捏着玩。

小的时候，生活充满欢乐和歌声，美好的日子总是很多。我们从不着急，虽然没有电也没有纯净的水，但是也没有悲伤，因为这些都和我们村子毫无干系。我坐在榄仁树的树根之间，笑着看妮可茹卡荡秋千，来来回回，好不快乐。秋千的绳子特别长，所以从一边荡到另一边总要花些时间。但是那秋千，看上去从来都是慢慢悠悠的。我习惯了整天整日地盯着它看，从来没有想过我看到的就是村子里最后的太平时光。

在梦里，我又看见了那秋千荡来荡去，那个时候，我们还不知道村子下面是一块油田，不久就会被疯狂赶来采油的男人野蛮地霸占。这就是快乐带来的麻烦——当快乐建立在男人想要的某种东西之上。

我梦见自己正看着妮可茹卡来来回回地荡秋千，来来回回地荡着。当我醒来的时候，发现眼中早已噙满泪水，借着月光的光亮，我看见真的有东西在眼前摇摇晃晃，来来回回地荡着。我看不出那是什么，于是我擦干眼泪，瞪大了眼睛去瞧。我看清了那个吊在我床尾来回晃荡的东西。

是一只邓禄普绿色网球鞋，另一只已经从无名女人的脚上掉了下去。她把自己吊在从屋顶垂下来的链子上面，除了脚上的那只鞋，她几乎全身赤裸。她太瘦了，肋骨和髋骨清楚可见，凸出的双眼瞪得老大，在蓝色的灯光下闪着幽光，链子把她的脖子勒得快要和脚踝一样细。我盯着那只邓禄普绿色网球鞋，另一只脚底板发灰的深褐色的光脚在我的床尾晃来晃去。月光下，邓禄普绿色网球鞋微微闪光，就像一条缓缓游动的闪着银光的小鱼，那只赤裸的脚就像是追赶它的鲨鱼，它们转着圈游来游去。静谧之中，只听到那晃动的环链发出嘎吱嘎吱的声响。

我起身摸了摸无名女人的腿，冷冰冰的。我看了眼叶薇特和纱丽裙女人，她们还在睡着。叶薇特在低声说着梦话，我想叫醒她，于是起身走向她的床边。但是我踩到了湿漉漉的东西，滑了一跤。是尿液，冷得像刷过漆的水泥板一样的尿液。这无名女人的脚下汇集着一摊尿液。我抬头向上看，发现那只光脚的大脚趾上还有一滴尿液要滴下来，接着落到地板上，反射出一点光亮。我赶紧起身，这尿液让我变得十分沮丧。我并不想吵醒其他姑娘，因为她们也会看见它，然后大家就都看到了，那么就没人能否认它的存在。我不知道，为什么一摊尿竟让我落泪，我不知道为什么我的大脑要选择这些琐碎的事来发泄情绪。

我走到无名女人的床位前，拾起她的 T 恤。我本打算走回去，用这衣服把尿液擦干净，但是我突然瞥见那个装着文件的透明袋子就摆在床尾。我打开袋子，开始阅读这个无名女人的故事。

那群野蛮人——来了——他们……我还在哭，再者，借着暗淡的月光阅读是件很困难的事。所以我把她的文件放回床上，小心地收拢塑料袋。我紧紧地攥着这袋子，心想，我可以把这姑娘的故事当成我的故事来说，我可以拿走这些文件，带走这个故事，带走盖着红色印章的文件，就可以像所有人证明这个故事是"真实"的。或许，我可以用这些东西来避难。我思忖了片刻，但是当我把这份文件拿在手里的时候，吊着她的链子发出的声音更响了。我只得把写着她故事的那一部分丢回床上，因为我知道故事的结局。在我的国家，故事的作用可不小。如果哪个姑娘把别人的故事占为己有，那上帝是不会帮助她的。所以我把故事留在了无名女人的床上，一个字也没有动，包括上面的回形针和拍摄伤疤的照片，包括她失踪的女儿的名字，所有的红色墨水都在证明一切属实。

我轻轻地吻了一下叶薇特的脸颊，她仍然睡得很熟。我悄悄地溜到田野中去。

离开叶薇特，是我离开村子之后做出过的最艰难的抉择。但如果你也是个难民，当死神降临，你就不会在它待过的地方多做停留。人死了之后还有好多事会找上门——痛苦、问题，还有警察——如果你的文件出了岔子，上面这些麻烦你一个都解决不了。

说真的，对我们这样的浮萍来说，根本没有旗帜。难民有好几百万，却建不成一个国家。我们不能待在一处，也许可以一两个结伴而行，一天，一个月，甚至是一年，但是最后风向会变，会把希望带走。死神来过，独留我在恐惧之中惶惶无措。现在的我只剩下羞愧，剩下色彩鲜艳的记忆，剩下叶薇特笑声的回响。有时我感觉自己和英国女王一样孤独。

要确定走哪条路并不难。伦敦的灯火点亮了夜空，云朵染上橘色的光晕，似乎等待着我的那座城市正在燃烧。我走上山，穿过种植着谷物的田野，走进高耸的树林。当我最后一次回头眺望山脚下的农场时，我看到我们住的谷仓外亮起了一盏探照灯。我想那盏灯是自动亮起来的，光束之中出现了一个鲜亮的黄色的小点，是纱丽裙姑娘。我离得太远了，没法看清她的脸。我想，灯亮起来的时候，她会惊奇地眨眨眼。她就像个误闯舞台的演员，一个没有台词的女演员，想着为什么要把灯光射向自己。

我非常害怕，但是我并不觉得孤独。在这暗夜中穿行，让我感觉仿佛我的姐姐妮可茹卡就陪在我身边。我几乎都要看清她的脸了，似乎在那微弱的橘色灯光中熠熠生辉。我们穿过田野和树林，走了一整夜。我们避开了亮着灯的村落，遇上了农舍，也绕道而行。有一次，农场里的狗听到我们靠近了，汪汪地叫起来，但是并没有招来麻烦。我们继续往前走。我的腿都走累了。两年里，我都待在羁押中心，哪儿也不用去，现在的我太弱了。但即便是脚踝和腿后的部位都很疼，能够行走，能够感受自由，感受夜晚的空气吹在脸上，感受沾着露水的青草滑过我的双腿，我也是非常开心的。我知道我的姐姐也和我一样开心，她在轻声吹着口哨。我们停下休息的时候，她便把脚趾插进田边的泥土里，开心地笑起来。我一看见她的微笑，便有了前行的动力。

夜晚橘色的光晕渐渐消退，周围的田野和篱笆清晰可见。起初，万物都是灰色的，但是不久后，大地上又显现出新的色彩——绿色和蓝色，颜色十分柔和，仿佛这些颜色本身并不快乐。紧接着，太阳升起来了，大地度上一片金黄，我身处在金黄之中，在金色的云朵间行走。阳光照耀着弥漫在田间的白雾，雾气萦绕着我的双腿。我看向姐姐，可她已经随着夜晚消失了。尽管如此，我还是笑了，因为我感到她已把她的力量留给了我。我望着那美丽的朝阳，心想：是了，是了，一切都会像现在这一刻一样美好，我将不再恐惧，不会让任何一天陷入灰色。

前方传来低沉的隆隆声响，这声响在薄雾中起起落落，我想，前面应该有条河。我可得小心一些，不能从雾里跌进河里去。

我继续小心翼翼地向前走，噪声越来越大。现在，那声音听起来不像是一条河，因为中间掺杂着独立的声音。每一个声音都越来越大，从隆隆的轰鸣变成剧烈的颤抖最后渐渐消失。空气中弥漫着一股污浊、刺鼻的味道。现在我听清了，那是汽车和卡车发出的声响。我走上前去，走到绿色草坡的顶端，眼前出现一条马路。这条路有些蹊跷，靠近我的这一侧，有三条车道，上面的车都从右向左开。中间是一个低矮的金属隔离栏，另外三条车道上的车则由左向右行驶。无论汽车还是卡车都开得飞快。我下了草坡，走到路边，伸手想拦住汽车让我穿过，但是没一辆车停下。一辆卡车冲我使劲儿地鸣喇叭，我只好退回去。

等到车流中出现空隙，我就赶紧跑到马路中间，翻过隔离栅栏。这期间有更多的车冲我按喇叭。我跑过公路，爬上另一侧的草坪。累得气喘吁吁的我赶紧坐下来，看着下面的车来车往，一个方向有三个车道，朝另一个方向也有三个车道。如果跟老家的女孩们讲起这件事，她们会说："行了，早上有人到田里头去忙活很正常。但是为啥从右往左去的人不和另一拨从左往右开的人交换一下田地呢？这样人人都能在自家附近的地里干活了。"那我很可能耸耸肩，因为如果我真的回答了，那她们还会问出更蠢的问题，比如：办公室是什么东西？里面都种些什么？

若是有男人突然出现，我想，我会冲到高速公路上去，这样死得会更快一些。我站起身，接着往前走，又在田野里穿行了一小时。后来，我走到了小路上去，两旁有许多房子。看到这些房子的时候，我十分震撼，竟然都是由坚固的红砖建造而成的二层小楼。斜坡式的屋顶上排列着整齐的瓦片，窗户是白色的，上面还镶着玻璃，没有残缺，没有破损。房子看上去都非常精致，每一栋都和旁边的一样。几乎每幢房子前都停着一辆车。我从街上走过，端详着一排排闪闪发亮的汽车。这些汽车非常气派，造型美观，设计精巧，还闪着微光，和我在老家见到的那些交通工具简直是天壤之别。

我们村里一共有两台车，一台标致，一台梅赛德斯。我出生之前就有那台标致了，因为那车是我父亲开的，所以我知道这一点。那车在我们村的红土地上哐哐震了两下就熄火了，所以爸爸就到村头的第一栋房子，想找修理师傅来瞧瞧。那里当然没有修理工，但是有我的母亲。我父亲意识到，比起修理工，他更需要我的母亲，所以他留了下来。

我五岁的时候，那辆梅赛德斯出现了。司机当时喝多了，直接撞上了我父亲的标致，当时那车还停在父亲刚进村子的位置上，只是一个轮胎已经被村里的男孩拆下来拿去做橄榄仁树秋千了。梅赛德斯的司机下了车，走到第一栋房子那里，见到了我的父亲，他说："抱歉。"我父亲笑了笑，说："我们应该谢谢你，先生，你让我们村子上了地图——这是这里的第一起交通事故。"接着，梅赛德斯的车主哈哈大笑起来，他也留了下来，和我父亲成了至交，所以我一直叫他叔叔。父亲和叔叔原本在村子里过着幸福快乐的生活，直到那天下午，那群男人来了，开枪打死了他们。

所以，当我看到这些气派的大房子前停放着崭新的、闪闪发亮的、漂亮的汽车时，我有些吃惊。一路上，我走过许多这样的街道。

我又走了一个上午。越向前走，路边的房子就越大，越豪华。街道也越来越宽，越来越繁华。我仔细地瞧着每一样东西，全然不顾饥饿的肚子和酸痛的双腿，每一样新奇事物都让我感到新鲜。每当我看到新鲜事物——比如广告牌上近乎全裸的女郎，比如红色的双层巴士，比如让人头晕目眩的闪着光的高楼——我兴奋得连肚子都痛起来了。街上太嘈杂了——车水马龙的轰鸣声，人们大喊大叫的声音都混杂在一起。不一会儿，街上便挤满了人，我如沧海一粟，挤在人群中，在人行道上被推来推去，根本没人注意到我。

我尽量沿着直线走，从一条街走到另一条街。街边的建筑仿佛庞然大物，似乎庞大到没法笔直地立起来。街上的噪声震耳欲聋，似乎要把我震成碎片。我转过街角，气喘吁吁地跑过最后一条热闹马路。马路上，汽车鸣笛的声音和司机高声咒骂的声音不绝于耳。我趴在一堵低矮的白色石墙上，全神贯注地看着，仔细地端详着，因为前面就是泰晤士河。轮船在污浊的褐色河面上行驶，开到桥下时便会响起汽笛声。泰晤士河的两岸是直冲天际的高塔。有些塔楼还没有竣工，巨大的黄色吊臂在塔楼上方作业。"他们竟然训练天上的小鸟来帮他们修建大楼？哇哦！"

我站在河岸上，望着眼前的神奇的景象。天空湛蓝如洗，阳光和煦，微风拂过河堤，好不惬意。我不禁悄声和姐姐妮可茹卡攀谈起来，因为我觉得她就在那缓缓流淌的河水中，在拂面而过的微风里。

"瞧瞧这地方，姐姐。在这儿一切都会好起来的。这样美好的国家里，肯定有你我的容身之处。咱们不用再受罪了。"

我微笑着，沿着河堤向西面走去。我知道，只要沿着河岸走，就能走到金斯顿——我想赶快到那里去，因为此刻伦敦熙熙攘攘的人群让我有些不知所措。在我们村，我看见一个地方最多聚集五十个人，不会再多了。如果超过这个数量，就意味着你已经死了，到达了灵魂聚集的城市。死人都会去一座城市，在那里有成千上万的亡灵生活在一起，因为他们并不需要木薯田。毕竟死后，你不会再挨饿，比起木薯，你需要的是陪伴。

我身边似乎有一百万人，他们的面孔一闪而过。我左看右看，都没有找到我的家人。但是当你失去所有亲友的时候，你绝不会放弃寻找他们的习惯。我的姐姐、母亲、父亲和叔叔，我希望在过路人的脸上找到这些熟悉的面孔。如果我看见了你，那你首先就会注意到我的眼睛在盯着瞧，试图从你的脸上看到别人的影子。你也会感觉，我的双眼似乎想把你变成鬼魂。如果我们真的相遇，请不要介意我的行为。

我沿着河岸匆匆地走着，穿过人群，穿过我的回忆，穿过亡灵之城。走着走着，我的双腿仿佛火烧一般，我只好在一个有着奇怪符号的高耸的针状石碑旁稍做休息。那些失去的灵魂在我周身飘荡，就像浑浊的褐色泰晤士河河水围着桥墩打转一样。

如果我把这个故事讲给村子里的姑娘们听，我就得向她们解释一个人是如何淹没在人流之中的，如何感觉到寂寥悲怆的。但是，说实在的，连我自己都没法解释清楚。

海滩邂逅

　　安德鲁下葬的那个早晨，在小蜜蜂到来之前，我记得我透过金斯顿公寓的卧室窗户俯看楼下。池塘旁边，蝙蝠侠正在用一根塑料儿童高尔夫球杆对付坏蛋。他看上去枯瘦如柴，十分单薄。我想，兴许我应该给他热些牛奶或者让他喝点什么。我记得我还考虑应该往杯子里加哪些有营养的东西。因为睡眠不足，我的大脑有些迟钝。

　　我家花园的另一头，就是整条街的后花园，弯弯曲曲的样子仿佛一条绿色的脊柱，烧烤架和褪色的涂料秋千就像是脊椎骨。隔着双重玻璃，我听到汽车报警的声音，还有希斯罗机场上空飞机发出的轰鸣声。我把鼻子贴在玻璃窗上，心想：这该死的郊区简直像座监狱。我们怎么落到这步田地？怎么有这么多人能待在这么一个下风处了此残生呢？

　　那天早晨，在隔壁的花园里，邻居在晾晒他蓝色的丁字裤，他养的猫就蜷缩在他脚边。我房里的收音机正在播放《今日新闻》这档节目，约翰·哈姆弗里斯说伦敦金融时报指数大幅下跌。

"是的，我失去了我的丈夫。"我大声说道。一只苍蝇被困在双层玻璃的夹层中，无助地挣扎着。我说："我丈夫死了，我得承认。我丈夫安德鲁·欧洛克，知名专栏作家，自杀了。我感到……"

实际上我也不知道我到底有什么感受，成年人竟找不到一个合适的词语来描述悲伤。然而日间节目里就有很多合适的字眼。我知道，我应该感到绝望。我的生活分崩离析，这个成语是这么用的吧？但是安德鲁已经走了快一周了，而我现在一滴眼泪都没有。屋子里满是杜松子酒和百合花的气味。我很努力地尝试让自己表现出合情理的哀痛，我仍然在回忆我和可怜的安德鲁这段短暂且复杂的婚姻，我在寻找那些美好的回忆，能让我表现出哀痛的回忆。也许，在大到难以想象的压力下，我会流泪。"我的人生开始走下坡路了，克拉丽莎。我没法想象没他的日子该怎么办。"

像这样期待着悲伤却又不知如何感知到悲伤，真是让人身心俱疲。也许还没到悲痛的时候。眼下，我更同情困在窗户里嗡嗡乱飞的苍蝇，我打开窗，放它一条生路，原本虚弱无力的苍蝇登时变得活力四射。

窗户外面是夏天的味道。邻居悠闲地沿着晾衣绳向左走了三步，他已经晾好丁字裤了，现在开始晾袜子。他晾的衣服就好似经幡，向掌管白天的神祇祈祷："我好像流落到郊区了，能帮帮我吗？"

一个念头在我脑海中一闪而过——一个邪恶的念头。我只要离开这里，现在就走，不就行了？我可以带上查理、信用卡和我最心爱的粉色鞋子，然后我们可以一起到另一个星球定居。这幢房子、工作，还有悲伤的情绪，都可以抛到脑后。我记得，当时的我感到愧疚也感到兴奋，我意识到再也没有任何理由能让我留在这里——在这荒郊野外远离我心之所属。

　　但是生活不会让任何人逃走。就在此时，我听到了敲门声。我打开门，看见了门外的小蜜蜂。我只是看着她，我们都没有说话。片刻之后，我领她进了门，让她坐在沙发上。她穿了一件红白相间的夏威夷 T 恤，上面还沾着萨里郡的泥土。我家的沙发来自哈比泰家居店，但我们的记忆来自地狱。

　　"我不知道该说什么。我以为你已经死了。"

　　"我没有死，莎拉。或许我死了更好。"

　　"别这么说。你看上去很累，我想你需要休息。"

　　接着，是长久的沉默。

　　"对，你说得没错，我需要休息。"

　　"你究竟是……我是说，你是怎么活下来的？你又是怎么过来的？"

　　"走来的。"

　　"从尼日利亚？"

　　"抱歉，我现在很累。"

　　"哦，对，当然了。是的。你想来一杯……嗯，你知道的。"

　　我没等她回答就匆忙逃走了。我留小蜜蜂独自坐在沙发上，靠在约翰·刘易斯牌椅垫上。我闭上眼睛，额头抵着冰冷的卧室窗户，来回摇晃着脑袋。我拨通了一个号码，是我的朋友，其实比朋友还要亲密，劳伦斯就是这样的存在。

　　"怎么了？"劳伦斯说。

　　"你听上去有些生气。"

　　"哦，莎拉，是你啊！上帝，抱歉。我以为是保姆打来的，她迟到了，孩子刚才吐在我领带上了。见鬼！"

　　"劳伦斯，发生了一点事。"

　　"什么？"

"有个不速之客，来我这儿了。"

"葬礼就是这样的，一堆老家伙戏剧性地从衣柜里钻出来，你没法撵他们走。"

"是的，当然了。但这个人不一样，她是，她是……"我开始结巴，最后陷入沉默。

"抱歉，莎拉，我知道这么说不太好，但是我真的很忙。有什么我真的能帮上你的地方吗？"

我把发烫的脸颊贴到冰凉的窗玻璃上："抱歉，我就是有些烦闷。"

"是因为葬礼吧，你有些手足无措，是吧？抱歉，没什么办法能解决这个问题。我希望你能让我过去。你对这一切有什么感觉？"

"对葬礼吗？"

"对一切的感受。"

我叹了口气。

"我没什么感觉。我已经麻木了。"

"哦！莎拉。"

"我现在在等送葬的人过来。兴许是我有些紧张。就这样，就像等着看牙一样。"

"好吧。"劳伦斯谨慎地回答道。

沉默片刻后，劳伦斯那端传来孩子在餐桌上吵闹的声音。我想我还是没法告诉劳伦斯小蜜蜂来了，现在还不行。他已经够忙的了，现在告诉他这个对他来说不公平。上班迟到，孩子吐在了领带上，磨蹭的保姆……现在再加上一个本以为死了的尼日利亚姑娘，此刻竟坐在他情妇的沙发上。我想我不能这样对他。因为我跟他是情人，不是夫妻。要想维系这种关系，那你必须体贴谨慎，要让对方有正常的生活。所以我没有说话，听着劳伦斯深吸一口气，强压住怒火。

"那么，是什么困扰你呢？是因为你觉得你应该痛苦，但实际上一点感觉也没有吗？"

"是我丈夫的葬礼，至少我应该表现得悲伤。"

"你能控制好自己的情绪，你不是感情用事的人。幸好如此。"

"我没法为安德烈掉眼泪。我总是想起在尼日利亚，在海边的事情。"

"莎拉？"

"怎么了？"

"我想我们统一过意见，你最好忘掉那件事。事情发生了，就是发生了。我们说好了要向前看的，对不对？"

我把左手平放在窗户玻璃上，呆呆地看着那根残缺的指根。

"我不认为'向前看'有什么用，劳伦斯。我不认为我还能装作否认发生过的一切，我不认为我能，我……"我的声音越来越小。

"莎拉？深呼吸。"

我张开双眼，窗外，蝙蝠侠仍在水池边和坏蛋做斗争。《今日新闻》中骂骂咧咧的声音越来越小。邻居也已经晾好了衣服，现在正半闭着眼睛站在那儿，一会儿，他还得去干其他活：比如滤咖啡、更换除草机卷盘上的线。都是些小事，零碎的小事。

"既然安德鲁已经，嗯，走了。劳伦斯，你觉得我们……"

电话另一端陷入短暂的沉默，接着，劳伦斯——谨慎的劳伦斯——没有直接回答。

"安德鲁还在的话，也没能阻挠我们。"他说，"你觉得现在还有什么缘由能影响我们吗？"

我又叹了口气。

"莎拉？"

"我在。"

"现在，就想今天的事儿，好吗？把注意力放在葬礼上，振作起来，撑过今天。别把烤面包往电脑上抹！"

"劳伦斯？"

"抱歉，是孩子在胡闹，他拿了一片抹着黄油的烤面包，要往……抱歉，我得挂了。"

劳伦斯挂断了电话。我离开床边，坐到床上。我在等。我在拖延时间，我不想下楼面对小蜜蜂。于是我看向镜中的自己，一个寡妇。我试着寻找安德鲁离世对我造成的生理影响。额头上没有平添一道皱纹？没有黑眼圈？真的？什么都没有？

我的双眼透露出平静，从那天在非洲的海边起，我就一直如此。我想我既然已经失去了很多，现在再失去——一根手指，比如，一个丈夫——也没有那么重要了。镜子里，我绿色的眸子平静如水——就像一汪看不清深浅的水。

为什么我哭不出来呢？一会儿我就要去面对教堂里的哀悼者了。我揉了揉眼睛，比我们美容专家建议的按摩力度还要大。至少，面对来吊唁的人，我得有一双通红的眼睛。我要告诉他们，我是在乎安德鲁的，真的在乎。即使，自打非洲那次以后，我就不再认为爱情是永垂不朽的了。爱情是没法用调查问卷来评判的，不是写了太多文章之后反映出的结果。所以，我用拇指揉了揉眼睛处的皮肤，如果我没法表现得很悲伤，至少我可以用变红的眼睛当个幌子。

最后，我还是下了楼。小蜜蜂还坐在沙发上，闭着双眼，头靠在椅垫上。我咳了一声，她马上就醒了。褐色的眸子，橘色的印花丝质靠垫。她冲我眨眨眼，我盯着她，看到她靴子上还沾着泥土。我没有任何感觉。

"你为什么会到这里来？"我问。

"我没其他地方可去。这个国家里，我只认识你和安德鲁。"

"也不算认识，我们只是见过，就这样。"

小蜜蜂耸耸肩。"那你和安德鲁是我唯一见过的人。"她说。

"安德鲁死了。今天上午就下葬。"

小蜜蜂惊讶地眨了眨眼。

"你听懂了吗？"我说，"我的丈夫死了，我们马上要举行葬礼，这是一种仪式，是在教堂里举行的，是我们国家的习俗。"

小蜜蜂点点头。"我了解你们国家的规矩。"她说。

她的声音里藏着某种东西——老到，疲倦——让我有些惶恐。这时，又响起了敲门声，查理给送葬者开了门，只听他在走廊里大喊："妈咪！是布鲁斯·韦恩！"

"到花园里玩吧，亲爱的。"我说。

"但是妈咪，我想见见布鲁斯·韦恩！"

"拜托了，亲爱的，去吧。"

我走到门边，送葬者瞥了一眼我残缺的指根。一般大家都会瞧上一眼，但是很少会有人用这种专业的眼光打量我的手：左手，第二根指头，第一和第二节骨头。没错，是可以用蜡修复出一根更纤长的手指，修出白种人的色调，可以用歌剧魅影粉底遮盖关节，可以把右手叠放在左手上，还有"鲍勃会充当你母亲的兄弟，夫人"。

我想，真是聪明的送葬者，如果我死了，他们都能复制出一个活的我。

"向您致以最深切的哀悼，夫人。一切准备就绪，您准备好以后随时可以出发。"

"谢谢。我去叫一下我儿子和我的……嗯，我朋友。"

我观察到送葬者假装没有闻到我嘴里的杜松子酒味，他也在看着我。我发现他额头上有一道小小的伤疤，他扁平的鼻子有点歪，脸上没有任何特征，同我的大脑一样空白。

"您慢慢来，夫人。"

我走到后花园，蝙蝠侠正在玫瑰花丛下挖着什么。我走到他身边，看到他正拿着一把小铲子挖蒲公英，看来他是要把它连根拔起。院子里的知更鸟应该是饿了，正在六码开外的地方盯着他看。蝙蝠侠从土壤里拔出蒲公英，举起来，仔细地观察它的根部。他跪在地上，抬头看着我。

"这是杂草吗，妈咪？"他问。

"是的，亲爱的。下次要是不确定的话，挖之前可以先问问。"

蝙蝠侠耸耸肩："那我能把它放进野草地里吗？"

我点点头，蝙蝠侠把蒲公英拿到花园的一小块地里。安德鲁曾经为除杂草辟出了一小块地方，好吸引蜜蜂和蝴蝶。"在我家的小花园里，我开辟了一小块野地，让它保持荒芜杂乱。"安德鲁在专栏里写道，"现代生活太井然有序了，简直是一尘不染。"

那是去非洲之前的事了。

蝙蝠侠把蒲公英种到了荨麻丛里。

"妈咪，杂草是坏人吗？"

我说这就要看你是个男孩还是蝴蝶了。蝙蝠侠揉了揉眼睛，像是新闻记者在采访含糊其词的政客。我不禁笑起来。

"沙发上的那个女人是谁，妈咪？"

"她的名字叫小蜜蜂。"

"好有趣的名字。"

"你要是只蜜蜂就不会这么想了。"

"但她并不是蜜蜂啊。"

"当然不是,她是人,来自一个叫尼日利亚的国家。"

"妈咪,她是好人吗?"

我站起身。"亲爱的,咱们现在得走了。"我说,"送葬者来接我们了。"

"布鲁斯·韦恩?"

"是的。"

"我去蝙蝠洞吗?"

"是'我们要去蝙蝠洞吗'。"

"我们要去吗?"

"算是吧。"

"嗯,我马上就来。"

我感到后背开始出汗。我穿了灰色羊毛套装,帽子虽不是黑色的,但是傍晚光线昏暗时,就像是褐色的。这不是对传统的蔑视,也不是完全屈服于黑暗。帽子顶上的黑纱会在需要的时候垂下来,我希望有个人来告诉我那一刻何时到来。

我戴了一副海军蓝的手套,这颜色对葬礼来说够深了。左手手套的中指部位被剪短后又缝合好了。我是两天前把手套缝好的,那个时候我喝醉了,在半梦半醒之间还能忍受这一切。手套的那只断指现在还丢在缝纫机附近,要扔掉它可不容易。

我外衣的口袋里装着手机,已经调成了静音模式,以防一会儿我会忘记。口袋里还放了一张为了募捐准备的十英镑纸币,以防万一。不过葬礼上不太可能有募捐环节,但我也不确定。(如果真的有募捐,十英镑够吗?五英镑显得太小气,二十英镑又有些炫富的意思。)

没人能回答这些微不足道的问题。小蜜蜂也派不上用场,我总不能问她："这副蓝手套可以吗？"她可能只是盯着它们，像是第一次见到手套一样，事实也很可能是这种情况。（是的，这颜色够深了吧，小蜜蜂？你和我——你是逃离战争的难民，我是月刊杂志的编辑——这种蓝色，应该叫它给人勇气的蓝色呢，还是叫它对逝者不敬的蓝色呢？）

琐事总是最让人头疼的，我知道。但不可否认的是，安德鲁已经走了——在这个文明的国度里，再没人会对我的生活评头论足了。

院子里的知更鸟在洋地黄丛中叼起一只虫子，那是只褐色的虫子，受伤结痂的颜色。

"走吧，蝙蝠侠，咱们得走了。"

"马上，妈咪。"

花园里非常安静，知更鸟猛的一甩虫子，将它的生命从光明带向黑暗，上帝对这样的小事并没有怜悯之心。我没有任何感想。我看着儿子，他脸色苍白，茫然地站在整洁的花园中。我的视线越过他的头顶，看到又累又脏的小蜜蜂在等我们回到屋子里。

于是，我意识到——生命最终冲破了屏障。我精心布下的与自然抗衡的防线——黄铜色的杂志、英俊的丈夫、横亘在身为人母和偷情之间的马其顿防线①——现在看来，我的生活变得多么可笑。这个世界，现实的世界，找到了突破口，这突破口就坐在沙发上，我再也没办法否认它的存在。

我穿过屋子来到前门，告诉送葬者再等一分钟。他点了点头。我看到他身后站着的同事，脸色苍白，礼服下面是宿醉未醒的表情。我已经喝过杜松子酒，我发现在他们严肃的表情里，四分之一是后悔，四分之三是"我再也不喝"的想法。他们冲我点点头。有种奇怪的感觉，

---

① 马其顿防线，又称"马奇诺防线"，法国在第一次世界大战后，为防德军入侵而在其东北边境地区构筑的筑垒配系。

就像一个工作体面的女性得到了满是文身、头痛不止的男性的同情。或许人们一会儿也会这样同情地看着我，我想，他们大概是把我看成了走进内心角落的陌生人。

房前的街道上停着一辆灵车和一辆房车。我走出自家的车道，隔着绿色的灵车车窗向车内张望。安德鲁的灵柩就在里面，停放在明亮的镀铬滚轮上。安德鲁，和我生活了八年的丈夫，我想我此刻应该有些感触的。我的感触是：滚轮真是太实用了。

我们这条街上，半独立式的房屋朝着四面八方拓展。天上翻滚着乌云，略微让人感到压抑。一片片相似的乌云预示着一场大雨即将到来。我扭头看看安德鲁的灵柩，想起了他的脸，我想到那张脸已经失去了生气。过去的两年里，他经历的是怎样熬人的慢性死亡，他的表情是怎样在不知不觉中发生改变的，从死一般的严肃到严肃地死去，这样的两张脸对我来说都是模糊的。我丈夫无论死活，两种面孔都是各自独立的，就好像打开灵柩盖子，我就能看到那两张脸像暹罗连体人一样，虽紧紧相连，但空洞的眼神却看向不同的方向。

此刻，又有一个念头在我脑海闪过，让我倍感惊恐：安德鲁曾经是一个满怀激情、富有爱心的好男人。

我盯着丈夫的灵柩，细细琢磨着这个想法。它仿佛是一面我对过往记忆举起的临时停战的旗子。我想起我曾和安德鲁在同一家报社工作。初次见面的时候，他和他的编辑正为了某种高尚的原则问题争论不休，他被当场解雇。当时他大步流星地走到走廊上，一举一动都英气十足。我最开始的想法是：这个男人值得让别人为之感到骄傲。后来，安德鲁朝着站在走廊里偷听的我走过来，我大吃一惊，装作路过走廊要去编辑部的样子。安德鲁对我咧嘴一笑，毫不犹豫地说："想不想请你的前任同事吃个饭？"这就像把闪电装进瓶子里了，是千载难逢的机会啊！

查理出生之后，我们的婚姻就越来越糟糕。仿佛我们之间就剩下那道闪电，而闪电上大部分的热量又都跑到儿子身上去了。尼日利亚的事让我们的婚姻质量急转直下，现在，死亡将这一切彻底终结。但是在这之前我已经和劳伦斯开始了。我意识到我一直在纠结这个问题。对安德鲁的离开没有立刻感到痛心，是因为我早已在慢慢地失去他。首先是从我的心里消失，然后是我的思想，最后彻底从我的生活中消失。

想到这里，真正的悲痛向我袭来。我止不住地颤抖，仿佛体内释放出了一个不知名的怪物，现在正一点一点地朝着体外蠕动。我剧烈地颤抖着，却仍旧哭不出来。

我走回屋内，叫上儿子和小蜜蜂。我们三个走在一起，画面充满违和感，我们茫然地朝着我丈夫举办葬礼的地方走去。我坐在教堂的长椅上时，仍然颤抖不止。我明白了：我们不是在为死者哭泣，我们是为自己而哭，而我并不值得自己的同情。

葬礼结束后，不知是谁把我们送回了家。我坐在后座，一直搂着查理，我记得车里有股烟味。我摩挲着查理的脑袋，将一路上见到的所有日用品都指给他看，小声地念着它们的名字。我希望这样能产生一种魔法，让这些房子、商店和汽车给我们带来安慰。我认定这些日用品名字就是眼下我们需要的安慰，它们能让我们渡过难关。我并不介意查理的蝙蝠装上沾满了墓地里的泥土，到家的时候，我把衣服丢进洗衣机，给了他一套新的。当我发现用左手开洗衣粉盒子时手疼得厉害，我就换了只手。

我记得我和查理坐在一起，看着水流进洗衣机，圆形玻璃门后的水位渐渐升高。和平常一样，洗衣机只朝一个方向转。我和查理闲聊起来，这对我来说是最难熬的时候。我们聊到午餐他想吃什么，查理说他想吃薯片，我没有同意。但是他坚持要吃，我只好妥协。我儿子知道，某些时候我比较好说话。我还允许他吃番茄酱和冰激凌，查理的脸上虽露出胜利者的表情，但眼神中却写满恐惧。我知道，对查理和我来说，寻常的物件后面也藏着不寻常的痛苦。

午饭后，小蜜蜂把查理带到花园里玩。我的注意力一直放在儿子身上，我把她的事儿忘得一干二净，而她竟然还没走，这让我有些摸不着头脑。

我静静地坐在厨房的餐桌旁。我母亲、姐姐和我们一道从教堂回来，她们一直在我们身边忙来忙去，洗洗涮涮。如果要给我们大家照一张长时间曝光的照片，那么你会发现上面只有我是清晰的，而我的四周像是围了一圈幽灵，其中包括姐姐穿的天蓝色的羊毛衫，包括母亲总是围在我左右想问我是否还好的影像，我几乎听不清她在说什么。她们在我身边忙前忙后足有一小时，为了不吵到我，她们在洗茶杯的时候尽量不发出丁零当啷的声音，按照字母表的顺序整理悼念卡片时也尽量把声音降到最小。直到最后我请求她们，如果真的爱我，就请回家去吧。

离开的时候，她们给了我温暖的、结实的拥抱，这叫我有些后悔赶她们走。我又坐回厨房的餐桌旁，看着小蜜蜂和我儿子在花园里玩耍。我想，一早上不在家，时间竟然都耗在了葬礼上，真是不应该。在我们不在的这段时间里，有小混混霸占了月桂树丛，现在得用水枪和竹棍把他们赶出去。这可是一项艰巨危险的任务。首先，小蜜蜂得手脚并用，爬到月桂树附近，而她那件过大的夏威夷 T 恤的衣角也会拖在地上。等她发现埋伏的坏人，就冲他大喝一声，把那人逼到开阔的空地上。那时，我儿子将做好准备，用水枪予以迎头痛击。他们这么快就组建了一支队伍，这点倒让我很是吃惊。我不清楚我希望他们之间变成什么样的关系。可是，我能做什么呢？难道要大步流星地冲进花园说"小蜜蜂，请你不要和我儿子做朋友"吗？我儿子肯定会大声地质问我为什么，但是对他讲"小蜜蜂和我们不是一个世界的人"是没有用的。因为现在这两个人已经并肩作战，干掉了不少坏蛋。

不，否定她的存在，否定在非洲发生过的一切，都是没有任何用处的。我可以让自己忙于各种无情的琐事从而忘掉甚至彻底忘记这段回忆，比如用心经营一本成功的杂志，抚养儿子，埋葬丈夫。可是，一个人和一段记忆还是有本质区别的。尼日利亚女孩的存在，活生生地站在你的园子里——也许政府可能否认这种人的存在，或者用统计异常来清理掉他们，但是普通人类却不能这样做。

我坐在厨房的餐桌前，看着我那残缺的指根，眼睛忽地湿润了。我知道，是时候面对在海滩上发生的事了。

当然，正常情况下来说，一切本不该发生。人们总是知道，世界上那么多国家和地区，有些地方是不适合旅游的。我也知道，而且我认为我是一个头脑冷静、能够独立思考且不会贸然行事的女性。我和其他理智的女性一样，倾向于同异地他乡保持一定距离。

聪明如我，最后选了一个与众不同的地方度假。那年，尼日利亚爆发石油战争，但我和安德鲁并不知情。关于那场战争的报道大多简短模糊，少之又少。英国和尼日利亚政府至今仍否认那场战争的存在。上帝知道，否认这段过去的可不止他们。

我至今仍很费解，我为什么要去尼日利亚度假。我希望我能说，是因为那年春天，我收到了唯一一张旅行社寄来的免费旅游宣传单，然而事实上，我们有好几箱子类似的宣传册——一个个的柳条箱里塞满了未拆的信件，破碎的样品袋染红了皮茨布茵峰。我本可以选择托斯卡纳或者伯利兹，那年前苏联的某些地区也非常热门，但我还是没有选。因为我执拗的性情——也是这种性情让我选择《女妖》杂志而不是加入其他浮夸的杂志，也正是这种性情让我和劳伦斯有了外遇，而没有选择修补我和安德鲁的关系——当我看到放在我桌子上的包裹时，我产生了只有青春期才会有的激动，包裹上印有"今年假期，何不去尼日利亚"的标语。编辑部里某个爱开玩笑的员工用粗头的黑色马克笔在这标语下给出了明确的答案。但我为之着迷，我打开了包裹，里面掉出两张没有固定日期的飞机票和一家酒店的预订单，一切简单得就像只需要穿着比基尼到机场一样。

安德鲁和我一起去了，尽管他有更好的提议。英国外交部的人建议我们不要到尼日利亚的某些地区旅行，可我们没有想到那些地方也包括我们的目的地。他曾试图说服我，但是我提醒他，我们的蜜月就是在古巴过的，当时那里也有些地方不太平。安德鲁妥协了。现在想想，我猜他是怕失去我，所以才觉得自己别无选择。

寄来免费旅行券的旅游局说艾比娄海滩是"冒险家的目的地"。实际上，我们到达的时候，周围的地区已经遭遇了一场浩劫。北边是疟疾肆虐的热带雨林，西边是褐色河流冲击而成的宽阔的三角洲，河里蕴藏着丰富的石油。而现在我知道，河里还漂着许多采油工人的尸体。南边就是大西洋，在海滩南边我遇到了一个女孩，她一看就不是我们杂志的目标读者。小蜜蜂拖着流血的双脚从村子里一路往东南方向逃，一直逃到了那个海滩。用不了多久，她的村子就会变成油田。她逃脱了追杀——男人们要杀她是因为有钱可拿，孩子们要杀她则是受了大人的唆使。我坐在餐桌旁，想象着她穿越田野和丛林，一路拼命逃亡，终于逃到海滩上——那个我和安德鲁没按照常理选择的旅游景点，那是她能逃到的最远的地方。

一想到这些，我那根缺失的手指又痒了起来。

他们从花园里回来的时候，我把蝙蝠侠送去他的蝙蝠洞，又带小蜜蜂去了浴室。我给她找了几件衣服。后来，蝙蝠侠上床睡觉去了，我调了两杯奎宁杜松子酒。小蜜蜂坐了下来，举起酒杯，摇晃着杯里的冰块。我像喝药似的喝下了我的那杯。

"好吧。"我说，"我准备好了，准备好听你讲讲都发生了什么。"

"你想知道我是怎么活下来的？"

"从头开始讲，好吗？告诉我当初你是怎么跑到海边的。"

接下来，小蜜蜂开始了她的讲述。她跑了整整六天，夜间在田野中穿行，白天就躲在丛林或者沼泽里。我关掉了厨房的收音机，静静地坐着听她诉说。当时，她跑到了延伸到海边的丛林的一隅，白天最热的时候，她就躺在丛林里，看着海浪。她说她以前从没见过海，那时她还不相信有大海这样的存在。

傍晚的时候，小蜜蜂的姐姐妮可茹卡也穿过丛林找到了她的藏身之处。她坐在小蜜蜂身旁，姐妹二人拥抱了好一阵。她们都非常庆幸妮可茹卡成功地找到了小蜜蜂的逃跑路线，并且跟着跑了出来，但是她们仍旧十分害怕，因为这意味着别人也能跟过来。妮可茹卡看着妹妹的眼睛，说她们得给自己起个新名字。用真名并不安全，整个部落和周边地区的人都认识她们。妮可茹卡说从现在起她就叫"善良"。她的妹妹想取一个和"善良"相呼应的名字，但是她一时想不出来。

两姐妹一直在等待，二人的影子越拉越长。两只犀鸟飞到她们头顶的树枝上寻找可食用的种子。然后——坐在厨房餐桌旁的她说，她记得特别清楚，她几乎可以伸出手，摸到一个毛茸茸小黑鸟的背部——一只蜜蜂被海风吹了过来，落在姐妹二人之间。那是只很小的蜜蜂，落在了一朵浅色的花上——她告诉我，那是一朵鸡蛋花，尽管她并不确定欧洲人怎么叫它——后来蜜蜂又飞走了，没有过多停留。她没有注意到蜜蜂来之前花朵的样子，但是现在她看见那花竟是异常美丽。她转身面向"善良"。"我就叫小蜜蜂了。"她说。

听到这名字的时候，"善良"笑了。小蜜蜂告诉我，她的姐姐长得非常漂亮，是那种男人见了会说让他们忘却烦恼的美丽，是那种女人见了会称之为祸水的美丽。小蜜蜂搞不懂哪种说法正确。

姐妹二人静静地躺在丛林中，直到太阳落山。她们爬到沙滩上，在海浪里冲洗双脚。海水中的盐分刺痛了脚上的伤口，可是她们没有叫喊。她们很清楚，一定要保持安静。追杀她们的男人大概已经放弃了，也可能没有。问题是，姐妹二人已经看见村子里发生的一切。他们不会留下能够讲述事情经过的活口。男人们四下追杀逃亡的妇女儿童，把她们的尸体埋在树枝和岩石下。

她们又回到躲藏的地方，二人用新鲜的绿叶将双脚包裹起来，等着黎明的到来。林子里并不冷，但是她们两天没吃东西了，她们开始发抖。月色中，猴子们高声尖叫着。

我还在想象两个女孩在黑夜中瑟瑟发抖的模样，我一遍又一遍地在脑海中想象那个画面，一只粉色的小螃蟹嗅到了她们留下的淡淡的血腥味，一路爬到了她们刚才站过的海边，却没有发现任何死掉的生物。闪亮的星空下，身体还比较柔软的粉色小螃蟹发出微弱的咔咔的声响，一个接着一个，把自己埋回沙堆里等待猎物。

我多希望我的大脑里不要充斥着这样可怕的细节。我希望自己只是一个热爱鞋子和遮瑕膏的女人，而不是在自家餐桌旁听一个难民姑娘讲述她对黎明的恐惧。

小蜜蜂接着讲：日出的时候，一层厚厚的薄雾笼罩着丛林，雾气一直蔓延到沙滩上。姐妹二人看到海滩上有一对白人夫妇在散步。他们讲的语言，正是小蜜蜂祖国的官方语言，但是这是她第一次见到白人。

她和"善良"躲在棕榈树后注视着这两个人，当夫妇俩靠近他们的藏身之处时，她们便躲到更后面的地方去。两个白人停下脚步，望向大海。

"听，海浪的声音，安德鲁。"白种女人开口道，"这里宁静得令人难以置信。"

"我还是有些担心，老实讲。咱们应该回去，回酒店的庭院去。"

白种女人笑了："庭院是可以让人到外面走走的。我第一次见你的时候才害怕呢。"

"你当然会怕了，像我这样大块头的爱尔兰爱人，我们是野蛮人，你不知道吗？"

"原始人。"

"流氓。"

"渣滓。"

"哦，得了吧，亲爱的，那是你母亲的说法。"

白种女人哈哈大笑，靠近男人，亲吻了他的脸颊。

"我爱你，安德鲁。我很开心，咱们能一起出来。抱歉，让你失望了。那事儿不会再发生了。"

"真的？"

"真的。我不爱劳伦斯。我怎么会爱他呢？咱们重新开始吧，好吗？"

海滩上的白种男人笑了。在阴影里，小蜜蜂把手拢在"善良"的耳朵上，悄声说道："'渣滓'是什么意思？""善良"回头看看妹妹，眼珠一转："就在这儿，傻姑娘，就挨着你这个小流氓呢。"小蜜蜂不敢笑出声，只得咬住自己的手。

接着，姐妹二人听见了狗叫声。她们能听到所有风吹草动，因为清晨凉爽的风，从陆地吹来的风捕捉到了所有声响。狗还离她们很远，但是姐妹俩听到了狗在狂吠。"善良"抓住小蜜蜂的胳膊。下面的海滩上，白种女人抬头望向丛林。

"嘿，听着，安德鲁。"她说，"有狗！"

"可能是当地人在打猎。丛林里肯定有很多可捉的活物。"

"可是，我没想到他们会用狗来打猎。"

"那你以为他们会用什么呢？"

白种女人耸耸肩。"不知道。"她说，"大象？"

白种男人笑了。"你们英国人真叫人难受。"他说，"就因为有你们，大英帝国仍旧繁荣昌盛，是不是？你闭上眼睛就好了。"

这时，从他们来的方向跑来一个士兵。他气喘吁吁的，穿着橄榄绿的裤子和一件浅灰色背心，汗水已经打湿了衣衫，一双军靴上面沾满了潮湿的沙土。他背着一支来复枪，枪管直冲着天空。

"哦，见鬼了。"白种男人说，"又来了个笨警卫。"

"他只是在执行任务。"

"是啊，但是就不能让我们自己待一会儿吗？"

"哦，放松。度假是免费的，记得吗？我们不可能一路都随心所欲的。"

警卫跑到白人夫妇身旁，停下来。他咳嗽起来，双手支着膝盖。

"先生，女士。"他说，"抱歉，请回到酒店的庭院。"

"为什么呢？"白种女人说，"我们就是来海滩散个步。"

"这儿不安全，女士。"警卫说，"对您和先生来说都不安全。抱歉，两位。"

"为什么呢？"白种男人说，"到底有什么问题？"

"没问题。"警卫说，"这儿是个好地方，非常不错。但是所有的游客务必待在酒店的院子里。"

远处的丛林里，狗的叫声越来越大。姐妹二人能听到跟着狗的男人们的叫喊声。"善良"不住地发抖。姐妹二人抱在一起。接着，一只狗号叫起来，其他的狗也跟着叫起来。她们藏身的干树叶上撒上了一些尿——这是"善良"最害怕的东西。小蜜蜂看着姐姐的眼睛，但是姐姐似乎没有看着她。

下面的海滩上，白种男人说："是钱的事儿吗？"

警卫说道："不是的，先生。"

警卫站得笔直，望着丛林深处传来狗叫声的方向。他解下了来复枪，小蜜蜂看到他拿枪的样子。他拉开保险栓，伸手摸了摸弹夹。两个弹夹——我记得——用绝缘胶带背对背地绑在一起。

白种男人说道："哦，收起这一套吧。你就说你想要多少钱，说吧。我妻子不想关在那该死的院子里。给你多少钱你能让我们安静地散个步呢？一美元？"

警卫摇摇头，他没有扭头去看白种男人，双眼凝视着一群从林子里飞出来的红色的鸟，那些鸟大约距离他有两百码远。

"不要钱。"警卫说。

"那十美元吧。"白种女人说。

"看在上帝的分儿上，莎拉。"白种男人说，"这就过分了。那是一周的薪水啊！"

"别小气。"白种女人说，"十美元对我们来说很多吗？给他们一点不是挺好的吗？上帝可知道，他们什么都缺。"

"好吧，听着，五美元吧。"白种男人说道。

警卫还在望着树林的顶端。一百五十码开外的地方，棕榈树上蕨类植物的叶子正在颤动。

"你们现在跟我回去。"警卫说道，"你们最好待在酒店的院子里。"

"听着。"白种男人说道，"抱歉，给你钱不是想冒犯你，你不要，我们也尊重。但是，在一年中的五十一个星期里，我的编辑都在告诉我应该干什么，我来这儿可不是听这些的。"

警卫举起枪，枪口朝上，对着天空连开三枪。子弹从白人头顶飞过，狗叫声和男人们的喊叫声停了片刻。接着，那声音又响了起来，甚至更人声了。白人夫妇安静地站在海滩上，张大了嘴巴，也许是被擦身而过的子弹吓坏了。

"先生，女士，"警卫说，"这儿有麻烦了。你们不了解我们的国家。"

姐妹二人听到砍刀在树丛中清理道路的声音。"善良"抓着小蜜蜂的手，拉她站起来。两个人离开藏身处，走出丛林，来到沙滩上。她们手拉手站在那里，望着白人夫妇——安德鲁和我——眼里写满了希望和期待。我猜，身处发展中国家里的她们，根本无能为力。

她们站在沙滩上，相互搀扶，以免倒下。"善良"抬头望着越来越近的狗，而小蜜蜂则定定地看着我，忽视了安德鲁和警卫。

"拜托，女士。"她说，"把我们带到酒店的庭院吧。"

警卫看看她，又看看丛林，他摇了摇头。

"酒店的庭院只对游客开放。"他说，"不是给你们这种姑娘开的。"

"求求你。"小蜜蜂直直地看着我，说道，"有坏人在追我们，要杀了我们。"

她表现得像个成年的女性，她认为我会理解但其实我并不理解。三天前，我们前往希斯罗机场之前，我曾站在我家花园里一块光秃的水泥地上，问安德鲁到底打算什么时候在那里修建暖房。而那个暖房——是我生活中最重要的问题。那个暖房，还有从前的和以后的所有建筑，利于填补我们夫妇之间巨大的情感空白。我是一名现代女性，比起恐惧，我对失望有着更深刻的理解。那些猎人会杀了她？我的胃抽痛起来，但我的大脑坚信这不过是一种比喻。

"看在上帝的分儿上。"我说，"你还是个孩子，为什么会有人想杀你？"

小蜜蜂看看我，说道："因为我们看到他们杀了所有人。"

我张开嘴巴，但是安德鲁抢先一步。我想他和我一样被智力上帝时差所折磨。就好比你的心灵已经到达了海滩，但是思维还停留在几小时之前。安德鲁的眼神中闪过一丝恐惧，但是他开口说的却是："简直胡说八道，典型的尼日利亚骗局。走吧，回酒店去。"

安德鲁开始拉着我沿着海滩往回走。我一边跟着他，一边回头看身后的姐妹。警卫跟在我们身后，他在倒着走路，枪仍旧对准了树林。小蜜蜂和"善良"在十码开外的地方跟着我们。

警卫说："你们不要再跟着我们了。"

他用枪指着两姐妹，她们看着他。警卫只比这两个女孩大一点，十六七岁的模样，脸上的胡子还很稀疏，我猜他会为长出这么一点儿胡子而感到自豪。他戴着一顶绿色的贝雷帽，汗水从帽檐下流出。我看见他太阳穴上的血管，看见他的眼白是黄色的。

小蜜蜂问："你叫什么名字，大兵？"

他说："我的名字叫'你要是再跟着我我就开枪了'。"

小蜜蜂耸耸肩，拍着胸脯说："我叫小蜜蜂。我的心脏就在这儿，想开就开吧。"

"善良"说："子弹好呀，还能死得快点。"

她们仍然跟在我们身后。警卫瞪大眼睛问："谁在追杀你们？"

"烧了我们村子的人，石油公司的人。"

警卫端着来复枪的手哆嗦起来。"上帝啊！"他说。

男人的叫喊声和狗叫声越来越响了。我都听不到海浪的声音了。

五条褐色的狗从林子里跑了出来，一边跑一边狂吠。它们的爪子和身子两侧都被丛林中的荆棘扎破了，正在流血。姐妹俩尖叫起来，跑到警卫身后。警卫停下脚步，举起枪，开了火。领头的狗一头栽倒在沙滩上。我想，它的一只耳朵和一块头骨被打飞了。那群狗跑了几步，停下来，朝倒下的狗扑了过去。那条狗的腿仍在抽搐，但是剩下的狗还是大块大块地撕咬着它的骨肉。我吓得尖叫起来，警卫也在发抖。

这时，六个男人跑出了丛林，他们穿着破烂的运动裤、背心和运动鞋，全都戴着金链子。他们飞快地向我们跑来，全然不顾那些狗。其中一个人手里拿着一把拉开的弓，其余的几个人挥舞着砍刀，丝毫不怕警卫手中的枪。他们径直朝我们走了过来。

一行人中有个领头的，脖子上的伤口正在腐烂——我闻到了腐烂的味道，我知道他离死不远了。他们中有一个戴着一条金属线做的项链，上面挂着褐色的风干的东西，好像是蘑菇，这人一看见"善良"，就指着她，然后用手在自己的乳头上画着圈，一边画还一边咧着嘴大笑。我尽量客观地描述我知道的情况。

警卫说："快走，先生，女士。"

但是脖子上有伤的人——领队的那个——说："站住，不准走。"

"我会开枪的。"警卫说。

但是那人道："但你只能打死我们其中的一个，或是两个。"

手里握着弓箭的男人瞄准了警卫的脖颈，说："说不定你一个也打不死，也许你应该在我们离得还算远的时候开枪。"

警卫不再后退，我们也停下了脚步。小蜜蜂和"善良"绕到我们身后，让我和我丈夫挡在她们和追杀者中间。

追杀者们在传着一瓶东西，我猜那是酒。他们轮流喝着，手拿弓箭的人下体慢慢勃起。我能看见他裤子里的变化，但是他的表情并没有改变，他的眼睛一直盯着警卫的脖子，他戴着一条黑色的手帕，上面印着"安普里奥·阿玛尼"。我看看安德鲁，试图用比较镇定的口吻说话，可是那些话全都卡在喉咙里。

"安德鲁。"我说，"他们想要什么就给他们什么吧。"

安德鲁看了看脖子上带疤的男人，开口道："你们想要什么？"

追杀者们看了看对方，接着，脖子上带伤的男人走到我跟前，眨了眨眼，向上翻了翻眼珠，然后又耷拉下去，最后近乎疯狂地盯着我，瞳孔收缩，虹膜变得和子弹一般冷酷，露出青铜一样的光。他扭曲着嘴唇，脸上的微笑逐渐变成一个诡异的笑容，面部线条变得无比残酷，露出了冷酷的蔑视的神情。这些表情在他脸上一一闪现，就像他在不耐烦地转换电视频道一样。我闻到他身上的汗味和腐烂的气味。他发出一种声音，这种下意识发出来的呻吟似乎吓了他自己一跳——他瞪大了眼睛——一把扯下我的沙滩装，低下头，好奇地看着手里淡紫色的布料，似乎在想为什么这东西会到他的手里。我吓得尖叫起来赶紧用胳膊捂住胸部。这个男人，还有他看我的方式——现在又变得十分有耐心，像是在鼓励一个愚笨的学生，一会儿暴跳如雷，一会儿含蓄沉静。

我穿的是一件绿色的小号比基尼。我要再说一遍，也许我也会慢慢理解，在非洲国家某个纷争不断的三角洲，爆发了一场三方参与的石油争夺战。只是有一处海滩靠近战区，又恰好赶上国营旅行社给《作家和艺术家年鉴》上列出的每一个杂志社都寄出了旅行券，又正好赶上那一年我们经费有限，且因为我是杂志社里能够优先拿到免费旅行券的编辑，所以我就穿着小码的爱马仕一字型比基尼来到了这里。我双手抱着胸，站在海边，意识到我本想着来占些便宜，却没想到招来了杀身之祸。

受伤的男人离我很近，我感觉到脚下的沙子因为他的存在而下沉，我的手指在我的肩膀和裸露的肌肤上滑动。他说："我们想干什么？

我们想……练习……英语。"

追杀者都大声地笑起来。他们又开始传递那个瓶子，当一个人举起瓶子时，我看到了里面有个瞳孔紧紧地贴在瓶子上，正向外窥探。然后，那人放下了瓶子，瞳孔也消失了，只剩下那些液体。我之所以称之为液体是因为我知道了那不是酒。

安德鲁说："我们有钱，过一会儿，还可以给更多。"

受伤的男人发出猪叫般的笑声，这声音把他自己都逗笑了。接着，他的表情突然变得严肃起来，说："现在就把你所有的家当都掏出来，没有什么过一会儿了。"

安德鲁从口袋里掏出钱包递给受伤的男人。那人一把接过钱包——他的双手在哆嗦——抽走所有的纸币，然后把钱包扔到沙滩上。他把钱递给身后的人，既没有看也没有数。他的呼吸异常粗重，脸上的汗水直流。他脖子上的伤口裂得很大，是蓝绿色的，看上去就很恶心。

我说："你需要就医。我们可以带你到酒店去求助。"

那人说道："就医也没法改变这些妞儿看见的事儿，看见了就得付出代价。把她们交给我。"

我说："不行。"

受伤的男人吃惊地看着我："你说什么？"

"我说不行。这两个姑娘会和我们一起回到酒店的庭院。如果你要阻止，警卫会开枪的。"

受伤的男人瞪大了眼睛，装出一副受到惊吓的样子。他双手放在头顶，在沙滩上原地转了两圈。当他再次面向我的时候，他咧开嘴，笑着说："你从哪儿来，小姐？"

"我们住在金斯顿。"我说。

那男人仰起头，饶有兴趣地看着我。

"泰晤士河畔的金斯顿。"我说，"在伦敦。"

男人点点头。"我知道金斯顿在哪儿。"他说，"我在那儿学的机械工程。"

他低头看着沙子，一言不发地站了片刻。然后，他行动了，速度之快令人咋舌。我只看见他飞快地举起砍刀，我看见那刀刃在阳光下闪闪发光。我瞥见一个人影微微后退——警卫还来不及有其他动作，下一秒刀片就径直插入他的喉咙，我听见刀片磕碰到颈骨的声音。那人猛地将刀抽出来，砍刀仍在嗡嗡作响，警卫瞬间倒地。我记得那砍刀发出的声响，仿佛那砍刀是铃铛，警卫的生命是铃锤。

那个刽子手开口道："在泰晤士河畔的金斯顿从没听过这样的声音吧？"

海滩上的血比这个瘦弱的非洲男孩体内所能拥有的血量还要多。鲜血不停地涌出，警卫静静地躺在沙滩上，沙子遮住了他的眼球，他的脖子像是被挂在铰链上一样，上面的伤口张裂开来，好似一张血盆大口。这时，我的脑海中回响起一个中产阶级的、平静的声音："食豆人，食豆人。哦，上帝，他看上去就像食豆人一样。"我们站在一旁，一句话都没有说，眼睁睁地看着警卫失血而亡。那是段漫长的时间。我记得当时的想法：感谢上帝，我们出门前把查理交给父母照顾了。

当我抬起头时，我发现那刽子手正注视着我，脸上的表情算不上凶狠。我忘带优惠卡的时候，收银台的姑娘曾经用那种表情看过我；我告诉劳伦斯我来例假的时候，他也这样看过我。现在，这个刽子手正用这种略微不耐烦的神情看着我。

"他是因为你才死的。"他说。

那个时候，我一定是有感触的，因为当时眼泪顺着我的脸颊淌了下来。

"你疯了。"我说。

那人却摇了摇头。他蜷起手指，握紧砍刀刀把，举起刀，对准我的喉咙。抖动的刀锋后面是一双写满悲哀的眼睛。

"这儿是我家。"他说，"来这儿，是你们疯了。"

我怕得哭起来。安德鲁吓得直打哆嗦。"善良"开始用她们部落的语言祈祷。

"圣洁的马利亚。"她祈祷着，"感谢你的陪伴，让我不再孤单。我把灵魂交到你的手中，祈求主将我带向天国。"

那人看着"善良"说："下一个死的就是你。"

"善良"也看着他。"童贞的马利亚啊，"她继续祈祷，"你教我接受苦难，感谢你赦免我的罪过，赐给我永生。阿门。"

那个刽子手点点头，吸了口气。我听见澎湃的海浪声。棕色的大狗把那个被射死的狗扔在一边，跑到我们跟前。它们的腿都在抖动，脖子上的毛倒竖起来，毛皮上沾的血迹也开始凝结。刽子手朝"善良"迈出一步，但我没法眼睁睁就这么看着他砍死她。

我说："不要，请你……请你放过她。"

刽子手停下脚步，转身面向我，说："又是你？"

他笑起来。

安德鲁说："莎拉，别说话，咱们最好……"

"最好怎么样，安德鲁？闭上嘴祈祷他们别杀我们？"

"我只是想，这跟咱们没关系，犯不上……"

"哈！"刽子手开口道，"跟你们没关系？"

他转过身，面向其他追杀者张开双臂。

"他说不关他的。他说，这是黑人的事儿。哈！哈！哈！"

其他的追杀者哄笑起来，他们互相拍打着彼此的后背，那群狗开始把我们围起来。刽子手转过身，表情严肃。

"我还是第一次听到白人说我的事儿和他们没关系。你抢了我们的金子，拿走了我们的石油，现在还想对我们的姑娘怎么样？"

"没。"可怜的安德鲁说，"我不是那个意思。"

"你是种族主义者吗？"

其实，那人念成了中族主义者。

"不，当然不是。"

刽子手盯着安德鲁。"那么，"他说，"你想救这两个姑娘吗，先生？"

安德鲁咳嗽起来。我看着他，我的丈夫双手紧握——我曾见过那双强壮漂亮的手端过咖啡杯、敲过键盘、在交稿日拼命地赶文章。我的丈夫，前一天还在机场的候机楼里写完了星期天的专栏文章，和往常一样，赶在交稿日之前完成。通知登机的时候，我还在检查那篇文章的拼写，最后一段是这么写的：这是个利己主义大行其道的社会，如果我们不能以身作则，那又怎能教导下一代将他人的利益放在自己的利益之上呢？

"那么，"刽子手说，"你要救他们吗？"

安德鲁低头盯着自己的手，他就这样站了许久。头顶的海鸟在空中盘旋集结，我尽力控制住颤抖的双腿。

"求你。"我说，"让我们带着这两个女孩离开，你想让我们做什么都可以。求求你，放我们回酒店，我们什么都可以给你。钱，药，什么都行。"

那人高声尖叫起来，打了个激灵。接着哈哈大笑起来，一滴鲜血从他洁白的牙缝间渗出来，滴落在他肮脏的绿色尼龙外套上。

"你觉得我会在乎这些？"他说，"你没看见我脖子上的洞吗？我只有两天可活了。你觉得我还在乎钱和药吗？"

"那你想要什么？"安德鲁问。

刽子手把砍刀从右手转到左手，接着举起右手，竖起中指。他的手仍在颤抖。他把手伸到安德鲁面前一英寸的地方，说："我没少见白人对我比这个手势。今儿，你就把这根指头留下，把你的中指切下来，先生，切下来给我。"

安德鲁退缩了，他摇摇头，双手攥成拳头，拇指覆在其他手指上。那刽子手拿着砍刀的刀身，将刀把递给我丈夫。

"砍吧。"他说，"切下来，把指头留下，我就放过她们。"

长久的停顿。

"我要是不肯呢？"

"那你们就可以走了。但是在那之前，你会听到这俩孩子死去的声音。你听过一个女孩慢慢死掉的声音吗？"

"没有。"

刽子手闭上双眼，不紧不慢地摇摇头。"那可不是什么好听的声音。"他说，"准叫你永生难忘。也许某一天你在泰晤士河畔的金斯顿醒来的时候，会发现，你失去的可比一根手指来得沉重。"

小蜜蜂哭了，"善良"握着她的手。

"别怕。"她说，"如果我们今天死在这儿，晚上就可以和耶稣共同进餐了。"

刽子手猛地睁大眼睛，盯着安德鲁说："快点吧，先生，我可不是个野蛮人。我不想杀害两个姑娘。"

安德鲁伸出手，接过了那人手里的砍刀。刀把上还有血迹，是警卫的血。安德鲁看向我。我走上前，把手轻轻地放在他的胸膛上。我也哭了。

"哦，安德鲁。我想你得照他说的做。"

"我不能。"

"不过是一根手指。"

"我们又没做错什么。我们只是来海边散步的。"

"一根手指，安德鲁，他们就会放过我们。"

安德鲁跪在沙地上，说："我不相信怎么会弄成这样。"他看了看砍刀的刀身，在沙地上蹭掉上面的血迹。接着，左手手掌向上，放在沙地上。他张开手指，唯独中指还蜷缩着。接着他用右手举起砍刀，没有动手。他说："莎拉，我们怎么能确定，砍了手指他们就能够放过那俩姑娘？"

"至少你尽力过。"

"说不定这刀会让我染上艾滋病，我会死的。"

"我会和你在一起，我会以你为荣。"

海滩上寂静无声，海鸟乘着海风，在湛蓝如洗的夏日晴空中展翅滑翔，它们飞得很低，甚至没有扑打翅膀。浪涛的节奏始终没有改变，尽管海浪之间的间隔似乎没有尽头。两个姑娘、那群男人、恶犬还有我，都在等着看我丈夫会如何行动，似乎在那一刻我们没有区别。每一个，都是自然中的生物，就连闷热海风裹挟的东西都比我们强大，谁都无能为力。

安德鲁大喊一声，下一秒，手里的砍刀落地了，刀身在闷热的空气中发出震动的声响，接着，落进沙子之中。离他的手还有很远一段距离。

"我下不了手。"他说，"都是狗屁，我才不信他会放过她们。看看他，不管怎么样他都会杀了她们。"

安德鲁站起身，砍刀还留在沙子里。我看着他，就是从这时起，我失去了所有感觉。我发现我不再恐惧，我也没有生安德鲁的气。看着他的时候，我看到的不再是一个顶天立地的男子汉。那个时候我想大家都活不了了，可是我没有预想中那样担心，我更担心的是再没机会在花园里建个玻璃暖房了。我脑海中突然蹦出一个理智的想法：我还有身体康健的双亲能够代替我照顾查理，我已经非常幸运了。

刽子手叹了口气，耸耸肩说："好吧，这位先生已经做出了选择。现在，先生，滚回你的英国吧，告诉你的同胞，你来过非洲，见到了真正的野蛮人。"

那人转身的时候，我跪了下来。我直视着小蜜蜂，她看得见我，但是刽子手看不到。她看见一个白种女人把左手放在沙地上，她看见她举起砍刀，看见她一刀就切掉了自己的中指，就像在萨里那一个宁静的周六的早晨，一个女孩在比赛和午饭中间一刀切掉胡萝卜那样干脆利落。她看见她扔掉砍刀，身子后仰，一下子坐在地上，举起鲜血直流的左手。我猜，这个白种女人的表情应该是一脸惊奇。

"啊！"我想我喊的是，"啊！啊！啊！"

刽子手飞快地转过身，看见鲜血从我紧握的拳头中汩汩流出。在我面前的沙滩上，放着一根手指，我的手指。那根指头看上去突兀可笑，我觉得非常尴尬。刽子手吃惊得瞪大了双眼。

"该死的！"安德鲁说，"你干什么，莎拉？你干了什么？"

他也跪了下来，把我搂在怀中，但是我用没有受伤的那只手推开了他。口水和鼻涕不住地从我的口鼻中流出来。

"疼，安德鲁，好疼，你个浑蛋。"

刽子手点点头。他弯下腰捡起那根切掉的手指，用它指着小蜜蜂。

"你可以活命。"他说，"这位女士已经为你的生命付出了代价。"

然后，他用我的指头指着"善良"。

"但是，你必须得死，小东西。"他说，"这位先生没有救你的命。还有，我的小伙子们，你知道，他们得尝尝血的味道。"

"善良"握着小蜜蜂的手。她抬起头。

"我不怕。"她说，"上帝是我的牧羊人。"

刽子手叹了口气。

"那他也是一个无情冷血的牧羊人。"他说。

然后——比海浪声还要响亮的——是我丈夫的抽噎声。

两年后，我坐在泰晤士河畔金斯顿家里的餐桌前，我发现我仍能听到那抽噎的声音。我盯着那只残缺的手，将左手摊开，手掌朝下，放在蓝色的餐桌布上。

小蜜蜂已经在沙发上睡着了，杜松子奎宁酒就摆在一旁，她没有喝。我发现我竟记不起她是何时停止了讲述，我又是何时开始追忆往事的。我站起身，准备再去调一杯。没有柠檬了，于是我从冰箱中拿出一罐吉夫柠檬汁，将柠檬汁挤进酒杯中。我摇晃酒杯，冰块不受控制地晃动起来，发出清脆的声响。这一次的杜松子奎宁不太好喝，却给了我勇气。我拿起电话，打给一个我应该称之为"情夫"的人，尽管这个词着实让我瑟缩。

我发现这是今天第二次给劳伦斯打电话，我尽量不这样打扰他的。自从安德鲁过世，我有一周没联系过他了。这是这么多年，我头一次在这样长的一段时间内对丈夫保持忠诚。

"莎拉，是你吗？"劳伦斯低声说道。

我的喉咙有些发紧。我没法马上回答。

"莎拉？我一整天都在想着你。事情很糟糕吗？你应该让我去参加葬礼的。"

我吞咽了一下口水，说："那不合适。"

"哎，莎拉，谁会知道呢？"

"我知道，劳伦斯。我的良心不允许。"

一阵沉默。电话那端是他低缓的呼吸声："你还爱安德鲁，这没关系的，你知道。对我来说，没关系的。"

"你以为我还爱他？"

"我是说如果是这样的话，如果这么说帮得上忙的话。"

我笑了——但他几乎听不见。

"今天所有人都想帮我的忙，就连查理都乖乖上床睡觉，没有闹腾。"

"大家想帮你，这是人之常情。毕竟，你在受苦。"

"我不是个好相处的人。我没想到，人们竟然如此关心我。"

"你对自己太苛刻了。"

"是吗？今天我看着我丈夫的灵柩就停在滚轮上。人这一辈子有什么时候能像现在这样审视自己呢？"

"嗯……"劳伦斯说。

"不是很多男人都可以砍下自己的手指的，对不对，劳伦斯？"

"什么？不会的，我是绝对不会砍的。"

我的喉咙在燃烧："我对安德鲁期望得太高了，是不是？不只是在海滩，对生活我也是如此。"

长久的沉默。

"你对我有过什么期望？"劳伦斯说。

这个问题问得我措手不及，我听出他很生气，握着电话的手开始发抖。

"你用的是过去式。"我说，"我希望不要用过去时。"

"不用？"

"不用。拜托你。"

"哦，我以为你打电话就是谈这些。我在想，为什么你不让我去参加葬礼。说不定这是你跟我说分手的方式，对吧？你先是提醒我你不是个好相处的人，然后再摊牌。"

"别这样，劳伦斯。这么说太可怕了。"

"哦，上帝。我知道了，抱歉。"

"请不要生我的气。我打电话只是想问问你的意见。"

短暂的停顿。接着电话那端响起了笑声，听上去并不悲伤，也并不凄惨。

"你从不问别人的意见，莎拉。"

"从不吗？"

"对，从不。多重要的事情，也不会问的。你只会问你的紧身裙和鞋子搭不搭，手镯戴在手腕上好不好看。你从不听取意见，你只是让爱慕者证明对你的在意。"

"我那么坏吗？"

"其实更糟。因为我会说金色很衬你的肤色，但是你总会去选银色的。"

"是吗？我从没注意过，抱歉。"

"没关系。我喜欢你漠不关心的样子。有太多女人都过于在意别人怎么看她们的首饰。"

我晃了晃酒杯，轻轻地抿了一小口。

"你是想让我好受点，是不是？"

"我只是说，你不是那种每天都能碰见的平庸的女人。"

"这是夸奖，对吧？"

"相对来说，算夸奖。好了，别再试探我了。"

我笑起来，我想这是一周以来我第一次露出笑脸。

"我们之前从没这么聊过，对吗？"我说，"我是指真诚地交谈。"

"你想听真话？"

"当然不是。"

"我认真地同你交流过，但是你不听。"

房子里漆黑一片，寂静无声。唯一的声响是酒杯里冰块发出来的，我一开口，就盖过了冰块的咯咯声。

"我在听，劳伦斯。上帝知道，我现在很认真地在听。"

短暂的沉默。接着，电话那端响起另一个声音，是劳伦斯的妻子琳达在那边喊道："谁的电话？"劳伦斯大声回道："只是个同事。"

劳伦斯啊，如果真的是同事，有谁会多此一举地加上"只是"呢？你只用说"同事"，就可以了不是吗？我想到了琳达，想到她和我分享劳伦斯是种什么感受。她特别地愤怒——不是因为分享丈夫，而是劳伦斯天真地以为琳达真的一无所知。我好奇这样的欺瞒是怎么在这对夫妇中间取得一种微妙的和谐。我想琳达满可以报复我这个平庸乏味的情敌——不顾一切地猛然反击。哦，这太糟了。出于对琳达的尊重，我挂断了电话。

我稳稳地握住酒杯，看向熟睡的小蜜蜂。关于海滩的回忆再次浮现，模糊、毫无感知却又异常骇人的回忆。我又拨通了劳伦斯的电话。

"你能过来吗？"

"我很想去，但是今晚不行。琳达今晚和朋友出去，我得看孩子。"

"可以叫个保姆吗？"

我发觉我听上去有些哀怨，我咒骂了一句，不该这样的。劳伦斯也听出我的哀怨。

"亲爱的？"他说，"你知道，能去的话我就过去了，是吧？"

"当然。"

"那没有我你能应付得了吗？"

"当然。"

"怎么应付？"

"嗯，我敢说就像其他英国女人一样，在'虚弱'这个词发明出来之前，那样应付。"

劳伦斯哈哈大笑："好吧，听着，你说你想听听意见，我们能在电话里谈吗？"

"嗯，当然，我听着，我有点事要和你说。有点复杂。今早，小蜜蜂出现了。"

"谁？"

"其中一个尼日利亚姑娘。那天在海边的姑娘。"

"哦，上帝啊！你说过，那群人杀了她啊！"

"我本来认定他们会灭口，我看见他们把她拖走。她，还有另一个。她们被残暴地拖走，又踢又喊。我看见她们一直走远变成小点儿，而我身体的某部分，跟着死了。"

"但是，现在，什么？出现在你家门口？"

"今天早上，葬礼前两小时。"

"然后你让她进门了？"

"换成谁都得让她进来啊！"

"不，莎拉，大多数人不会这么做的。"

"她应该是死里逃生出来的，劳伦斯。我怎么忍心把她拒之门外呢？"

"但是，如果她没死，是怎么到你家去的？"

"坐船来的，坐船逃离那个国家，来到这儿。她在埃塞克斯的移民羁押中心被关了两年。"

"羁押中心？上帝，她都干了什么？"

"什么也没干。寻求避难，但显然，她一到英国就被关起来了。"

"关了两年？"

"你不相信我？"

"我不相信她。在羁押中心两年？她一定是做了什么。"

"她是非洲人，身无分文。我猜因为这两条，所以她被关了两年。"

"别开玩笑了。她怎么找到你的？"

"她有安德鲁的驾照，他当年掉在海滩上了。"

"哦，我的天，她还在你家？"

"在我家沙发上睡着了。"

"你一定吓坏了。"

"今天早上我以为我疯了，我以为出现幻觉了。"

"为什么不给我打电话？"

"我打过了，记得吗？你的保姆迟到了，你很着急。"

"她威胁你了吗？告诉我你报过警了。"

"不，不是那样的。一整个下午，她和查理很投缘。查理扮演蝙蝠侠，她就扮演罗宾，两个好搭档。"

"你不害怕吗？"

"如果现在我开始害怕，那我将不知道如何停止恐惧。"

"但是她在你家做什么呢？她想怎么样？"

"我想她是想在这儿待一阵。她说她谁也不认识。"

"你是认真的吗？让她留下？合法吗？我是说。"

"我不确定。我没问。她累坏了，我想她是从羁押中心走来的。"

"她疯了。"

"她没有钱。连公交都不能坐。"

"听着，这些和我们没关系。我担心的是你现在单独和她待在一起。"

"那你觉得我该怎么做呢？"

"我想你应该叫醒她，让她离开，我说真的。"

"离开之后去哪儿？她要是不走呢？"

"那我希望你赶快报警，让她离开。"

我没说话。

"你听见我说的话了吗，莎拉？我想让你报警。"

"我听见了。我不希望你说'我想怎样怎样'。"

"我在为你考虑。她要是发疯怎么办？"

"小蜜蜂？我不觉得她有狂躁的基因。"

"你怎么知道？我不了解那个女人。如果她半夜拿着刀闯进你房间怎么办？她疯了怎么办？"

我摇摇头，说："我儿子会知道的，劳伦斯。他有蝙蝠侠超能力，他能感知到。"

"莎拉！一点也不好笑！报警！"

我看看小蜜蜂，她正在沙发上酣睡，嘴巴微微张开，双膝抱在胸前。我没有回话。

"莎拉？"

"我是不会报警的。我会让她留下来。"

"为什么呢？这样做有什么好处吗？"

"上次我没帮上忙，也许这次可以。"

"那又能怎么样，能证明什么？"

我叹了口气，说："能证明你的观点，劳伦斯，证明我确实从来不听别人的意见。"

"你知道我不是那个意思。"

"当然，这就回到原来的话题上。"

"什么话题？"

"有时候，我不好相处。"

劳伦斯大笑起来，我想这是他强行憋出的笑声。

我放下电话，面无表情地盯着一块光滑的白色长条地板。我就这样呆坐了许久，然后上楼到儿子的房间，打算在地板上过一夜，我想和他待在一块。我得承认，有一点劳伦斯说得对，我不知道小蜜蜂夜里会不会搞小动作。

我坐在查理房间的地板上，后背抵着冰冷的取暖设备，膝盖上压着一件羽绒服。我试图回想劳伦斯的话。喝完了杜松子奎宁酒，感觉真不怎么样，毕竟缺少了真的柠檬。这只是个小问题：没有柠檬，不过这酒总算是一种安慰。我娘家的生活中总是充斥着这些细小琐碎的事。

我们家没有婚外情这种事，父亲和母亲一直相亲相爱。要么就是他们雇了不知名的演员在我们家扮演起两情缱绻的恩爱夫妇，一演就是二十五年，而且还要一直雇佣这些演员，以保证雇主的后代周末从大学回家的时候，或者周日和女儿的男友及其家人共进午餐的时候，这些演员能及时出现。我们家喜欢到德文郡度假，选择的伴侣也能相伴终生。我怀疑是我打破了这种传统。

我看着儿子，他仍旧穿着蝙蝠侠装，一动不动，面色苍白，盖着羽绒被，睡得那样香甜。我听见他呼吸的声音，十分有规律，气息饱满，睡得很熟。自从嫁给安德鲁后，我不记得曾几何时像他这样香甜地入梦过。结婚不到一个月，我就知道他不是我的良配。从那之后，越来越强烈的失落感总是让我难以入眠。我总是幻想着其他的生活选择，比如换一个枕边人。

但至少，我曾是个快乐的孩子，我的名字叫莎拉·萨默斯。工作的时候我还保留着萨默斯这个姓氏，但就我个人而言，这个姓氏早就不复存在了。少女时代的我同其他女孩子一样，喜欢粉红色的塑料手镯，后来才喜欢上银镯子；也谈过几个男朋友，后来自然而然开始和成熟男性往来。英国，是由马背那样高的晨雾构成的，是由放在托盘上等待冷却切割的蛋糕构成的，是由轻度失眠构成的。

我做的第一个人生决定是大学的专业，当时我的老师都劝我去学法律，但我毫不犹豫地选择了新闻。我和安德鲁相遇的时候，刚好是我们同在一家伦敦晚报供职的时候。我们的报纸似乎完美地诠释了这座城市的精神。报纸中有三十一页报道的都是名流的聚会，只有一页是国际新闻，国际新闻游离在伦敦的生活轨道之外——那家报纸把国际新闻当成"死兆"来报道。

伦敦是座有趣的城市。男人们好像被风吹来的大轮船，其中一些已经损毁了。我喜欢安德鲁是因为他与众不同，也许是因为他有爱尔兰血统，却又没有受到影响。那家报社里，安德鲁是个国外新闻编辑，就好像船上的轮胎，可有可无。因为性格固执不懂变通，安德鲁后来被开除了。我把他带回家见了父母，然后结婚，冠上了他的姓，这样别人就没机会把他抢走了。

欧洛克这个姓氏听起来硬邦邦的，我想用我快乐的天性让它温柔起来。可是莎拉·欧洛克后来失去了她与生俱来的快乐，取而代之的是一种难以逾越的鸿沟。这场婚姻来得太突然了。如果当初我能仔细考虑一番，就会发现安德鲁和我太像了——我们都很固执，在这一点上简直不分伯仲，爱慕之情势必会转化为争执和摩擦。促成这段仓促婚姻的唯一原因就是我的母亲，请求我千万不要嫁给安德鲁。"婚姻里，你们俩总要有一个'忍让'一些。"她说，"你们中间得有一个会说'按你说的来吧'，可那不是你会说的话，亲爱的，那个男人也不像是会让步的人。"

冠上安德鲁·欧洛克的姓氏，是我做的第二大决定，一个错误的决定。我想小蜜蜂是理解我的。一旦放弃了原名，我们两个都一样，会彻底迷失自我。

劳伦斯说让她走，但似乎不行。不可以，我不能逼她走。海滩上的事把我们联系在一起，赶走她就像丢掉我身体的一部分，就像那根手指，像一个名字。我不会重蹈覆辙。

我坐在地板上，注视着熟睡的儿子。我真羡慕他，能睡得这样香甜。

从非洲回来后整整一个礼拜，我根本没怎么睡过觉。那群穷凶极恶的人后来离开了海滩，安德鲁和我走回到酒店的庭院，一路上谁也没有说话。酒店的医生用薄纱布把残存的指根裹起来，再紧紧地包扎好。那半小时真是难熬。之后我和安德鲁开始收拾行李，整个过程我都是迷迷糊糊的。在回伦敦的飞机上，我隐约感到一丝惊讶，因为没了我，这个故事也还会继续。在我结束童年时光的时候，我也有过这种感觉。我想和那群刽子手打交道就是这种感觉。对你来说，那是纯真懵懂的结束，对他们来说，不过是一个星期二的早晨。他们回到充满杀戮的属于他们的星球，对活人世界的关注还不如我们对任何一个旅游景点的关注多。所谓景点，就是走马观花，买点纪念品，走了以后还会觉得买贵了的地方。

在回家的飞机上，我高高地举起受伤的手掌，这样可以减轻伤口处跳动的疼痛。一个想法冲破了止疼药引起的意识模糊，以一种出乎意料的、隐秘的方式出现在我的脑海中：我不能让安德鲁碰到我的伤口，无论现在还是以后。我回忆着刽子手在海边带走小蜜蜂和"善良"的场景，我眼睁睁地看着她们从我的视线中消失，望着她们从我世界的地平线上消失，进入那个危险的国家，我彻夜难眠，想象着那群男人会对她们下怎样的毒手。

我会永远铭记这件事，不过，我还是回到了杂志社，继续生活。创办《女妖》杂志是我这一生中做的第三个决定，我永远不后悔的决定。我也不会后悔做了第四个决定——查理，我一生之中最正确的决定——或者第五个决定，劳伦斯也算一个。我曾想过放弃他，但是，在尼日利亚经历的生死让我明白没必要放弃。我努力地经营生活，强行给自己灌输那个海滩远在他乡、与我毫无干系的想法。非洲的确不太平。劳伦斯坚持说"没必要为了这一件小事儿破坏大局"，我也接受了他的意见。我从自己的银行账户里提了款直接转给非洲的几家慈善机构。有人问起我的手指，我就回答说我和安德鲁在非洲旅行时，租了个小摩托车，出了一场小事故。

我的灵魂进入一种悬停状态。在家里，我泰然处之；在职场，我是领导；到了晚上，我常常失眠。但我以为也许我能一直遮掩着生活下去。

但是现在，我从查理房间的地板上起身，站在镜前审视自己。现在的我，眼睛下有眼袋，额头上新添了几条清晰可见的皱纹。我的面具终于有了裂痕。我想：这和你做的决定没有任何关系，因为你生命中最重要的事，逼死安德鲁的那件事，让你彻夜难眠的那件事，它发生的时候，你并不在场。

我意识到，现在的我需要了解的不是别的，而是那群人把姑娘们从海滩带走之后发生了什么。我需要知道后来发生的事。

海滩上后来发生的事

我在莎拉家的沙发上醒来，一开始我没有意识到自己在哪里。我睁开眼，打量着周围。沙发上有橘色的丝质靠垫，上面还绣着花鸟的图案。阳光穿过窗户射进来，窗户上挂着橘色天鹅绒的落地窗帘。咖啡桌的台面是玻璃做的，玻璃太厚了，从旁边看过去竟像绿色的一般。桌子下面的架子上放着杂志，一本是时尚杂志，一本是关于美化家装的。我坐起身，把脚放在地上，地上铺着木质地板。

要是把这件事讲给老家的姑娘们听，那她们会问："咖啡怎么能做成桌子呢？啥叫天鹅绒？你住的那家女主人为什么不像别人一样，在房子旁边堆一个柴火堆呢？为什么它把柴火放在地上，怎么这么懒呢？"而我将告诉她们："咖啡桌不是咖啡做的；天鹅绒是一种材质，柔软得像天鹅身上刚长出的茸毛；莎拉家地面上铺的不是柴火，而是涂着三色古董漆、附带有三毫米厚实木外层的瑞典复合地板，这种地板所使用的木材是由森林管理委员会认真审核过的，符合林业的生产规范。"我知道这些，是因为咖啡桌下的杂志上有类似的木质地板广告，那本杂志是关于家装的。老家村子里的女孩准会瞪大了双眼说："哇！"因为她们知道我终于抵达了世界的彼方——一个用机器生产木板的神奇国度——她们会好奇接下来我还将碰上怎样的魔法。

想象一下和老家的姑娘们讲故事，我得有多费劲。这就是为什么没人愿意给我们非洲人讲故事。人们不是故意让非洲大陆闭塞、无知下去，是因为没人愿意浪费时间坐下来从头介绍第一世界的情况。或许你会愿意，但是你没法解释清楚。你们的文化太复杂了，就像计算机或者治头疼的药一样。你可以使用，但无法解释其工作原理。更遑论同一群认为房子旁边就该堆柴火堆的姑娘解释明白这个问题。

如果我随口一提，莎拉的房子旁边有一个大公园，里面全是温顺乖巧的鹿，你绝对不会从座位上跳起来说："我的上帝啊！快去拿我的猎枪，我要打一头那种白痴动物！"你不会如此，反而是坐在椅子上，聪明地摸摸下巴，自言自语道："嗯，我猜那一定是里士满公园，就在伦敦城外。"

这是讲给你们这种有涵养的人听的。

我不用同你描述那天早上莎拉下楼走进客厅后给我泡的茶的味道。我们老家的人从不喝茶，尽管我们国家东部也种茶叶，就在那巍峨的高山上，在潮湿空气的浸润下，茶树能长出柔软细长的茶尖来。在东部，茶园一直蔓延到绿色的山腰，直至薄雾的尽头，他们种的茶叶也随之消失了。我想那些茶叶都出口去了海外。我从来没有喝过茶叶，直到我和茶叶一起被运送出国。我来英国坐的那条船上就装满了茶叶，茶叶都装在褐色的厚纸袋里，堆放在货舱内。我就藏在那纸袋中间。两天后，我太虚弱了，没法再躲藏下去，便走了出来。船长把我锁在船舱里，他说我和船员们待在一起不安全。于是，在之后的三周内，在五千英里的航程中，我只透过一面小小的圆形玻璃窗来窥视大海。船长给了我一本书，名叫《远大前程》①，讲的是一个叫皮普的男孩的故事，我还没有看完船就到英国了，船长把我移交给了移民局。

在运茶船上待了三个星期，走了五千英里，或许你仍能在我身上闻到茶叶的香味。他们把我关进居里路中心的时候，给了我一条褐色的毯子和一个白色的塑料杯，里面装着茶水。我只尝了一口，然后就想赶快回到那艘船上，立刻坐船回家去。那茶叶和我们国家的土壤是一个味道：苦涩、温暖、浓烈，让人难以忘怀。那是一种象征着渴望的味道，象征着来处与去处之间的距离的味道。当然，这种味道也会消失——从你的舌尖消失，尽管你嘴唇上还留有茶杯的温热，那味道就像绵延的茶园在迷雾中消失一样。我曾听说，你们喝掉的茶叶比其他国家都要多，那你们该有多伤心啊——如同长期缺少母爱的孩子一样。我为你们感到难过。

那天，我们在莎拉的厨房里喝了茶，查理在楼上的卧室睡觉。莎拉把她的手放在我的手上。

"我们应该谈谈后来发生了什么。"她说，"你做好准备了吗？关于那群男人把你带离海滩之后的事？"

我没有立刻回答。我坐在桌边，打量着整个厨房，观察着所有新奇的玩意。比如，莎拉的厨房里有一台冰箱，一个巨大的银色箱子，里面还有个制冰机。制冰机外面罩着透明的玻璃，你能看到里面的运转情况。它正在制造一小块冰块，就快好了。你可以嘲笑我——没见过世面的乡下姑娘——像这样盯着一块冰块出神。你可以尽情嘲笑，但这的确是我第一次看到水凝结成冰。太漂亮了——因为如果可以这么

① 英国作家查尔斯·狄更斯所著的长篇小说，又译作《孤星血泪》。

做，那也许一切消失在沙子或雾气之中的东西都可以转化为固体，就连我和妮可茹卡在秋千下红色土地上玩闹的时间也能变成固体。从前，我是相信你们的国家能让这样的事成真，我知道还有许多奇迹等着我去发现，只要我能找到中心——所有微小奇迹的源头。

冰冷的玻璃后面，冰块在小巧的金属臂上颤抖，如同人的灵魂一样，闪着微光。莎拉看看我，两眼闪着亮光。

"小蜜蜂？"她说，"我真的需要知道，你做好准备讲那些故事了吗？"

冰块制好了，当的一声落在托盘上。莎拉眨了眨眼。制冰机开始制作新的冰块。

"莎拉，"我说，"你不用知道后面发生了什么，那不是你的错。"

莎拉握住我的手。"拜托了，小蜜蜂。"她说，"我需要知道。"

我叹了口气，有些生气。我不想谈那件事，但是这个女人逼着我回忆，那我就快点讲完，我不想她难过。

"好吧，莎拉。"我说，"你离开之后，那群人把我们带到了远处的海滩上。我们走的时间不长，大约一小时，最后走到一条停在沙滩上的船边。那船倒扣在海滩上，有些船板已经破损了，看上去像是遇上了风暴，被卷到海边搁浅在那儿一样。阳光下，船底呈白色，船身的漆已经剥落，就连船体里面的甲壳动物也待不下去了，不断地往外爬。那群人把我推到船底下，叫我好好听着，他们说等一结束就放我走。船底很黑，到处都是小螃蟹。他们强奸了我姐姐，他们把她推到船的一侧，强奸了她。我听到姐姐的呻吟，但是隔着船板，声音并不清楚，我听不全。我听到姐姐窒息的声音，好像她就快被勒死了。我听见她的身体撞到船板上的声音。这一切持续了很长一段时间，一直到一天中最热的时候，可船下还是冰冷黑暗的。起初我姐姐大声地喊着《圣经》里面的诗句，后来她失去了意识，再后来她高声唱起我们小时候唱过的歌，最后，只剩尖叫。刚开始，是痛苦的尖叫，后来，尖叫声变成了如新生儿般痛苦的啼哭。哭喊中没有悲凉的情绪，只是下意识发出来的声音，一直持续着。每一声尖叫听起来都是一样的，就好像是机器制造出来的。"

我抬头看向莎拉，她正盯着我。她面色煞白，双眼通红，双手捂在嘴巴上。她在发抖，我也在发抖，因为我从没向任何人讲过这件事。

"我看不见他们对我姐姐做了什么，但是船的另一侧是破的，我能从另一侧看到外面的景象。我看见那个脖子上有洞的刽子手，他站得离他的手下人很远，在海岸边踱着步，抽着从死掉的警卫那里夺来的烟。他眺望着大海，好像在等什么东西从海里出来。有时他会抬起手摸一摸脖子上的伤口，两个肩膀都耷拉着，就好像在背着重物一样。"

莎拉剧烈地颤抖起来，连餐桌都跟着摇晃。她在哭。

"你姐姐，"她说，"你漂亮的姐姐。哦，上帝，我……"

我不想再刺激莎拉了，我不想告诉她到底发生过什么，但是我现在不得不告诉她，我还要继续说下去，因为故事既然开始，就总要有结尾。我们无法选择从哪里开始，到哪里结束。我们的故事才是真正的讲述者。

"到最后，我听见妮可茹卡求他们杀了她，我听见那群杀手笑得很大声，我听见我姐姐的骨头一根一根被打断的声音。我姐姐就这么死了。是的，她长得很漂亮，你说得没错。我们村里的人都说她是那种男人见了能忘却烦恼的女人，可有些时候，事与愿违。那群人和恶犬残害完我姐姐后，他们把狗啃剩下的残尸丢进了大海。"

莎拉停止了哭泣和颤抖，她一动不动地坐着，手里握着茶杯，好像一撒手就会被风吹走似的。

"你呢？"她说得很小声，"你又经历了什么？"

我点点头，继续说了下去。

"下午的时候特别热，即使船底下也酷热难耐。从海面吹来一阵微风，把船旁边的沙子吹了起来，沙子打在船板上，发出沙沙的声响。我从缝隙中向外看去，想看看外面的情况。一群海鸥乘着海风掠过海浪飞过来，它们非常平静，有时一头扎入海中，浮出海面的时候嘴里会叼着银鱼。我拼命地盯着它们，因为我以为我会和姐姐一样，受到炼狱般的折磨，所以我想把注意力集中在美好的事情上。但是那群人没有过来，他们折磨完我姐姐后，就带着狗回到丛林里睡觉了。但是那个领头的没有跟他的手下一起回去，他站在海浪里，浪花拍打着他的膝盖，他在风中倾斜着身子。后来气温越来越高，海鸥都不再捕鱼，而是在海浪上漂浮，像这样把头埋在胸前。那个领头的朝着海浪走去，走到海水没到胸前的位置，他开始游了起来。他径直朝着大海深处游去，一路上，海鸥受到惊吓，纷纷扑打着翅膀离开海面，随后又落回原位，它们只是想睡个觉而已。那人继续向前游，越游越远，直到消失在我的视线中。他消失了，我能看见的只有一条线，横亘在天空和大海之间的线。

"天气越来越热，热得连那条线都消失了。就是那个时候，我从船底爬了出来，因为我知道那些人都睡着了。我环顾四周，海滩上空无一人，也没有遮挡的地方。气温太高了，热得我以为我就要被晒死了。我走到海岸边，把身上的衣服打湿，然后跑向酒店的庭院。我在浅水区域里奔跑，以防在沙滩上留下痕迹，他们跟过来。我跑到了他们杀死警卫的地方，那儿已经聚集了一堆海鸥，争相撕咬着警卫的尸体。我走过去的时候，海鸥纷纷飞起来，我不敢去看警卫的脸，小螃蟹成群结队地从他的裤管里爬进爬出。地上有个钱包，我把它捡起来，是安德鲁的钱包。莎拉，很抱歉，我打开看了。里面有很多塑料卡片，还有一个上面写着驾驶证，上面有一张你丈夫的相片，还有地址，我把它拿走了。还有一张卡，是他的名片，上面写着电话号码，我也把那张卡片拿走了。一开始，那张卡片被吹到海里去了，我又把它捡了回来。

"后来，我躲进丛林里，但是我一直待在一个能看见海滩的地方。接着，气温开始下降，从酒店庭院的方向开来一辆卡车。是一辆带着帆布车顶的军用卡车，六个士兵从车后面跳下来，站在那儿看着警卫的尸体。他们用靴尖踢了踢他的尸体，卡车的驾驶室里有一台收音机，放着 U2 乐队[①] 的《一个》。我听过那首歌，我们家经常放那首歌。有一天，男人们从城里回来，给我们带回了发条式收音机，村子里每户人家都有一台。我们原本想拧上发条，收听 BBC 的《环球新闻》，但姐姐妮可茹卡却把收音机调到了哈特港市音乐电台。我们俩常常因为这个收音机吵架，因为我喜欢听新闻和时事。可当我躲藏在丛林里的时候，我多希望没有和姐姐因为这种鸡毛蒜皮的小事争吵。妮可茹卡喜欢音乐，现在我明白了，她是对的。生命犹如白驹过隙，你不可能跟着时事新闻的节拍起舞。想到这儿，我的眼泪止不住地流。他们杀害我姐姐的时候，我没有哭，但是当我听到军用卡车里传出的音乐时，我泪流满面。因为我想，那是我姐姐最喜欢的歌，可她再也听不到了。你会不会认为我疯了，莎拉？"

莎拉摇摇头，咬着指甲，没有说话。

"在我们村，人人都喜欢 U2 乐队。"我说，"或许应该说我们全国人民都喜欢。石油掠夺者在丛林的营地里放 U2 的歌，政府的士兵在卡车里也放 U2 的歌，这是不是很搞笑？人和人互相残害，却喜欢同样

---

① 一支爱尔兰摇滚乐队，1976 年成立至今，已荣获多项音乐大奖。

的音乐。你知道吗？我进羁押中心的第一个星期里，U2 的歌可是热门。这就是这个世界玩的花招，莎拉。人人彼此憎恨，却又都喜欢 U2。"

莎拉把手放在桌上，两手拧成一团，她看着我。"你还能接着讲下去吗？"她说，"你能讲讲你是怎么脱身的吗？"

我叹了口气，继续讲了下去。

"士兵们跟着音乐的节奏跳起舞，他们用布单裹好警卫的尸体，拽着布单的四角，把尸体抬进了卡车。我想我应该跑到他们面前，央求他们救救我。可是我吓坏了，待在原地没动。士兵们开着卡车离开了，海滩再次恢复寂静。太阳落山的时候，我决定不回酒店的庭院了。我太害怕那些士兵了，所以选了另一条路。一路上到处都是果蝇，我一直等到天黑才敢经过他们杀害姐姐的地方。那天晚上没有月光，只有海里的小生物发出来的蓝色的光亮。路上偶尔会看到流到海滩上来的小溪，我就可以喝一点淡水。我走了一整夜，等到天一亮我就躲进了丛林里。我发现一种红色的水果，我不知道它的名字，但是我饿坏了，那水果味道苦涩，吃了让人恶心不已。我特别害怕那些男人会跟上来找到我，就算实在忍不住要上厕所，我也会把排泄物埋好，不留下任何痕迹。我每听到一点声响，就担心是那些男人回来了。我对自己说'小蜜蜂，那群人会把你的翅膀撕碎的'。

"我又走了两个晚上，到最后一晚，我来到一个港口。海面上亮起红色和绿色的灯光，港口处有一段长长的混凝土海堤。我沿着堤坝一直走，海水溅到我身上。不过堤坝上并没有警卫，在堤坝的尽头，停靠着两艘船。离我近点的那艘船上挂着一面意大利国旗，另一艘挂着英国国旗。于是我走过意大利的船，来到英国的货船上。我爬进货舱，要找货舱还是很容易的，上面挂着写着英文的标志牌。英语，你知道的，是我们国家的官方语言。"

这时，我停了下来，低头盯着桌布。莎拉绕过桌子，在我身边的椅子上坐了下来，一直紧紧地搂着我。然后，我们坐在那儿，端着冰冷的茶杯。我把头靠在莎拉的肩膀上。外面的天渐渐亮了，我们谁都没有说话。过了一阵，我听到从楼梯上传来脚步声，接着查理走进了厨房。莎拉擦了擦眼睛，深吸一口气，迅速坐直了身体。查理还穿着蝙蝠装，但是没有戴面具和存放武器的腰带。看来，他认为那天早上不会有什么麻烦出现。看到我的时候他眨了眨眼，我猜他是没想到我竟然还在这儿。他揉揉惺忪的睡眼，把头靠在他母亲身侧。

"是睡觉时间啊。"他说。

"你说什么，蝙蝠侠？"莎拉说。

"我说，还是睡觉时间，你怎么醒了呢？"

"嗯，妈咪和小蜜蜂今天起得早。"

"嗯？"

"我们还有许多事儿要忙。"

"嗯？"

"哦，上帝。蝙蝠侠，你是听不懂，还是你不同意？"

"嗯？"

"我明白了，亲爱的，你是一只带着声呐系统的小蝙蝠，会不断地发出这种'嗯'的声音，直到有固体把你的声音反弹回去，对吗？"

"嗯？"

查理盯着他的母亲，他的母亲也在看他。过了一会儿，她转过头对我笑笑，泪水夺眶而出，

"查理的眼睛非常好看，是不是？就像藏着生态系统的晶体一样？"

"不，不能。"查理说。

莎拉大笑起来："好吧，亲爱的，我是说，里面藏着许多宝贝。"

她拍拍查理的小脑袋。

"嗯。"查理说，"为什么哭你啊，妈咪？"

莎拉用力地吸吸鼻子，克制住哭腔。"是'你为什么哭'不是'为什么哭你'。"她说。

"你为什么哭啊，妈咪？"

莎拉彻底崩溃了，好像耗尽了全身的力气。她跌坐到地上，把头靠在桌边的胳膊上，泣不成声。

"哦，查理。"她说，"妈妈哭是因为昨晚喝了四杯杜松子奎宁酒。妈妈哭是因为妈妈一直努力想忘掉一些事。对不起，查理，妈妈已经是大人了，还这样感情用事。一旦投入太多感情，连我自己都会大吃一惊。"

"嗯？"查理说。

"哦，查理！"莎拉说。

她张开双臂，查理爬到她的大腿上，母子紧紧相拥。我觉得自己不该再待在一旁，于是就走到花园里，坐在鱼池边上，追忆起我的姐姐。

过了一会儿，太阳升得更高了，路上传来的汽车的声音也变成了阵阵轰鸣。莎拉来到花园里找我。

"对不起。"她说，"我刚才送查理去幼儿园了。"

"好的。"

她坐在我身边，把手放在我的肩上，问道："你还好吗？"

我耸耸肩，回道："还好。"

莎拉笑起来，笑容中带着几分悲伤。"我不知道该说什么。"她说。

"我也不知道。"

我们坐在一起，注视着花园另一边——一只小猫正在沐浴着阳光的草地上打滚。

"这小猫看上去真开心啊！"我说。

"嗯，"莎拉说，"是邻居家的。"

我点点头。莎拉深吸一口气。

"那个，你想在我这儿待一段时间吗？"她说。

"这儿？和你一起？"

"是，和我，还有查理。"

我揉揉眼睛，说："我不知道。我现在并不合法，莎拉。那群人随时可能把我送回我的国家。"

"你要是不能留在这儿，为什么还把你放出来呢？"

"他们犯了个小错误。如果你长得好看或者会讲一口流利的英语，他们偶尔会开个后门。"

"但是你现在自由了，他们不能就这么过来抓你回去，小蜜蜂。这里不是纳粹德国，这里是讲究程序的。可以申诉，我会告诉他们你的遭遇。嗯……如果回国的话，你会怎么样？"

我摇摇头，说："他们会跟你说，尼日利亚是个安全的国家，莎拉。像我这样的人，他们不会废话，会直接过来把我们送到机场去。"

"我相信咱们总能想出办法的，小蜜蜂。我是杂志的编辑，有人脉，我们可以把这件事搞大。"

我盯着地面。莎拉笑起来，把手放在我的手上。

"你还年轻，小蜜蜂，你还不了解这个世界。你一直活在危险之中，所以你认为生活就是危险的。"

"你也经历过危险，莎拉。如果你认为危险并不常见，那你就错了。我跟你讲，危险就像大海，覆盖了地球三分之二的面积。"

莎拉瑟缩了一下，好像有什么东西打中了她的脸。

"怎么了？"我问。

她用手撑着头。"没什么。"她说，"太可笑了。"

我不知该如何接话，只能环顾她的花园，看有什么可以用来自杀的武器，以防那些人突然出现。花园的另一边有一个棚子，一把大园艺叉靠在棚子上。我想，这倒是个不错的工具。如果那群人突然出现，我就跑到叉子那里，用尖锐的叉头刺穿自己。

我用指甲戳了戳身边花圃里的泥土，再清理掉黏在手指间的泥土。

"想什么呢，小蜜蜂？"

"嗯？"

"你在想什么？"

"哦，在想木薯。"

"怎么会想到木薯？"

"我们村子就是种木薯的。种植、浇水，等木薯长到这么高——像这样——就摘掉叶子，让根部吸收更多的养分。成熟之后，就把木薯挖出来，去皮、磨碎、压扁、发酵、晾晒，然后和水混在一起，做成面团，吃下去。那就是我们的主食，连睡觉我都能梦见它。"

"你们还做些什么呢？"

"有时候会荡秋千。"

莎拉笑起来，望向花园的深处。"这里可没人种木薯。"她说，"倒是有铁线莲，还有一大堆山茶花。"

我点点头："这种土壤长不出木薯。"

莎拉又笑了，但这次是边笑边流泪。我握着她的手，她的脸上挂满了泪水。

"哦，小蜜蜂。"她说，"我非常内疚。"

"这又不是你的错，莎拉。我已经失去了父母和姐姐，而你失去了丈夫。我们都经历了失去。"

"我没有失去安德鲁，小蜜蜂。是我毁了他。我背叛了他，和另一个男人搞外遇。正因如此，我们那个时候才去了尼日利亚。因为我们觉得，需要一个假期来解决问题，弥补一下感情。你明白吗？"

我耸耸肩。莎拉叹了口气。

"我猜你会说你从没度过假。"

我低头看着双手，说："实际上，我从没有过男人。"

我们静默地坐了一分钟左右，莎拉的手机响了起来，她接起电话。接完电话之后，她看上去非常疲惫。

"是幼儿园打来的，他们想让我去接查理。他和其他小朋友打架了，老师说管不住他了。"她咬了咬嘴唇，"他以前从没这样过。"

她再次拿出手机，拨打了一串号码。她把耳机举到耳边，视线越过我的肩膀，望向花园的另一边，她还咬着下嘴唇。几秒钟后，又有一部手机响起来了，那声音很微弱，听上去很遥远，应该是从房子里传来的。莎拉面无表情地坐着，接着，慢慢地，她把手机拿开，按下一个按钮。房子里的手机铃声随即停止了。

"哦，上帝，不要这样。"莎拉说。

"怎么了？怎么回事？"

莎拉深吸一口气，全身都在颤抖。

"我刚才给安德鲁打电话，完全是下意识的，我连想都没想，你知道……要是查理出了什么问题，我总是先打给安德鲁。我忘了他已经……你知道，天哪，我真是昏了头了。我以为我准备好，你知道，准备好听你和……你姐姐的故事。但我还是没做好准备。我没准备好。上帝！"

我们并肩坐着，她痛哭流涕的时候，我只能默默地握住她的手。后来，她把手机递给我，指着屏幕说："他的电话，还在我的通讯录里。

你看到了吗？"

手机屏幕上显示的是安德鲁，还有一串号码。只是安德鲁——没有姓氏。

"你能帮我删了吗，小蜜蜂？我做不到。"

我接过手机。我曾见过人们对着手机讲电话，但是我一直认为手机非常复杂。你可以嘲笑我——这姑娘又冒傻气了，身上还残留着茶香，手指是木薯的颜色——我总是以为使用手机之前，要先找对频率。我以为要转动键盘直到找到朋友的信号，那信号就像在收音机上BBC《环球新闻》的信号一样微弱。我猜用手机也是一样的麻烦，你得打开键盘，在窸窸窣窣的声音中寻找。你先听到的是朋友的声音，奇怪、微弱，险些要被淹没在喧嚣的背景音之中——就好像你的朋友被揉圆搓扁，压缩成了一块饼干，然后被扔进装满猴子的铁箱里——接下来，再微微调整一下，突然，你的朋友就会冒出一句"上帝保佑女王"这样的话，然后告诉你大不列颠及北爱尔兰联合王国海边航运区的天气状况。再然后，你就可以说话了。

但实际上，我发现使用手机比我想象的要简单许多。在你们国家，做什么事都很不容易。在"安德鲁"这个名字的旁边，是写着"选项"的按钮，我按了一下，选项三就是"删除"，于是我按了这项选择，安德鲁·欧洛克彻底消失了。

"谢谢你。"莎拉说，"我自己办不到。"

她低头凝视着手机，沉默良久。

"我感到十分害怕，小蜜蜂。我没有可以打电话的人了。有的时候，安德鲁确实很招人烦，但是他一向很理性。我想，昨天之后，立刻把查理送去幼儿园是不明智的。但是我以为这对他来说比较好，回到生活的正轨上。小蜜蜂，我没有可以商量的人了，你明白吗？我不知道我一个人能不能应付得了，我是否能为查理做出正确的抉择，年复一年正确的抉择，你明白吗？正确的行为，合适的学校，正直的朋友，优秀的大学，适合他的好妻子。哦，上帝啊，我可怜的查理。"

我把手放在她的手上。"如果你想，我可以陪你去幼儿园。"我说。

莎拉侧过头，盯着我看了半晌，最终露出微笑。"换身衣服吧。"她说。

十分钟后，我和莎拉离开家。她借给我一条粉色的连衣裙，那是我穿过的最好看的衣服。领口还绣着白色的小花，非常精致时髦。我觉得自己仿佛是英国的女王。早上阳光明媚，微风飒飒。我跟在莎拉身后，蹦蹦跳跳地走在人行道上。每当我们从一只猫、一个快递员或是一个推着婴儿车的女人身边走过时，我都会笑着向他们问候："你好！"大家纷纷侧目，看我的眼神像是在看疯姑娘。我也不知道这是为什么。我想，这难道不是你们问候女王的方式吗？

我不喜欢那个幼儿园。那是一所大房子，有高高的窗户。可即便是这样的好天气，竟也没有开窗。房里的空气并不新鲜，充斥着厕所和广告颜料的味道，和移民羁押中心医务室的味道完全一样，这勾起了我痛苦的回忆。在羁押中心，他们不开窗户是因为窗户打不开。在医务室，他们发给我颜料和画笔，让我们通过绘画表达内心的感受。我用了大量红色的颜料。心理咨询医师助理看了我的画后，告诉我最好"向前看"。我说："好啊，女士，我也想这样。如果你能打开窗户，或者最好打开一扇门，我会十分乐意向前看的。"说着，我笑了起来，可那人却不觉得好笑。

查理幼儿园里的保育员也觉得我不好笑。我知道她是保育员是因为她绿色的围裙上别了一个徽章，上面写着"保育员"。她盯着我看了半天，却一句话也没对我讲。她对莎拉说："很抱歉，不能带访客，这是规定。她是看孩子的保姆吗？"莎拉看看我，然后转身对保育员说："听着，情况有点复杂，明白吗？"保育员皱起眉头。最后她让我站在门口，让莎拉进去安抚查理。

可怜的查理，他们脱掉了他的蝙蝠装——所以他才会失去控制。他们脱掉他的蝙蝠装是因为他在上面撒了尿，他们要给他清理一下，但是查理并不想。他宁愿在黑色的面具和斗篷下面发臭，也不愿意穿他们给的干净清香的白色棉质长罩衣。泪水和颜料把他的脸弄得又脏又红，他正在愤怒地咆哮。一旦有人靠近，他就用小拳头攻击对方的膝盖。他又抓又咬，还不住地尖叫。他背靠墙角站着，冲着屋子里大喊："不要！不要！不要！不要！不要！"

莎拉走到查理跟前，跪下来让自己的脸贴近查理的脸。她说："哦，亲爱的。"查理停止喊叫，看着莎拉。他的下嘴唇颤抖着，随后，他坚定地扬起下巴。他靠近母亲，啐了一口唾沫，大声说道："走开！我要爸爸！"

保育员让其他孩子双腿交叉盘坐在房间另一头的地板上，现在是讲故事的时间。其他的小孩都背对着查理的方向，但他们不停地扭动身体，转过头，露出受到惊吓的、苍白的笑脸看向查理。一个女人在给他们读故事，她穿着蓝色牛仔裤、白色运动鞋，还有一件青绿色的圆领长袖运动衫。她说："马克斯——转过来，把脸转到前面来，凯尔特——直直地盯着他们的眼睛，说道——艾玛，集中注意力，还有詹姆斯，不要讲悄悄话——盯着他们的眼睛，说道——看前面好吗，奥利，你身后什么都没有。"

莎拉跪在地板上，擦掉查理吐在她脸上的口水，她哭了。她朝着查理伸出双臂，可查理却转过身，脸面向墙角。讲故事的女人说："安静点。"

我朝莎拉走过去，保育员瞪了我一眼，意思是"告诉过你待在门口"。我也瞪了她一眼，意思是"你竟然如此无礼"。这一眼很有效果。这一招我是跟五英镑纸币后面伊丽莎白二世女王学的。保育员向后退了一步，我走向莎拉，拍了拍她的肩膀。

莎拉抬头看向我。"哦，上帝。"她说，"可怜的查理。我不知道该怎么办了。"

"以前他这样的时候，你都是怎么做的？"

"我能应付得了，能的。哦，上帝。小蜜蜂，我不知道我这是怎么了，我不知道该怎么解决。"

莎拉掩面而泣，保育员把她带到一旁，让她坐下。

我走到角落里，去找查理。我站在他身旁，也面向墙角站着。我没有看他，只是看着墙上的砖，一言不发。我很擅长盯着砖块发呆，在羁押中心的时候，就这样待了两年，这是我的纪录。

我在想如果那群男人突然出现，我该怎么办。我跟你说，这间屋子不大方便我行动。这里没有可以用来刺死自己的东西。所有的剪刀都是塑料的，尖端都被磨成圆头，质地柔软。如果我突然需要杀死自己，那我真不知道该怎么办。

许久之后，查理抬头看着我。"你在干什么？"他说。

我耸耸肩："我在想怎么从这里逃出去。"

沉默。查理叹了口气："他们拿走了我的蝙蝠装。"

"他们为什么这么做？"

"因为我在蝙蝠装上尿了尿。"

我跪下来，看着查理的眼睛，说道："我们都是一样的，你和我。我曾经在一个地方像这样待了两年，他们逼我们做不想做的事。这让你很生气对不对？"

查理点点头。

我说："我也很生气。"

我听见身后的人陆续干起了自己的事儿。孩子们又开始叽叽喳喳嬉笑打闹，保育员们则看着他们，时而大笑，时而批评。角落里的查理低头盯着地板。

"我想找爸爸。"他说。

"你爸爸死了，查理。你知道这是什么意思吗？"

"知道，去天堂了。"

"没错。"

"天堂在哪儿？"

"就是像这里的一个地方，像幼儿园，像羁押中心，或者像一个遥远的国度。他想和你一起回家，但是他不能。你的爸爸就像我的爸爸一样。"

"那，你的爸爸也死了？"

"是的，查理。我爸爸死了，我妈妈和我姐姐都死了。他们都死了。"

"为什么？"

我耸耸肩："坏蛋抓住了他们，查理。"

查理搓着两只手，弯下腰，拾起地上的一小片红纸片。他撕开纸片，伸出舌头舔了舔，被口水打湿的纸片黏在他的手指上。他用牙齿轻轻咬着舌头，把手指上的纸片剥下来。然后他抬起头说："你和我一样难过吗？"

我勉强挤出一个微笑："我看上去很难过吗，查理？"

查理看着我。我挠挠他的胳肢窝，他笑起来。

"我们难过吗，查理？嘿？你和我？我们现在在难过吗？"

查理终于笑起来，扭动着身子想避开我。我把他拉到跟前，看着他的眼睛，说："我们不要难过，查理，因为你是世界上最幸运的男孩。你知道为什么吗？"

"为什么？"

"因为你还有母亲，查理，她爱你。这很重要，不是吗？"

我轻轻地把查理朝着他母亲的方向推了一下，他跑到她跟前，把脸埋在她的连衣裙里，他们紧紧地拥抱彼此。莎拉一边流泪一边微笑，她贴着查理的耳朵说："查理，查理，查理。"接着传来查理的声音，被他母亲的连衣裙裹住的声音。他说："我不是查理，妈咪，我是蝙蝠侠。"

莎拉越过查理的肩膀，看向我。她说："谢谢你。"她动了动嘴唇，没有发出声来。

我们从幼儿园一路步行回了家，查理吊在我们俩中间荡来荡去。那天天气极好，艳阳高照，蜜蜂的嗡嗡声在空气中回响，到处都能闻到花香。人行道旁，是每家每户的院子，里面满是柔和的色彩，让人心中充满了希望。

"我想，我应该教给你这些花的英文名字。"莎拉说，"这是吊钟花，这是玫瑰，这是金银花。怎么了？笑什么呢？"

"这里没有山羊，所以才能长出来这么多美丽的花。"

"你们村里有山羊？"

"是啊，它们会吃花。"

"抱歉。"

"这有什么好抱歉的。我们把山羊都吃光了。"

莎拉皱起眉头。"我还是，"她说，"宁可选金银花。"

"我哪天带你去我家乡，让你吃一个星期的木薯，然后你再说你想要山羊还是金银花吧。"

莎拉笑起来，俯身去闻金银花的香味。我看到她又哭了。

"哦，抱歉。"莎拉说，"我好像停不下来了。哦，看看我，随时随地都在哭。"

查理抬头看着母亲，我揉揉他的头，告诉他一切都好。我们继续散步。莎拉用纸巾擤了擤鼻子，问道："你说，我要多久才能恢复常态？"

"他们杀了我姐姐之后，我用了一年时间。"

"在你恢复正常的思考之前？"

"是。一开始我一直跑，跑啊跑啊——想逃离那件事发生的地方，你知道吗？然后就是羁押中心，那儿的日子也不怎么样，在那儿我都没法清晰地思考。你又没有犯罪，所以你就会想什么时候我才能出去。但是那些人什么都不会告诉你。一个月或者六个月之后，你会开始想，或许我会在这里孤独终老，或许我会死在这儿，或许我已经死了。第一年，我能想的就是如何自杀。当你身边所有人都死了，有的时候你就会觉得自己跟他们一起死掉，或许会轻松些。你明白吗？但是你得朝前看。向前看，向前看，他们都这样告诉你。就好像你很固执，像一只山羊一样。向前看，向前看。下午五点的时候，他们告诉你向前看，六点的时候又把你关回牢房。"

"他们没有提供任何帮助吗？"

我叹了口气，继续说："他们是有试着帮我们，你知道吗？里面还是有好心人的，精神病医生、志愿者什么的。但是在里面，他们能帮的忙也就那么多。一个精神病医生告诉我，'在这里治疗精神病，就像在失事的飞机上提供用餐服务一样。如果我想让你好起来，作为医生，我会给你一个降落伞，而不是芝士酸菜三明治。'要想精神好起来，首先你得自由，你明白吗？"

莎拉用纸巾捂住眼睛："小蜜蜂，我不知道我现在有没有好受一点。"

"但我会帮助你的。"

莎拉笑了笑，说："你才十六岁，是个难民，是个孤儿。看在上帝的分儿上，应该是我来帮你。"

我抓住莎拉的肩膀，不让她说下去。我拉起她的左手，举到她面前。查理站在一旁，瞪大了眼睛看着我们。

"看，莎拉，你已经帮我帮得够多的了。为了救我，你砍掉了自己的手指。你救了我一命。"

"我还应该做得更多。我应该把你姐姐也救下来的。"

"怎么救？"

"我应该想想办法的。"

我摇摇头，说："你已经做了你能做的一切，莎拉。"

"但是我们原本不该去那儿的，小蜜蜂，你不明白吗？我们没权利到那儿度假。"

"那如果你没去那里，又会是怎么样呢，莎拉？如果你和安德鲁没有去那儿，那妮可茹卡和我，我们都会死的。"我转身面对查理，"你的妈妈救了我的性命，你知道吗？她从坏蛋手中把我救了出来。"

查理抬头看着他母亲。"像蝙蝠侠那样？"他说。

莎拉笑了起来，我已经习惯她这样眼中带泪地微笑。"就像蝙蝠侠一样。"

"所以你们的手指没了？"

"应该说'所以你的手指没了'。是的，亲爱的。"

"是坏人拿走了吗？企鹅人吗？"

"不是，亲爱的。"

"那是海鹦？"

莎拉笑着说："没错，亲爱的，就是可恶的海鸥。"

查理咧嘴笑起来。"大坏蛋海鸥。"他说。接着他跑到人行道前面，用我看不到的枪射击坏蛋。莎拉转身对我说："上帝保佑你。"

我紧紧地拉着她的胳膊，把她的左手掌放到我的左手背上，把我的手指放到她的手指下面，这样你们唯一能看到的就是我的手指正好补上了莎拉残缺的手指。我知道未来会如何，我知道我们要开始新的人生。我知道这么想很疯狂，但是我的心怦怦地跳动着。

"我会帮你的。"我说，"如果你想我留下来，那我们就会像现在这样。或许我只能待一个月，或许一周。说不定某一天，那群人就会出现。但是只要我还在这里，我就会像你的女儿一样，我会像爱戴母亲一样爱戴你，我也会把查理当成亲兄弟来疼爱。"

莎拉盯着我说："天啊。"

"怎么？"

"没什么，只是从幼儿园回家的路上，我一般和其他母亲谈训练孩子大小便和烤蛋糕之类的问题。"

我松开莎拉的手，看着地面。

"哦，小蜜蜂，抱歉。"她说，"有点突然，话题有些严肃，就是这样。我有点混乱，我需要更多的时间思考一下。"

我抬头看着莎拉，在她的眼中，我看到了新的情绪，是不知所措。她的眼睛就像是刚出生的小动物的眼睛，在熟悉周围的世界之前，眼中只有恐惧。我太熟悉这种情绪了，要是你和我一样见过羁押中心进进出出的人，你也会一眼认出这种神情。这让我想马上尽我所能，把这种痛苦从莎拉的生活中抹去。

"对不起，莎拉，请忘记我刚说的话吧。我会离开的，你明白吗？羁押中心的精神病医生说得没错，她帮不上我，我仍旧在发疯。"

莎拉什么都没说，她拉着我的胳膊，我们跟在查理后面，继续走着。查理一边跑，一边用空手道的招式把路边花园里的花摘掉。花瓣跌落到地上，无声地迸裂开来，就像我和妮可茹卡的故事，就像我和叶薇特的故事。我的双脚碾碎了花瓣，我发现我的故事只能由一个个结局构成。

回到莎拉家之后，我们坐在厨房里，又喝起茶来，我想这可能是最后一次了。我闭上眼睛，回想着我的家乡，我的家人，那渐渐消失的味道。一切都消失了，消散在沙子和迷雾中。我想这是个好办法。

当我再次睁开眼睛时，莎拉正盯着我看。

"你知道，小蜜蜂，我在想你刚才说的话，关于互帮互助的话。我想你是对的，也许该好好盘算了，也许这就是重要的时刻。"

莎拉的外遇

重要的时刻在伦敦某个灰暗不祥的日子开始了。我没想盘算什么，实话实说，我是想干点别的事。查理快两岁了，我正在努力摆脱身为人母与世隔绝的日子。我再次穿上我心爱的裙子，感觉像是在炫耀自己的翅膀。

我决定花一天的时间深入采访的第一线，从而提醒我手下的女编辑可以独立完成一篇专题。我希望通过鼓励员工参与报道从而削减预算。我轻飘飘地告诉下面的员工，这件事非常简单，把别人简短的评价按顺序写在纸上，而不是把它们一个个潦草地写在样品箱上。

其实，我只是想让我的员工开心起来。我在她们那个年纪的时候，刚刚获得新闻学学位，全心投入工作，曝光腐败，去揭露真相。和邪恶势力做斗争是多么适合我啊，我可以根据何人、何时、何事、何地、何故——这几个新闻要素，挖掘坏人的秘密勾当。但是现在，我站在马沙姆大街的内政部大厅内，等着十点钟要进行的采访，我发现我并不期待这次采访。或许，二十岁的时候还对生活充满好奇，但是到了三十岁，一个人就很难还有这样的好奇心了。我手里拿着新买的笔记本和录音笔，希望它们散发出的年轻朝气的能量能够感染我。

我很生安德鲁的气，没有办法集中注意力，甚至都没有留意我的采访设备——线圈采访本上还是一片空白。等候的时候，我在本子上随便写了几个虚构的采访笔记。公共部门的公务员们穿着破旧的鞋子，手里用硬纸板托盘端着咖啡，拖拖拉拉地穿过内政部的大厅。女性都穿着马克斯·思班赛裤装，身上的肥肉撑得裤子鼓鼓囊囊，走路的时候一颤一颤的，手上的镯子还叮当作响。男性都步履蹒跚，像是缺氧一样——大概是领带太紧了。所有的人都弓着腰，要么快步疾走，要么就在紧张地工作。他们看起来就像天气预报员，对周末假期的天气不抱任何期望。

我试着把注意力集中在要写的文章上。我想写一篇乐观的、积极的、正能量的报道，换句话说，和安德鲁写的《泰晤士报》专栏完全相反。安德鲁和我为此争执过，他的文章越来越阴暗，我想他是真的相信英国开始走下坡路了。犯罪活动越发猖獗，学校教育不如从前，不断涌入的移民还有逐渐丧失的社会公德，似乎一切都漏洞百出——我讨厌这种观念。查理就快两岁了，我在展望孩子的未来，可抱怨这一切并不是具有建设性的策略。"你为什么总是这么消极呢？"我问安德鲁，"如果国家真的在衰落，那为什么不写一篇文章告诉那些国家领导人呢？"

"哦，是吗？告诉谁呢？"

"嗯，比如内政部的人。他们就是最前线的领导者。"

"哇，真是天才，莎拉，你真是个天才。因为人们确实信任内政部，不是吗？那你要怎么给这篇振奋人心的文章命名呢？"

"你是说标题吗？好吧，《不列颠之战》怎么样？"

"我知道，我知道。"安德鲁爆发出一阵大笑。我们大吵了一架，我告诉他我终于让我的杂志做了件有意义的事，他说我的确做了件有意义的事，我终于摆脱了杂志的读者统计，就是说，我不仅仅老了，而且在过去的十年中，做的所有事都是白费力气。他的这番话深深伤害了我。

到达内政部的时候，我仍然非常愤怒。"你总是像个萨里郡姑娘，不是吗？"那是安德鲁的临别赠言，"你指望内政部能为这个讨人厌的国家做什么呢，莎拉？用喷火式飞机扫射平民吗？"安德鲁有这样的能力，一旦开始理论，就总能把话题说得很深入。自查理出生以来，那不是我们第一次大吵大闹了。最后他总是这样——把矛盾指向我的教养问题，这一点足以让我火冒三丈。

我站在大厅内，身边是熙熙攘攘的衣着邋遢的工作人员。我眨眨眼，低头看着鞋子，多日以来头一次冷静地思考起来。我发觉今日外出采访不是为了给手下的编辑做个榜样，因为我作为主编，不会真的回去告诉他们，我在预算中省掉了几英镑。我明白我来到这里完全是为了证明给安德鲁看。

十点整的时候，劳伦斯·奥斯本走了过来，向我做了自我介绍——他个子高挑，面带笑容，略有几分帅气——我知道要证明给安德鲁看的东西不必全写到文章里。

劳伦斯低头看着他的笔记本，说道："真是奇怪，他们明明标记这次采访是'和善型'。"

我这才发现原来我正怒气冲冲地瞪着他，我有些难为情地说："哦，上帝，抱歉。这个早上过得不太顺利。"

"没关系，你对我友好点就行。这些日子你们记者对我们真是充满敌意。"

我笑起来:"我会对你友好些的。我想,你们的工作一定不好做。"

"啊,那是因为你们没有看到我们看过的数据。"

我哈哈大笑,劳伦斯挑了挑眉。

"你以为我在开玩笑。"他说。

他说话的声调很平,音色也没什么特点。听起来不像是私立学校的学生。他的元音发得比较粗糙,音色中有种粗犷的感觉,听上去他好像在很努力地克制自己。很难形容他的声音。他带我在楼里转了一圈,我们参观了资产没收署和犯罪记录署。他一副公事公办的模样,却又很放松,时而对犯罪行为批评两句,时而抿一小口咖啡——就是这样的状态。我们沿着风格奇特的走廊踱着步,走廊里洒满了阳光,到处装饰着天然的材料。

"那么,劳伦斯,"我说,"你觉得英国出了什么问题?"

劳伦斯停下脚步,转过身,阳光穿过彩色玻璃,给他的脸罩上一层柔和的黄色光晕。

"你问错人了。"他说,"如果我知道答案的话,我会解决问题的。"

"难道你在内政部的工作不是解决问题吗?"

"其实,我并不在任何一个部门供职。他们一会儿让我待在这儿,一会儿让我待在那儿,但我的心思不在这儿。所以现在我在新闻部门工作。"

"但是你肯定有自己的想法吧?"

劳伦斯叹了口气:"人人都有自己的想法,不是吗?也许这就是这个国家出现的问题。怎么了?你笑什么?"

"我希望你把这话告诉我丈夫。"

"啊,他总是有很多想法是不是?"

"是啊，天马行空的想法。"

"好吧，也许他应该来这儿工作。他们喜欢针对各种话题讨论政策问题，他们经常这么干。你第一个采访，比如……"劳伦斯看了眼他的笔记本，寻找一个人名。

"不好意思。"我说，"我想你就是我的采访对象。"

劳伦斯抬起头，说："哦，不是吧，我只是来帮你热热身。抱歉，我应该解释清楚的。"

"哦，这样啊。"

"嗯，别这么失望。我会帮你挑个好日子的，真的。你要采访三个部门的部长，还有一个现任常务副官。我相信他们能提供的观点比你写文章所需要的还要多。"

"但是，和你谈话我非常开心。"

"你会忘了的。"

"你这么认为？"

劳伦斯笑了，他有一头乌黑闪亮的卷发，只是侧面和后面剪得太短了。他的西服，当然——是名牌衣服，我想，应该是凯卓——很合身。但是他穿衣服的方式很有意思。他抬起手臂，和身体保持一定距离——好像这身西服是某种温顺动物的皮毛，刚刚被剥皮，做成质量一般的皮子，似乎皮毛上残存的血迹让他浑身难受。

"他们不喜欢我和来访者聊天。"劳伦斯说，"我认为我无法胜任充当内政部喉舌的工作。"

我没想我竟然会被句话逗笑。我们继续沿着走廊走，在犯罪记录署和法律鉴定中心中间的某处，气氛有了变化。人们匆匆从我们身边跑过，一群人聚集在电视监视器周围。我注意到劳伦斯用一只手护着我的后背，和我一起穿越突然出现的拥挤的人潮。这种举动并不唐突。

我意识到我正在放慢脚步，感受从我后背传来的力量。

"特大新闻！"电视监视器里传来声音，"内阁大臣辞职了！"监视器的画面上是一个面容枯槁的男人正和他的导盲犬钻进汽车的后座，那辆车看上去像内政大臣的专车。

劳伦斯侧着脑袋看着围在监视器周围全神贯注的人群，他凑到了我耳边。

"瞧瞧这些浑蛋，"他小声说道，"这个人饱受折磨，可这些人已经按捺不住，兴奋地猜测这件事对他们工作的影响。"

"你呢？你不关心吗？"

劳伦斯咧嘴一笑。"哦，对我来说确实是个坏消息。"他耳语道，"鉴于我一直表现良好，我曾是这个人下一个导盲犬的人选。"

劳伦斯把我带到他的办公室，他说他需要查看一下邮件。不知为什么，我竟有些局促不安。劳伦斯办公室的墙上光秃秃的——只有一个装着滑铁卢大桥照片的普通相框还有一张印有火灾集结地点的报纸。我看着窗户上反射出来的我的身影，陷入了沉思。哦，别傻了。我转移了视线，目光最后落在隔壁办公楼的灰墙上。我就这样等着劳伦斯浏览他的邮件。

他抬起头，说："抱歉，我们得重新安排一下你的采访时间了，接下来这几天我们会很忙。"

座机响了，他接起来。"什么？不该派个有资历的经手吗？真的？哦，太棒了。我有多少时间？"他把电话放回桌上，接着把头也靠在桌上。办公室外面的走廊里满是叫喊声、笑声还有砰砰关门的声音。

"浑蛋。"劳伦斯说。

"发生什么事了？"

"你说电话吗？你不会报道吧？"

"当然不会。"

"我要给离职的内阁大臣写封信，代表内政部向他的离开表示深切的遗憾。"

"但他们并不遗憾。"

"你是因为对新闻比较敏感，所以会这么想，但其实我们从未注意这些。"

劳伦斯揉揉眼睛，转头对着电脑屏幕。他把手指放到键盘上，犹豫不决。

"上帝！"他说，"我是说，换成你，你怎么写？"

"别问我。你不是了解这个人吗？"

劳伦斯摇摇头，说："我只是去过他待过的房间，仅此而已。他就是个蠢货，真的。但他是个盲人，你不能这么说，我猜就是因为这一点他才能走这么远。他经常这样向前倾，就像这样。他的手老是哆嗦，我觉得他在演戏，他读盲文的时候可从不哆嗦。"

"听起来你也不会为他的离职感到遗憾。"

劳伦斯耸耸肩，说道："我其实挺崇拜他的。他身体羸弱，可他把这一点变成了自己的优势。对我这样的窝囊废而言，这一点非常值得学习。"

"哦，"我说，"你在自我贬低。"

"所以？"

"所以，这没用的。科学研究过的，女性只会在接受调查时假装欣赏自嘲。"

"也许我只是装出贬低自己的模样，说不定我才是赢家，也许内政部新闻部的工作就是我事业的巅峰。"

他说话的时候表情没有任何变化，他直视着我的双眼，弄得我不知道该往哪里看。

"好吧，回到我的文章上来。"我说。

"好吧，"劳伦斯说，"不然就跑题了，对吧？"

我感到肾上腺素飙升，让我的胸口隐隐作痛。某件事正在微妙地酝酿着，从那时起，它已经巧妙地越过某种界限。尽管它以一种相对克制的形式出现，我们两个尚能保持距离，但这是既定的事实了，我们无法否认。就是这样，如果我们想的话，这层窗户纸就在我俩中间：成人之间的外遇，时间虽短但是条件成熟，过程完整，包括被禁止的幽会、闷声大笑和令人发指的背叛我们都经历了，就像刚长出的手指和脚趾。

我记得自己低头去看劳伦斯办公室地上的方毯。就连现在我也能看见它，超出真实的清晰度，每一根细微的灰色人造毛纤维在荧光灯下闪着光亮，粗糙却富有光泽，紧密地卷曲着，像卑鄙、下流、上了年纪的行政人员的灰色阴毛。我注视着毛毯上的纤维，就像我从未见过这东西似的。我不想看劳伦斯的双眼。

"拜托。"我说，"停下来。"

劳伦斯眨眨眼，侧着头，一脸茫然地问："什么停下来？"

一瞬间，那种感觉消失了。

我调整了呼吸。头顶的荧光灯嗡嗡作响。

"为什么内政大臣非要辞职呢？"我问。

劳伦斯挑了一下眉毛，说："别告诉我你不知道。我以为你是个记者，无事不知无事不晓呢。"

"我不是报道严肃话题的记者。《女妖》的时评就像《经济学人》对鞋子的评价一样，我们以读者需求为标准。"

"内政大臣必须辞职是因为他给他情妇的保姆办了签证，用走后门的方式。"

"你相信是这个原因？"

"我才不关心是不是因为这个呢。但是在我看来，他的确很蠢。啊，听听他们。"

劳伦斯办公室门外仍是不绝于耳的吵闹声和哈哈大笑的声音。我听到纸张被团成团的声音，听到脚在地上摩擦的声音，听到纸团被扔进金属纸篓里的声音。

"他们在走廊里踢足球。"劳伦斯说，"他们在庆祝。"

"你觉得是他们逼走他的？"

他叹了口气："我不知道他们对他做了什么，莎拉。就这一方面而言，学校里没教过我。我的工作就是给人写临别赠言，你怎么看？"

"如果你不了解他，那写出来还是很困难的。我想，你就按照常规套路去写吧。"

劳伦斯哀叹一声。"这我可不擅长。"他说，"我是这种人，需要很清楚我说的是什么，不能闭着眼睛一通乱写。"

我环顾他的办公室。"我也一样。"我说，"无论喜欢与否，你都得接受我的采访。"

"所以？"

"所以，采访你并不是件容易事。"

"怎么说？"

"你的办公室里一点跟你有关的东西都没有，是吧？没有高尔夫奖杯，没有家人的相片，没有任何东西能反映你的个性或生活。"

劳伦斯抬眼看着我："那我想，你还是按照常规套路进行采访吧。"

我笑了。"学得挺快啊！"我说。

"谢谢。"

我又感到肾上腺素飙升的痛感。

"你真的没法适应这里是吗？"

"听着，如果二十分钟内我不知道该怎么跟前任老板寒暄客套，那我真不知道明天还能不能来上班。"

"那就写点东西。"

"说真的，我什么都想不出来。"

我叹了口气："真是遗憾。你太好了，怎么能说自己是窝囊废呢？"

劳伦斯咧嘴笑起来。"好吧。"他说，"你太漂亮了，看上去是会犯这种错误。"

我意识到我也在笑着回应他："你觉得我有没有一点像那种漂亮的金发女郎？"

"嗯，你的发根是金黄的。"

"好吧，我不认为你是个窝囊废。如果你想知道我的意见，我想，你只是单纯的不快乐。"

"哦，是吗？你敏锐的双眼洞察到我的情绪了？"

"是的。"

劳伦斯眨眨眼，低头看着他的键盘。我发现他脸红了。

"哦，抱歉。"我说，"上帝，我不该这么说的。我就是顺口胡诌，我都不了解你。对不起，你看起来很受伤。"

"也许是我太敏感脆弱了。"

劳伦斯缩回手肘，实际上他全身都缩起来，似乎把身体都缩进蓝色的转椅里面。他停顿了一会儿，在电脑上敲下一行字。他的键盘是个便宜货，按键做得很凸出，用力敲击时会发出嘎吱嘎吱的声音。他坐在那里一动不动，过了许久，我走到他桌子后面，越过他的肩膀，看他敲下的文字。

"您已竭尽所能，您……"

电脑屏幕上是句没有写完的句子，语气不算坚决，也没有警告之意。光标在句子结尾处闪烁着。街上不断传来警笛的声音。他转身看着我，身下的椅子发出刺耳的声音。

"那么，告诉我。"他说。

"什么？"

"是你的丈夫让你不开心吗？"

"什么？你根本不了解我丈夫。"

"你最先对我讲的就是你丈夫和他的各种意见。你为什么和我提他？"

"话赶话说到那儿了。"

"跟你丈夫有关的话题是你先提出来的。"

我没有回话，只是张大了嘴巴，试着回忆，想证明他说错了。劳伦斯露出苦涩的微笑，但是并没有任何恶意。

"我想是因为你也不大开心吧。"他说。

我迅速从他桌子后面离开——现在轮到我脸红了——我走到窗户边，用头抵着冰凉的玻璃窗，望着楼下街上的车水马龙。

劳伦斯走到我身边。"那么，"他说，"现在轮到我说抱歉了。我猜你会告诉我，我应该把这种敏锐的洞察力留给记者。"

我不由自主地嘴角上扬。"那句写了一半的话，你想写什么？"我问。

"'您已竭尽所能，您……'我不知道，可能写'您将看到丰硕的工作成果，或是您将看到您创造的辉煌'，像这种开放式结尾吧。"

"或许，也可以就写到那里。"我说。

"可是话没说完啊！"劳伦斯说。

"但已经够好了。"我说，"已经走到这个地步了，不是吗？"

光标仍在屏幕上跳动，我张开双唇，然后我们开始接吻，不停地亲吻。我紧紧地拥着他，在他耳边呢喃着。后来，我从灰色的方毯上拾起内裤，重新穿好，然后抚平衬衫上的褶皱，劳伦斯坐回到桌前。

我看向窗外，此刻外面的世界和我最初看到的已经截然不同。

"我从没这么做过。"我说。

"是，你当然没有。"劳伦斯说，"我会记住的。"

他盯着屏幕上没有写完的句子，看了一分钟后，他敲下一个句号。我的口红还粘在他的嘴唇上。"您已竭尽所能，您所奉献的一切还有待观察。"二十分钟之后，这封信转换成盲文，投进了邮箱。劳伦斯的同事并不在意这封信，根本没有二次校审。

安德鲁打来了电话，我在劳伦斯的办公室里接起电话，我永远记得安德鲁的第一句话："太棒了，莎拉。这件事能持续报道一个星期。他们叫我写一个内政大臣倒台的专题。这可能赚上好大一笔，莎拉。他们给我派了好些研究人员，但是我得一直泡在办公室里了，你自己照顾查理，好吗？"

我轻轻挂断电话，照看查理可比告诉他"我们的生活发生了点小变化"来得容易，也比向他这样解释轻松得多：我们的婚姻出现了背叛，都是偶发事件，因为一群浑蛋欺负了一个盲人。

我放下电话，看着劳伦斯。"我真想再见到你。"我说。

我们基本在工作时间见面，我穿着短裙，和他进入悠长的午餐，下午跑到酒店幽会，甚至有时候会在晚上碰面。安德鲁经常在报社的办公室里熬夜加班，只要能找到临时保姆，我就能和劳伦斯随时随地私会。偶尔，见面的时间会一直从午餐时间延续到下午茶时段，我手里拿着白酒，劳伦斯赤裸地躺在我身边。我想着那些没人陪同的记者，想到还没有策划完的媒体早餐见面会，还有劳伦斯未完成的新闻稿，光标在屏幕上闪个不停，最后一句是"此次的新目标代表着政府正在执行的计划将取得重大成就"。

在失事的飞机中发放飞机餐，这就是我们婚外情的定义。劳伦斯和我，从我们悲剧的生活中逃离出来，交融在一起。整整六个月，英国正常的办公时间都放缓了。我希望自己能说，一切不过如此，没什么大不了，没必要感情用事，不过是个小插曲，是我们的悲剧再次开始前，出现的一个短暂的、不停闪烁的小光标。

但这段时光是多么美好啊。我把全部的自己都交给劳伦斯，我对安德鲁都没有做到这一点。一切发生得很自然，我并没有刻意，厮混的时候，我会哭泣。就是这么发生了，并不是刻意为之。我紧紧地搂着他，直到我的胳膊酸痛，我感觉到这种柔情带给我的痛苦。我不会让劳伦斯知道的，永远不会让他知道我偷偷翻看了他的黑莓手机，查看了所有文件，趁他睡着的时候浏览他的精神世界。这段婚外情开始的时候，我想换成是谁我都可能出轨。也就是，外遇是不可避免的，不一定要和某个特定对象偷情。但是，渐渐地，我爱上了劳伦斯。我开始意识到，婚外情还是有违社会道德的，但是要逃离安德鲁，要找到自己，我只能顺其自然，全情地坠入爱河。我要重申的一点是，我不是非要爱上劳伦斯。我所要做的就是让自己放纵。"不会有事的。"我告诉自己，我的心灵要接受这种放纵带来的精神刺激。

我们做爱的时候，我会哭泣，不做爱的时候，我仍旧会哭泣。

要隐瞒这段婚外情变成了一种负担。当然，幽会总是要瞒着安德鲁的。而在劳伦斯面前，我也绝口不提安德鲁和他的工作，以防劳伦斯生出太多好奇。我给这段婚外情竖起高大的屏障，在我的意识里，那是另一个国度，我制定了无情的规矩。

更难掩饰的是我身上发生了清晰可见的改变。我不再理性，不再严肃，不再像个萨里郡姑娘。我的皮肤开始焕发新的光泽，这光泽太过耀眼，我不得不用粉底来掩饰，但是作用并不明显：我身上流露出了生活的喜悦。过了二十岁以后我就没再参加过任何聚会，现在我又开始社交。劳伦斯带我参加内政部大大小小的活动。新晋内阁大臣乐于和媒体打交道，常用开胃菜来展现他是个强硬的人，还有没完没了的私人舞会以及各种后续活动。我结识了一群新朋友：演员、画家、商人，我感受到一种与安德鲁相遇以来从未感受过的兴奋——我发现我其实魅力四射，沉醉在香槟带来的微醺之中。我环视着四周灿烂的笑脸，一想到什么事都有可能发生，我的嘴角便会不自觉地上扬。

所以当它真的发生的时候，我不应该感到惊奇。最终我还是碰上了我的丈夫，穿着皱皱巴巴的西服，满眼血丝地从办公室出来。安德鲁不喜欢参加聚会——我猜他是全场唯一一个前来调查真相的人，劳伦斯甚至为我们做了引荐。拥挤的房间里放着音乐——英国的主流音乐——网络上非常流行的某乐队的歌曲。喝了香槟的劳伦斯脸颊绯红，他的手冒失地放在我的身后。

"哦！嗨！嗨！安德鲁·欧洛克！这是莎拉·萨默斯。莎拉是《女妖》杂志的编辑，安德鲁是《泰晤士报》的专栏作家，非常厉害的作家，观点鲜明，独树一帜。我想你们一定会相处得很好。"

"神父也是这么说的。"安德鲁说。

"抱歉，你说什么？"

"他也相信我们会相处得很好，他为我们证婚的时候说过。"

安德鲁并没有什么不自在，一脸轻松，甚至还略带微笑。劳伦斯——可怜的劳伦斯——迅速地把手从我背上移开。安德鲁注意到了，脸上的笑容瞬间消失了。

"我不知道你在这儿，莎拉。"

"是，嗯，对，我，我，最后收到的邀请，杂志……你知道的。"

我的身体背叛了我，从头到脚都因为羞愧而泛红。我的童年、我的萨里郡的天性在体内觉醒，报复性地重新划分了界限，入侵了我新的生活。我低头盯着我的鞋子。我抬起头，安德鲁还站在那里，一动不动，异常安静——霎时间，他所有的想法和意见都被掏空了。

那天晚上，我们站在花园尽头的空地上，就是安德鲁打算建个暖房的地方，促膝长谈。内容就是如何挽救我们的婚姻，一个令人痛苦的话题。安德鲁的每句话听起来都像《泰晤士报》专栏的内容，我说的每一句话也都像是从《女妖》杂志读者来信那一页上撕下来的。

"我们什么时候忘了，婚姻是一生的承诺？"

"我就是觉得不满足，有一种压迫感。"

"快乐不是从架子上随手一拿就能得到的，是需要我们苦心经营的。"

"你太霸道了，我从没在你身上感受过爱或是支持。"

"成人之间的信任很难建立起来，非常脆弱，而且一旦失去很难重建。"

与其说这是一场讨论，不如说是打印机之间的混战。直到我冲他扔了一个花盆，这场争执才停止。花盆与他擦肩而过，落到混凝土地上，摔得稀巴烂。安德鲁闪到一边，然后离开了。他开车离开了。接下来的六天，他都没有回家。后来我发现他是飞回爱尔兰找他的兄弟一醉方休。

从那周起，查理开始上幼儿园，那时安德鲁还没有回来。为了庆祝查理开始上学，我准备给他做一个蛋糕。那天晚上，厨房里只有我一个人，我不习惯家里只有我一个人。查理睡着了，房子里寂静无声，我能听见画眉鸟在夜色中低吟浅唱。没有安德鲁喋喋不休的抱怨和滔滔不绝的政治评论，我感到很自在，就像是风笛演奏出来的低音，你可能不曾留意，但直到停止演奏时你才会发觉。这个时候，寂静以实体的形象蓦地出现——成为超越寂静的存在。

我记得我一边把黄色的聪明豆糖果撒在糖霜上，一边收听着四号电台的《一周书籍》节目。突然之间，我感到茫然，不由得号啕大哭。我看着蛋糕：里面有三层香蕉，包括香蕉干和香蕉糖霜。那时距离查理变身蝙蝠侠的那个夏天还有两年。查理两岁的时候最喜欢吃香蕉。我记得我看着蛋糕，想到的是——我喜欢做查理的母亲。不管眼下发生什么，我都为身为他的母亲而感到自豪。

我注视着工作台上托盘里的蛋糕，电话响了。

劳伦斯说：“我能过来吗？”

“什么？现在？来我家？”

“你说安德鲁离开了。”

我打了个激灵：“哦，我的天，我是说……你都不知道我住在哪里。”

“那，你住哪里？”

“金斯顿。”

“我四十分钟就到。”

“不，劳伦斯，不行。”

“为什么？没人会知道的，莎拉。”

“是这样没错，但是……等等，拜托，让我想想。”

他在等待。电台里的播音员一直在强调接下来的节目会非常精彩，显然，大家对扣税系统存在许多误解，而他们的节目就是要澄清这些误解。我的指甲陷入掌心之中，我身体的某个部分在绝望地挣扎，想象着捧着波伊富美葡萄酒和劳伦斯躺在一起的美妙画面，那一定比收听四号电台的节目快活。

"不行。抱歉,你不能来我家。"

"为什么呢?"

"因为我家是我自己的,劳伦斯。你的家属于你的家人,我的家属于我的家人。你来我家的话只会让我们的生活更加纠缠不清,我还没做好准备。"

我放下电话,静静地站了几分钟,就这样一直盯着电话。和劳伦斯保持一定距离是为了保护查理,我做得是对的。情况已经够复杂了。有些事我永远也没法和我母亲解释清楚,比如:有时我们允许男人进入我们的身体,却不允许他们进入我们的房子。劳伦斯的声音让我的身体剧烈地疼痛起来,一种挫败感在我体内发酵,直到我拿起电话,用力地砸着我做的精美糖霜蛋糕,一下又一下。我把蛋糕彻底地毁掉之后,长舒一口气,接着把烤箱打开,重新再去做一个蛋糕。

隔天,查理上幼儿园的第一天,我下班赶的那趟地铁被临时取消了,所以我去晚了。我接到查理的时候,他正坐在打过蜡的地板上号啕大哭,小拳头不停地捶打着保育员的腿。他是最后一个被接走的小朋友。我朝查理走过去的时候,他看都不看我一眼。我用婴儿车把他推回家,让他坐到桌前,调暗灯光,拿出点着二十根蜡烛的香蕉蛋糕。查理忘了还在生我的气,脸上露出笑容。我亲了他一下,和他一起吹灭蜡烛。

"许个愿吧!"我说。

查理的脸色又阴沉下来。"想要爸爸。"他说。

"是吗?查理?你真的想找爸爸?"

查理点点头,下嘴唇在颤抖,我的心也跟着一起颤抖。吃完蛋糕后,他从高脚椅上下来,摇摇晃晃地跑去玩玩具车了。他走路的方式很奇特,东倒西歪的,走得并不稳。说真的——我儿子两岁的时候——每一步都像是匆忙之中即兴走出来的，要避免摔倒只能靠运气，根本不能指望他自己判断。他的腿有些短。

等查理上床睡觉以后，我给我丈夫打了个电话。"查理想让你回来，安德鲁。"

沉默。

"安德鲁？"

"查理想让我回来，是吗？"

"是的。"

"那你呢？你想让我回去吗？"

"我和查理的想法一样。"

电话另一端传来安德鲁的笑声——苦涩中带着嘲讽："你真的懂得如何让一个男人觉得自己很特别。"

"拜托别这样，我知道我深深地伤害了你，但是现在不同了。"

"你说得没错，是不同了。"

"我没法独自抚养孩子，安德鲁。"

"好吧，我也没法让我的孩子和一个荡妇母亲待在一起。"

我紧握着话筒，恐惧席卷全身。安德鲁并没有提高音量来强调"一个荡妇母亲"，冷冰冰的、一针见血的一句话，仿佛他衡量了"私通者""情妇""自恋狂"等词语之后，选出了最恰当的"荡妇母亲"。我试图控制情绪，但我还是听见自己的声音在发抖。

"安德鲁，求你别这样。我们谈的是你、我和查理之间的事。你无法想象我有多在乎你们俩。我和劳伦斯的事……非常抱歉。"

"为什么出轨？"

"那不代表任何事，就是性。"谎言脱口而出，我这才发现为什么大家都爱撒谎。

"只是性？所以大家都习惯这么说了，是吗？在前面加上'只是'两个字就无伤大雅？所以还有什么事在你那里都无伤大雅？只是不忠？只是背叛？只是伤透了我的心？"

"不要说了，求你，别说了！我怎么办呢？现在说什么不都是于事无补吗？"

安德鲁说他不知道，他在电话那端哭了。他从未经历过这两件事——蒙在鼓里和哭泣。听到安德鲁在噼啪作响的电话线另一头抽噎，我也开始流泪。等我们都擦干了眼泪，电话中只剩沉默。这种沉默包含着一种新的特质——至少我们还知道有能够为之流泪的事物。这样的认知通过电话线传递，带着试探性，仿佛一段等待开始的新生。

"安德鲁，也许我们需要换个环境，重新开始。"

短暂的沉默。他清了清嗓子，说道："好吧，行。"

"我们要远离这些事，远离伦敦和工作，甚至是查理——可以让我父母照看他几天。我们去度个假。"

安德鲁嘟囔了一句："哦，上帝，度假？"

"对，安德鲁，求你了。"

"我的天，好吧，去哪儿？"

第二天，我给他打了个电话。

"我拿到了一张免费的旅行券，安德鲁——尼日利亚的艾比娄海滩，没有填写期限。我们可以周五出发。"

"这周五吗？"

"出发前你可以先把专栏交上去，在下个专栏的交稿日之前回来。"

"但是，去非洲？"

"那儿有海滩，安德鲁。英国总是下雨，那儿气候干燥。来吧，咱们去晒晒太阳。"

"但是为什么是尼日利亚，不是伊维沙岛 ① 或者加那利群岛 ② 呢？"

"别这么扫兴，安德鲁。就是去海边度个假。走吧，能有多糟糕呢？"

重要的时刻。这些重要的时刻一股脑地出现，像飘在低空中的积雨云悬在你的头顶。我和安德鲁从非洲回来之后，首先感到的是震惊，接着是自责，之后的两年安德鲁患上了抑郁症，病情不断加重，我和劳伦斯的婚外情再也无法停止。

我觉得一直以来，我也肯定患上了抑郁症。你每天四处奔走，试图摆脱头顶的乌云，但全是白费力气，之后的某一天你会发现这样的天气一直跟随着你。这就是小蜜蜂和我一起去幼儿园接查理的那个下午，我向她做的解释。我和她坐在厨房里喝茶。

"你知道，小蜜蜂，我在想你说的话，关于你留下来、关于互相帮助的事情。我想你是对的。我们都要向前看。"

小蜜蜂点点头。桌子下面的蝙蝠侠正在玩蝙蝠侠的仿真玩具。看来，小蝙蝠侠正在和一碗没吃完的玉米片做斗争。我开始对小蜜蜂讲我计划如何帮助她。

"首先，要查到这件事的负责人——查理，那是食物，不是玩具——找到你的负责人，然后找出你的文件在什么地方。之后我们可以——查理，听话，别把玉米片弄得到处都是，别让我说第二遍——然后，我们可以对你的合法地位提出质疑，看看能不能上诉之类的。我上网查了一下，显然——查理！听话一点！如果你再让我把勺子捞起来，我就没收你的蝙蝠侠玩具——显然，如果能给你弄到临时居留许可

----

① 隶属西班牙。

② 位于非洲西北海域的岛屿群，是西班牙的一个自治区，也是欧盟领域。

的话，我就能安排你参加英国公民资格考试。这个考试特别简单，真的——查理！看在上帝的分儿上，行，出去！现在就出去！离开厨房！等你想好了，能听话了，你再回来——题目都很简单，关于国王、女王还有内战之类的，我会帮你复习。然后——哦！查理！哦，上帝，对不起，我不想把你弄哭。对不起，蝙蝠侠，到这儿来。"

蝙蝠侠挣脱了我的双臂，他的嘴唇颤抖着，脸涨得通红，号啕大哭。他完全沉浸在只有婴儿和超级英雄才能感受到的伤痛之中——当他们明白了痛苦像个无底洞，让人难以抵抗。小蜜蜂揉了揉蝙蝠侠的小脑袋，他把戴着面具的脸埋在她的腿上。我看着那小小的斗篷跟着他抽泣的幅度一起抖动。

"哦，上帝。小蜜蜂，"我说，"我很抱歉，现在弄得一团糟。"

小蜜蜂笑了笑："没关系的，莎拉，没关系。"

厨房的水龙头在滴水，为了找点事情做，我起身走过去拧紧水龙头，但是水仍然在滴。我不明白为什么这么点小事也会让我如此心烦意乱。

"哦，小蜜蜂。"我说，"我们得挺住，决不能被打垮。"

过了一会儿，前门传来敲门声，我打起精神，穿过房间去开门。我打开门，发现来人竟是劳伦斯，他穿着西装，肩上背着旅行包。看到我的时候，他松了一口气，情不自禁地露出微笑。

"我不知道地址是否正确。"他说。

"我不知道你有我家地址。"

他脸上的笑容完全消失了："我以为你会高兴的。"

"我刚埋葬完我的丈夫，我们不能这样。你妻子呢？"

劳伦斯耸耸肩。"我跟琳达说我要参加一个管理课程，"他说，"去伯明翰，三天。关于培养领导能力的课程。"

"你觉得她会相信你？"

"我以为你会需要我的陪伴。"

"谢谢。"我说，"已经有人陪我了。"

他的目光越过我的肩膀，落在站在走廊里的小蜜蜂身上，说："就是她，对吗？"

"她想在这里待多久，就可以待多久。"

劳伦斯压低了声音说："她，合法吗？"

"我才不在乎呢。你呢？"

"莎拉，我在内政部工作。如果我知道你在保护一个非法的难民却不上报，我会丢掉饭碗的。按规定，如果我有一点怀疑，哪怕我走进这扇门，我都会被开除。"

"嗯，那就，别进来。"

劳伦斯脸红了，后退了一步，用手捋着头发。

"莎拉，我也不好受啊！我也不想这样对你，要是我还爱我妻子就好了，要是我不用为黑暗势力工作就好了。我多希望和你一样，当个理想主义者。可惜，那不是我，莎拉。我没法装成大人物的模样，我其实一无是处。就连我找的借口都非常可笑，去伯明翰待三天——伯明翰，去学一门谁都知道我学不会的课程。谎都不会撒，我太可悲了不是吗？说谎的时候我就是这么想的。莎拉，婚外情这件事我并不觉得丢脸，但是我为我编造的谎言感到羞愧。"

我笑起来："我记得我为什么喜欢你。没人会因为你坚持做自己而责怪你，对吗？"

劳伦斯鼓起腮帮子，悲伤地呼了一口气。"没有什么证据可以证明罢了。"他说。

我犹豫不决。他伸出手，握住我的手。我闭上眼睛，感到我的意志正在溜走，溜到他冰凉光滑的皮肤里。我朝屋内退了一步，差点没站稳，我没有夸张。

"那你是让我进去？"

"别养成习惯。"我说。

劳伦斯咧开嘴笑了笑，不过他站在门口看着小蜜蜂，迟疑了片刻。

小蜜蜂走了过来，站到我身后。"别担心我。"她说，"按照官方的说法，你现在还看不见我。你在伯明翰，我在尼日利亚。"

劳伦斯脸上闪过一丝笑意。"我不知道我们之中哪个会先被找到。"他说。

我们穿过门厅，走进客厅。蝙蝠侠正把红色消防车插入一辆没有任何保护的家用轿车里（我想，在查理的世界里，紧急情况下，一定会出现暴力行为）。我们进去时，他抬起头。

"蝙蝠侠，这是劳伦斯。劳伦斯是妈妈的朋友。"

蝙蝠侠站起身，朝劳伦斯走去。他盯着劳伦斯，他的蝙蝠感应功能一定告诉了他什么。"这是我的新爸爸吗？"他说。

"不是，不是，不是的。"我否认道。

查理的表情变得很困惑。劳伦斯跪下来，和查理平视，说道："不是的，蝙蝠侠，我只是你妈妈的朋友。"

蝙蝠侠把脑袋歪到一侧，面具上的耳朵耷拉下来。"你是好人还是坏人？"他慢吞吞地问道。

劳伦斯咧嘴笑起来，然后站起身，说："说实话吗，蝙蝠侠？我想我只是漫画书里无辜的旁观者之一，只是个背景人物。"

"那，你是好人还是坏人呢？"

"他当然是个好人。"我说，"好了，查理。你认为我会让坏人进家门吗？"

蝙蝠侠交叉双臂抱在胸前，嘴角抿成一条冷峻的直线。没有人说话，窗外的夜色里传来母亲呼唤过着正常生活的孩子回屋喝茶的声音。

等我把查理哄上床之后，我开始做晚饭。劳伦斯和小蜜蜂坐在餐桌旁。我在橱柜深处搜寻着胡椒瓶，我翻到了半袋安德鲁喜欢的杏仁酒味饼干。我背对着劳伦斯和小蜜蜂，偷偷地把饼干袋凑到鼻子跟前闻了闻，浓郁的酒味和杏仁的味道混合在一起令人不免觉得恶心——让我想起来安德鲁夜里失眠时在房子里游荡的情景，他会一直晃到凌晨再回来睡觉，呼吸中带着这种味道。在生命的最后阶段，我丈夫每天都靠着六块杏仁酒饼干和一片治疗抑郁症的药勉强度日。我拿着安德鲁的饼干，想扔掉，但又觉得不能扔。这是多么具有欺骗性的悲恸啊！我有些伤感，不想扔掉带给安德鲁一些慰藉的东西，即便此刻我在为劳伦斯准备晚饭。我感到一阵可怕的背叛感。我想这就是不应该让情人进家门的原因。

晚饭准备好了——蘑菇鸡蛋卷，我想着安德鲁的时候，把蛋卷煎煳了。我坐下来，和劳伦斯、小蜜蜂一起吃饭。气氛非常尴尬——他们都不说话，我发现在我准备晚饭的过程中，他们俩也没有说话。我们默默地吃着饭，只有餐具发出的声音。最后，小蜜蜂叹了一口气，揉揉眼睛，上楼回到我为她准备的客房睡觉去了。

我把盘子一股脑地丢进洗碗机里，又没好气地把煎锅扔进水槽里。

"怎么了？"劳伦斯问，"我惹着你了吗？"

"你应该对小蜜蜂好一些。"我说。

"好吧，我以为今晚能和你独处，但现在这个状况，我不大能适应。"

"她是我的客人，劳伦斯。至少你应该礼貌一点。"

"我只是觉得，你不应该卷进这件事。这个女孩待在这里的话，对你的健康没有好处。一看见她你就会想起过去的事。"

"我花了两年的时间去否认海滩上的事，忽视它的存在，由着它溃烂。安德鲁也是这么做的，后来因为那件事，他付出了生命的代价。我不会让它威胁到我和查理。我会帮助小蜜蜂，让一切走上正轨，然后我才能继续生活。"

"是，但是你怎么能让一切走上正轨呢？你知道等着那女孩的结果是什么，不是吗？他们会将她驱逐出境的。"

"我不会让那种情况发生的。"

"莎拉，我们有一个部门是专门做这个的。按照官方的说法，尼日利亚非常安全，她在这儿又没有家人，她自己也承认。对他们来说，她就没有理由待在这里了。"

"我不会放弃的。"

"你斗不过官僚主义的，最后他们还是会送她回家。你会伤心，会受到伤害。这件事说不定会毁了你。你的生活需要正面的积极的影响。你有儿子，要独自把他抚养成人，你需要能带给你能量的人，而不是一个消耗你能力的人。"

"那不就是你吗？"

劳伦斯转头看向我，身体前倾："我想成为你生命重要的存在，莎拉。从你拿着空白的笔记本和连开关都没打开的录音笔，走进我生活的那一刻开始，我就有这样的想法。我从来没让你失望过，对吧？无论你遇到什么事，无论是我的妻子还是你的丈夫，或是其他什么人，都没有影响我们。我们在一起很开心，不是吗？莎拉，这难道不是你想要的吗？"

我叹了口气："我不觉得这件事和开不开心再有什么关系了。"

"那我逃避了吗？我们的重点是为你好，我不会因为事态越来越严重就放弃。但是你必须做出选择，如果你的精力全都集中在那个女孩身上，那我真的帮不了你。"

我觉得脸上的血色在一点点消失。我尽可能镇定地开口说："告诉我，你不是让我在你和她之间做出选择。"

"我不是一定要求你这么做，但我的意思是，你要在你的生活和她的生活之间做出选择。有时候你得为你和查理的未来打算。心善没有问题，莎拉。但是从逻辑上讲，这事总要有个度吧。"

砰的一声，我把那只残缺的手拍在桌子上，五指张开："我为了救那个姑娘，砍掉了一根手指。你告诉我，从逻辑上讲，这样的开始应该在什么地方停止呢？你真的希望我能做出选择是吧？我选择砍掉我的手指头，你以为我不敢把你的也砍掉吗？"

沉默。劳伦斯站起身，椅子与地板之间发出摩擦的声音。"很抱歉。"他说，"我不该来的。"

"是，你是不该来。"

我坐在餐桌旁，听着劳伦斯从大厅的衣架上摘下外套，拿起旅行包，当我听到前门打开的声音时，我站了起来。等我走到门口，劳伦斯已经在往外走了。

"劳伦斯？"

他转过身。

"你要去哪儿？你回不了家。"

"哦，我没想过这个问题。"

"按理说，你现在应该在伯明翰。"

他耸耸肩："我会找家酒店，没事的。我要读一本关于领导能力的书，可能可以实实在在地学点东西。"

"哦，劳伦斯，回来吧。"

我向他伸出双臂，把脸贴在他的脖颈处，紧紧地拥抱着他。劳伦斯一动不动地站在那儿。我用力嗅着他身上的味道，想起那些在酒店的下午，那些回忆像风筝一样飘浮在高空中。

"你真是个窝囊废。"我说。

"我只是觉得自己太蠢了。我把一切都计划得很好，下了班，编了个谎，糊弄了琳达。我甚至还给孩子们买了礼物，免得回家的路上忘了。我以为我的出现会给你惊喜……至少，是个惊喜，是吧？"

我抚摸着他的脸："对不起，我不该冲你发脾气的，谢谢你能来看我。别去酒店，我受不了让你一个人在酒店里孤零零地坐着。请你留下来吧。"

"什么？现在吗？"

"嗯，请你留下来。"

"我不确定这是不是个好主意，莎拉。或许我应该想想，想想我们对彼此意味着什么。你刚才说，要砍掉我的……"

"行了，你个狡猾的小浑蛋。趁我还没改主意。"

劳伦斯露出浅浅的微笑，我用手指勾住他的脖子。

"我刚才没说，砍掉你的手指会比砍掉我自己的还要痛。"

他凝视着我，说道："哦，莎拉。"我们上了楼，直到开始做爱的时候，我才意识到我们是在我和安德鲁曾经睡过的床上做爱。我把注意力集中在劳伦斯身上，把脸埋在他柔软的胸毛里，脱去他的衣服。但是，出了点小状况——我胸罩上的肩带勾住了，劳伦斯的皮带扣解不开——我记不清了，但总之，我们停了下来。我发现劳伦斯躺在安德鲁平时睡的那一侧，他的皮肤也压在安德鲁曾经压过的地方。劳伦斯下凹的背部，光滑、温热，上面布满细密的汗珠。他弓着背，骄傲地挺立在安德鲁压出来凹陷的床垫上。我恍惚了——激情瞬间褪去。我猜劳伦斯是察觉到了，但是他没有停下。他翻身压在我身上，我太感激他了，我想他是希望我们俩能够抛开所有烦恼，尽情享受这一刻。我让自己全心地沉醉在他光滑的皮肤、温柔的动作和轻盈的身体中。劳伦斯个子很高，但是体重却很轻。我的盆骨没有任何压痛感，肺部也没有感觉到呼吸困难，更没有感受到和安德鲁一起时的那种强烈的冲击，那种总是让我发出幸福又想逃避的呻吟时的冲击。所以我喜欢和劳伦斯做爱——有种美好、轻飘飘的感觉。但是今晚有些不对劲。大概是因为这间房子里有太多安德鲁的痕迹，到处都是他的书和报纸——堆满了书架和地板的角落。当我想起安德鲁，我就想起小蜜蜂。劳伦斯正和我做爱，但我身体的某部分却在思考。哦！我身体的另一部分正在思考——明天早上我得给移民局打个电话，查看她文件的去向，然后我还得给她请位律师，开始着手申诉的事，然后，然后……

我发现我没法全情地配合劳伦斯——没法像从前那样忘我投入。突然之间，劳伦斯的动作放轻了许多。他的手指只是轻轻滑过我的肌肤，不带情欲的挑逗，只是寻着细小的、隐形的、我从非洲沾染上的尘埃简单地移动着。他压在我身上的重量让我有种和夏日白云或冬日蝴蝶——或者说和某种生物在做爱，它们缺乏将周身的重力压弯从而变成焦点的能力。

"怎么了，莎拉？"

我这才发现自己正僵硬地躺在床上，"哦，上帝，抱歉。"

劳伦斯停了下来，翻身躺回床上。我握住他的下体，感觉它正在变软。

"拜托。"他说，"别这样。"

我松开手，转而去握他的手，却被他推开。

"我不明白你是怎么想的，真的，我不懂，莎拉。"

"对不起，是安德鲁的事，一切发生得太快了。"

"他活着的时候也没能妨碍我们。"

我仔细琢磨着他这句话。外面夜色凝重，一架低空飞行的喷气式飞机正在希斯罗机场上空爬升。一对猫头鹰绝望地呼唤着对方，它们尖锐的叫声湮没在涡轮的轰鸣之中。

"你说得没错，不是安德鲁的事。"

"那是什么？"

"我不知道，我爱你，劳伦斯。我真的爱你，只是我还有很多事要做。"

"为了小蜜蜂？"

"对，我还不能放松。我的脑海里翻来覆去都是这件事。"

劳伦斯轻叹一声。"那我们怎么办？"他说，"这几天你还能抽出时间吗？"

"哦，当然，我会抽时间的。你和我，咱们还有很多时间，对不对？我们还能待在一起六个星期，六个月，六年。安德鲁已经不在了，我们还有时间来盘算这些事。但是小蜜蜂没有那么多时间了。你自己也说过，要是我不能帮她把事情办妥，他们就会找到她，把她遣送回去。最后就是她也离开了，就是这样。到那个时候我们的未来又会怎样呢？我不能看着你的时候不去想我没有为她尽全力。你希望我们的未来变成那样吗？"

"哦，上帝，为什么你不能像其他人一样，不管这些呢？"

"像那种姑娘吗？金发、碧眼、大长腿，喜欢音乐和电影，找个有钱的男人或者更进一步？"

"好吧，我很庆幸你不是那种类型。但是我不想看到你为了一个根本留不下的难民姑娘掏心掏肺，我不想失去你。"

"哦，劳伦斯，你不会失去我的，但是可能要你和我一起解决她的事情。"

劳伦斯脸上露出笑意，说："太经典了，不是吗？这些移民，来到这儿，抢走我们的女人……"

劳伦斯虽然脸上挂着微笑，但眼中却写满戒备，这让我捉摸不透他觉得自己讲的笑话有多好笑。看不透他让我感觉很奇怪，说实话，从前他的脸上从未出现过这样复杂的表情。转念一想，我以前也从未让他陷入如此进退两难的境地。也许是我想得太多了，我让自己尽量放松。我回给他一个微笑，亲了亲他的额头。

"谢谢，谢谢你没有让一切变得更艰难。"

劳伦斯看着我，橘色的街灯透过黄色丝质窗帘照射在他消瘦的脸庞上，他的神情是那样悲伤。我没想到此刻我的内心是这样不安，连我胳膊上的汗毛都竖起来了。

"莎拉，"他说，"我真的认为，是你并不清楚这一切会有多么艰难。"

我们的未来与死亡的真相

　　莎拉告诉我她出轨劳伦斯的原因，这并不难理解。在这个世界里，我们都渴望拥抱自由。对我来说，自由就是有一天我可以不再害怕那群人来追杀我。对莎拉而言，自由是将来能过上自己做主的生活。我知道，她是个坚强聪明的女性，可以主宰自己的人生。狗有狗的生活，狼有狼的世界——这是我们国家的谚语。

　　其实，在尼日利亚，我们也不这样说。为什么要造出一个带有狼的谚语呢？我们的文化里，关于猴子的有两百条，关于木薯的有三百条。我们很聪明，道理都是从熟悉的事物中获得的，但我也注意到，在你们国家，只要我说"这是我们国家的谚语"，那我说什么仿佛都是有道理的，人们都会点点头，表情十分认真。这一招还是挺管用的。

　　自由对莎拉来说，就是在漫长的未来里，她能按照自己的意愿生活。狗有狗的生活，狼有狼的世界，蜜蜂有蜜蜂的打算。自由对于我这样的姑娘而言，就是撑过每一天，好好活下去。

未来，这是另一件我要同村子里的姑娘们解释的事。在我们国家，未来是数量最庞大的出口产品，它飞也似的逃离我们的海滩，所以我们当中的绝大部分连见都没见过，更不知道未来到底长什么样子。

在尼日利亚，未来藏匿在岩石中天然的金块里，或者深埋在地下的黑色液体中。我们的未来躲藏在暗不见光的地方，但是你们又却有勘探的才能。就这样，我们的未来一点一点变成了你们的未来。我非常羡慕你们那精妙无比、变化无穷的魔法，每一代人的开采方式都不尽相同。我们是真的太无知了。就比如说我们村里的人，眼睁睁地看着未来被抽进四十二加仑的桶里，送到炼油厂。事情发生在我们准备晚饭的时候，夕阳斜照，金色的光芒中夹杂着蓝色的炊烟和木薯锅里的浓烟。一切发生得太突然了，女人们只来得及拉起小孩子，一起跑进丛林。我们藏在丛林中，听着后方战斗的男人们发出的呼喊声——与此同时，炼油厂里，我们村子的未来在蒸馏的过程中被一点一点地分离出来。

最重要的部分，是我们父辈的智慧，被你们拿去铺沥青路了；中间的部分，是我们母亲在收获季节过后精心储存的小硬币，被你们拿去给汽车增加动力；最轻盈的部分，是在满月的夜晚中最寂静的时刻，孩子们瑰丽的梦境，被你们分离成气体装进瓶子里用以过冬取暖。就这样，打算用我们的美梦，为你们驱散风寒。既然它们已经成为你们未来的一部分，那我也不打算因为你们的使用而怨天尤人。你们可能根本不清楚它们来自何处。

你们不是坏人，你们只是看不见现在。而我们，看不到未来。

在移民羁押中心的时候，每当里面的警官问我"你们这些非洲人来到英国，是不是因为你们的政府不够好"，我都会微微一笑，告诉他们，离我们村子不远的地方有一条宽阔幽深的大河，河岸下面是黑漆漆的洞穴，里面生活着一种眼盲的灰色小鱼。它们生存的洞穴里常年无光，久而久之，这种鱼丧失了视力。"你明白我的意思吗？"我对警官说，"没有光，怎么能维持视力？没有未来，怎么能保护政府的视力呢？我们会在我们的世界里竭尽所能。到午餐的时候，我们会有最勤奋的内政大臣，到傍晚宁静的时候，我们会有最优秀的首相。但当夜幕降临，你明白吗，我们的世界就消失了。我们看不到明天，因为你们夺走了我们的明天。因为你们的明天就摆在你们眼前，所以你们看不到今天发生的事情。"

羁押中心的警官听后总会摇着头嘲笑我，然后回去继续看他们的报纸。偶尔他们看完之后，也会让我看看。我喜欢读你们的报纸，因为像你们一样学习英语对我来说至关重要。当你们的报纸上谈及我的国家时，总是将其描述成发展中国家。要不是你们相信给我们留下了可供发展的未来，是不会将其称为发展中国家的。正因如此，我才知道你们不是坏人。

实际上，你们留给我们的是你们不要的东西。你们一想到我们的大陆，或许会想到野生动物——狮子、鬣狗和猴子。而我想到的是破烂的机器，一切破败的、过时的、摔碎的、破裂的东西。是的，我们那里有狮子，它们睡在生了锈的集装箱屋顶下。我们那里有鬣狗，它们正撕咬着死尸的骨头，那些人都是因为跑得太慢，没能从部队里逃出来，生生在战场上送了命。那猴子呢？猴子就在村子边上，在堆成小山的旧电脑上，上蹿下跳。那些旧电脑是你们送过来的，可是我们这里连电都没有。

你们把我们国家的未来拿走了，送来了你们过去的旧东西。我们没有种子，我们只有五谷杂粮的荚。我们没有灵魂，只有骨头。是的，骨头。假如让我给我们的世界起个名字，那我会这么起。如果某一天首相在傍晚最宁静的时候给我打来电话，问我："小蜜蜂，你现在有一项光荣的任务，就是给我们古老又倍受珍爱的大陆想个合适的名字。"那我会说："先生，我们的世界应该叫'各各他'① ——骸骨之地。"

哪怕是用来形容那群男人杀烧抢掠之前的村子，这个名字也非常合适了。对那棵榄仁树周边的空地来说，这也是个好名字。我们这些孩子时常在光秃秃的旧轮胎上荡秋千，或在父亲破旧的标致和叔叔破烂的梅赛德斯里的座椅上蹦蹦跳跳，让座椅喷出水来。我们经常吟唱《赞美诗集》上的圣歌。那本诗集没有封皮，内页也都是用胶带补好的。各各他是我生长的地方，传教士在这里结束了传教的任务，给我们留下了不值得花钱运回国的圣书。村子里唯一的一本《圣经》从《马太福音》第二十七章第四十六节之后就没了，我们的信仰也止步于此。我们只读到了"我的上帝，我的上帝，你为什么离弃我"。

这就是我们的生活，虽然快乐却没有希望。那时候我还很小，从未想过未来，因为我不知道自己还有拥有未来的权利。我们对外面世界的了解全都来自你们的老电影，里面的角色总是匆匆忙忙的，有时坐飞机，有时骑摩托，有时还上下颠倒。

至于新闻，我们那儿只有"各各他电视台"，你不得不自己编排节目的电视台。那电视机没有屏幕，只有木头外壳。这外壳就放在榄仁树下的红色土地上，我姐姐妮可茹卡经常把头伸进木头外壳里进行表演。这个玩法真是不错，我现在知道应该称之为"电视真人秀"。

姐姐总是要调整连衣裙上的蝴蝶结，再在头发里插朵花，然后再冲着屏幕外的大伙儿说："大家好！这里是《BBC新闻》，今天，将有冰激凌从天而降，市民无须走到河边取水，城里来的工程师会在村

---

① 耶稣基督被钉十字架之地。

中铺设标准水管。"围坐在电视机旁的孩子们就这样看着妮可茹卡给我们报新闻。我们喜欢她梦想中轻松愉快的部分，坐在午后阴凉树荫下的我们听了总是兴奋得大喊道："哇！"

生活在这个被遗弃的世界里唯一一点好处就是你可以和电视机互动，那些孩子喜欢对着妮可茹卡叫嚷："冰激凌什么时候才能落下来呢？"

"当然是在傍晚的时候啦！那个时候比较凉快。"

"电视播音员小姐，你是怎么知道的？"

"当然是因为天气凉快，冰激凌才不会化。你们这些孩子怎么什么都不知道？"

我们只好乖乖坐好，面面相觑，互相点头表示赞同——当然要先等天气凉快下来。大家都很满意这条新闻。

你们也可以在你们的国家里试试这种玩法，但可能实践起来比较困难，因为你们的电视机不会听话。

劳伦斯在莎拉家过了夜，第二天一早，查理就想打开电视机。我听见他起床的动静，可劳伦斯和莎拉还在睡着，所以我走到他的房间。我说："早上好，小弟弟，想吃早饭吗？"他说："不吃，我不想吃早饭，我要电视机。"我回道："你妈咪让你在吃早饭之前看电视吗？"查理看看我，他的眼神里很有耐心，就像老师已经给你讲了三遍答案但你还是给忘了。"可是妈咪在睡觉。"他说。

所以我还是打开了电视机，只是看着画面，没有打开声音。是BBC 的晨间新闻，画面上的首相正在发表讲话。查理把头歪到一边，蝙蝠侠面具上的耳朵耷拉下来。

他问："那是小丑，对吗？"

"不是，查理，那是首相。"

"他，是好人还是坏蛋？"

我思索片刻。

"一半人说他是好人，另一半人说他是坏人。"

查理咯咯笑起来。"有意思。"他说。

"这叫民主。"我说，"要是你没有民主，你会很想得到的。"

我们并排坐在一起，盯着首相的嘴唇在动。

"他说什么呢？"查理问。

"他说他要下一场冰激凌雪。"

查理转过身看着我问："什么时候？"

"下午三点左右吧，如果天气够凉快的话。他还说那些从其他国家逃出来的年轻人，只要认真工作，规规矩矩的，就可以留在英国。"

查理点点头："我想首相是个好人。"

"是因为他善待难民吗？"

查理摇摇头。"因为冰激凌雪。"他回答说。

门口传来一阵笑声，我转头，看到劳伦斯穿着睡衣，赤脚站在那里。我不知道我们的对话他听了多久。

"好吧。"他说，"现在我们知道该如何收买这个男孩，让他投票了。"

我低头看着地板，劳伦斯听到了我们的谈话，这让我有些尴尬。

"哦，别害羞。"他说，"你和查理相处得不错啊，来一起吃早饭吧。"

"好。"我说，"蝙蝠侠，想吃早饭吗？"

查理看了看劳伦斯，接着摇了摇头。于是我换了电视频道，直到拨到查理喜欢的节目，然后走进厨房。

"莎拉还在睡。"劳伦斯说，"我想她需要休息。茶还是咖啡？"

"茶，谢谢。"

劳伦斯烧了壶开水，给我和他自己各倒了一杯茶。他把我的那杯茶小心地放在我面前，让马克杯的手柄朝向我。他在桌子另一边坐了下来，面带微笑。阳光照亮了厨房，浓厚的金色光芒温暖却不耀眼。这光线并没有因为点亮了一切而沾沾自喜，反倒是沐浴在晨光里的一切由内而外散发出光亮。劳伦斯橘色的马克杯和我的黄色马克杯摆在干净的蓝色桌布上，同样在阳光的照耀下闪闪发光。这光线让我心情愉快，我想，阳光是个好东西。

可劳伦斯却神色凝重。"是这样，"他说，"我想，为了你好，咱们得筹谋一下。我得说明白，你要先去当地的警局反映你的情况，你不该让莎拉来承担让你停靠在这里的风险。"

我笑了笑说："她没有让我停靠。我又不是船。"

"这不好笑。"

"但是又没人来抓我，我为什么要自投罗网呢？"

"你待在这里，就是违法。我认为这对莎拉来说不是好事。"

我吹了吹热茶，热气从杯中升腾到厨房寂静的空气中，泛着微光。"你觉得你现在待在这里，对莎拉来说是好事吗？"

"是，我认为是好事。"

"她是个好人，她救过我的命。"

劳伦斯脸上露出笑意。"我很了解莎拉。"他说，"她把整件事都告诉我了。"

"那你应该相信我留在这里可以帮她。"

"我不相信你是她需要的那种帮手。"

"我能帮她照看查理，把他当成我的亲兄弟对待。我能帮她打扫洗衣，在她难过的时候唱歌给她听。劳伦斯，你又能帮上什么忙呢？

在她想找人亲热的时候帮个忙吗？”

劳伦斯又笑了。“我不会生气的。”他说，“你对男人的看法很好笑。哦，拜托，这里是欧洲。我们要文明一点。”

“你觉得我们不一样？”

“如果你要这样想的话。”

我点点头：“狼有狼的世界，狗有狗的生活。”

“你们那里的谚语吗？”

我笑了起来。

劳伦斯皱起眉头。“我真是搞不懂你。”他说，“你不知道你现在的处境有多艰难，知道的话你就笑不出来了。”

我耸耸肩：“要是我不笑，我的处境会更艰难。”

我们继续喝茶，他看着我，我也看着他。他有一双绿色的眼睛，那双眼睛和被羁押中心释放那天遇见的黄色纱丽裙姑娘的眼睛一样美丽。他直视着我，连眼睛都不眨一下。

“你会怎么做？”我问，“如果我不去警局，你会怎么做？”

“你是问，我会不会举报你？”

我点点头。劳伦斯的手指敲着茶杯侧面。

“我做什么都是为了莎拉好。”他说。

恐惧一下子向我袭来，我的心瞬时凉了半截。我盯着劳伦斯轻叩茶杯的手指，他的皮肤如同海鸟蛋一样白皙、脆弱。他的手指光滑纤细，弯成一个环形，将橘色的瓷制马克杯圈在其中，仿佛它是一旦脱身就会干蠢事的小动物。

“你是个细心的人，劳伦斯。”

“我在努力成为这种人。”

“为什么这么说？”

劳伦斯嗤笑一声："瞧瞧我，不算聪明，样貌也没有那么出众。你只能说，我身高六点一英尺，尚且不算个十足的傻瓜。生活不会给我这种人抛来太多救生绳，所以我要做的就是努力抓住每一条。"

"比如莎拉？"

"我爱莎拉。你想象不到她对我来说有多重要。没了她，我的生活就是一团狗屎。我在最可怕、最冷漠的政府部门工作，我的工作毫无意义，我的领导想让我去自杀，他真的这么想。回到家，面对的是哭闹的孩子和喋喋不休的琳达，没完没了，不知道她在唠叨什么。和莎拉在一起的日子是唯一让我觉得这是我能自己支配的生活，是唯一能让我做回我自己的时候，包括现在，和你谈话的这段时间。我是说，你和我坐在这样一个再普通不过的英国厨房里交流着，难道还不够奇怪吗？太奇妙了，此刻和你的对话本应该是和我的生活八竿子打不着的事情，但它却发生了。这都是因为莎拉。"

"你担心我会让莎拉离开你，所以你不想我留在这里，跟你为不为她好根本没关系。"

"我担心莎拉会为了帮你，做出傻事。我怕她会改变生活的重心，改变生活的节奏，可她眼下需要的不是这些。"

"你担心她一开始新的生活就把你忘了。"

"是的，没错，是这样。但是你无法想象，如果没有莎拉，我会怎么样。我会彻底崩溃、酗酒，什么都没了，就像末日一样。哪怕你会觉得这听起来很可悲，但我的确害怕。"

我抿了一口茶，仔细地品尝着味道。我摇摇头，说："听起来并不可悲。在我的世界里，死亡一直在追赶我。在你的世界里，死亡在你耳边低语直到将你折磨至死。我知道这一点是因为在羁押中心的时候，死亡就在我耳畔低语了。死亡就是死亡，我们都惧怕死亡。"

劳伦斯转动着手中的马克杯。

"你逃避的真的是死亡本身吗？真的吗？很多来英国的难民只是为了更好地生活。"

"如果他们把我遣送回尼日利亚，我会马上被抓起来。如果他们发现我是谁，我见过什么，政客们总会想个由头杀了我。我要是幸运的话，他们会把我丢进监狱。目睹过石油公司所作所为的人都被关进了监狱，关了很久很久。尼日利亚的监狱里可不会发生什么好事。最后放出来的人，甚至都不愿意开口说话。"

劳伦斯慢慢地摇摇头，然后低头盯着杯里的茶："是，你把后果告诉我了，但在我看来不一定是这样。你不会有事的，看看你，我相信你会找到法子的。对我来说，把你交给警察毫不费力，过条街我就能举报你。然后我的生活又会恢复正常，就是这样。"

"那我的生活呢？"

"那不是我的问题。我不可能解决掉这世上的所有麻烦吧。"

"哪怕牺牲掉我的生命？"

"听着，无论我怎么做，该发生的总会发生。这里不是尼日利亚，他们会来抓你的，我保证他们一定会来，最终会把你们都抓回去。"

"你可以把我藏起来。"

"是啊，没错，就像把安妮·弗兰克藏到阁楼上一样。瞧瞧她的下场。"

"安妮·弗兰克是谁？"

劳伦斯闭上眼睛，双手放到脖子后面，长叹一声。

"另一个姑娘，同样也不是我该操心的事。"他说。

这话叫我怒火中烧，烧得连我的眼球也跟着疼起来。砰的一声，我把手拍在桌子上，吓得劳伦斯瞪大了双眼。

"如果你向警察举报我，莎拉会恨你的。"

"莎拉不会知道的。我知道移民局的人怎么工作，他们会在晚上来找你。你连告诉莎拉的时间都没有，你一个字都没法说。"

我站起身："我会想法子的。我会想法子告诉她，你都干了些什么。我也会找个法子告诉琳达。我会毁掉你的生活，劳伦斯，包括家庭生活和隐秘的生活。"

劳伦斯露出惊讶的神情，他站了起来，在厨房里来回踱步。他双手捋着头发说道："是，你的确会这么干。"

"我会。不要以为我会原谅你。劳伦斯，我一定会伤害你。"

劳伦斯望着窗外的花园。"天啊。"他说。

我等待着。过了很长一段时间，他说："有意思。我一夜没睡，都在想你这件事。我盘算着怎么做对莎拉好，对我也好。我真的没有盘算你会怎么做。我应该猜到的，我只是以为你没有这么聪明。莎拉谈起你的时候我还在想，不管怎么说，我不了解……你这样的人。"

"我在你们国家待了两年，我学会了你们的语言，知道你们的规矩。现在的我早就不是原来的我，现在的我更像你们。"

劳伦斯又发出一声嗤笑。"我并不觉得你像我。"他说。

他坐回餐桌旁，双手撑着脑袋。"我是个蠢货。"他说，"我是个窝囊废，你让我的处境更艰难了。"

然后他抬头看着我，问道："你不会告诉琳达的，是吗？"他的眼中写满疲惫。

我叹了口气，坐到他对面，说："我们应该成为朋友的，劳伦斯。"

"怎么可能呢？"

"我们，你和我，没有你想的那样不同。"

劳伦斯大笑起来："我刚才还坦白地告诉你，如果可以，我会把你推进火坑。你是个勇敢的难民姑娘，我是个自私的浑蛋。我想我们的角色定位已经很清晰了，不是吗？"

我摇摇头："我也很自私，你知道的。"

"不，你并不自私。"

"现在，你觉得我是个可爱的小姑娘是吗？但是在你的脑子里，我仍然是不存在的对吗？你从未想过我会像白人一样聪明，也没想过我会像白人一样自私。"

我气得大喊大叫，而劳伦斯只是面带微笑地看着我。

"自私！你？拿走了罐子里的最后一块饼干吗？还是没把莎拉的牙膏盖盖上？"

"因为我，莎拉的丈夫吊死了自己。"

劳伦斯盯着我问："什么？"

我喝了一大口茶，但是茶已经冷掉了，我把杯子放回桌子上。厨房里的阳光也暗淡了许多。我看着光亮从所有物品上渐渐退去，感受到刺人的凉意向我袭来，所有的愤怒都离我而去。

"劳伦斯？"

"什么？"

"或许，我还是去别的地方比较好。对莎拉、查理还有你来说，也许我不在这儿更好。我逃走就行了，我很能跑的，劳伦斯。"

"闭嘴。"劳伦斯一把抓住我的手腕，轻声说道。

"松开！你弄疼我了！"

"那告诉我，你都干了些什么。"

"我不想告诉你，现在我吓坏了。"

"我也一样，快说。"

我把着桌子的边缘，因为害怕，大口喘着粗气："莎拉说过，我出现在安德鲁葬礼那天有些奇怪。"

"怎么说？"

"那不是个巧合。"

劳伦斯松开我的胳膊，他迅速站起身，双手放在脖子后面。他走到厨房的窗户旁边，望着窗外的风景好大一会儿。接着，他转身面向我，小声问道："发生什么事了？"

"我不想告诉你。我不该说的，我太生气了。"

"告诉我。"

我低头看着手背，发现其实我是想把这件事说出来的，我知道我永远没法告诉莎拉。我抬头看着他，说道："离开移民羁押中心的那天早上，我给安德鲁打了个电话，我告诉他我会来找他。"

"就这样？"

"然后我从羁押中心一路走到这里，走了两天。然后藏在花园里。"我指向窗外。"藏在那儿，"我说，"就在灌木后面，那只猫待的地方。后来我一直在等，我也不知道我想干什么。我想对莎拉说谢谢，也想惩罚安德鲁，因为他我姐姐才死的。我不知道该做哪件事，所以我一直在等。我等了两天两夜，什么都没有吃。天黑的时候我才出来，吃鸟类投食器里的种子，喝房子外面水龙头里的水。白天，我透过窗户观察屋子里面的情况。我看到安德鲁和莎拉、查理说话，他的态度非常恶劣，动不动就发火。他不陪查理玩儿，莎拉说话的时候，他就耸耸肩或者冲她大喊大叫。但他一个人待着的时候，并不会耸肩，也不会叫嚷，只是站在花园的尽头自言自语，要么用拳头疯狂捶打自己的脑袋，像这样，要么痛哭流涕。有时他还会跪在花园里，哭上一小时。我才发觉，他是个彻头彻尾的坏人。"

"他有临床抑郁症，所以莎拉的日子并不好过。"

"对他来说也是一样，我观察了他很长时间。有一次，他哭泣的时候我看得太入神了，忘了隐藏自己，结果他一抬眼就看到了我。我心想：完了小蜜蜂，被安德鲁看到了。但是安德鲁没有走过来，他盯着我说：'哦，上帝，你不是真实的。你不在那儿，赶紧从我的脑袋里滚出去。'接着他紧闭双眼，使劲揉着眼睛，我趁机躲回灌木丛后。等他再睁开眼的时候，他没看到我，就又开始自顾自地说话。"

"他以为出现错觉了？可怜的浑蛋。"

"是的，但一开始我并不同情他，后来也觉得他可怜。第三天的时候，他又来到花园里，那时莎拉在上班，查理在幼儿园。我想，他应该是喝多了。他说话慢吞吞的，不清不楚。"

"可能是药物作用吧。"劳伦斯说。他正盯着我，目光如炬，脸色惨白。"接着说。"他说。

"那时还是清晨，安德鲁开始咆哮。他说：'出来，出来，你想干什么？'我什么都没说。'拜托，'他说，'我知道，你是鬼。你要我怎么做你才肯离开？'我从月桂树灌木丛后面走出来，他后退一步。'我不是鬼。'我说。他开始敲打自己的脑袋：'你不是真的，你只是我幻想出来的，你不在那儿。'他闭上眼睛，摇着头。他闭上眼的时候，我走到他跟前，走到他一伸手就能碰到的地方。他睁开眼，看到我离他那么近，大叫一声就朝屋内跑去。我有些抱歉，于是跟了进去。'请听我说，'我开口道，'我不是鬼，我来这儿是因为我不认识别的人。'他说：'碰碰我，证明你不是鬼。'我走近他，把手放在他的手上。他碰到我的手，闭上眼睛。过了很久，他又睁开双眼，走向楼梯。我跟着他走到楼梯前，他走上楼梯，冲我喊道：'出去！出去！'接着他跑进工作室，也就是他的书房，关上了门。我站在门口大喊道：'不要怕！我是人！'接着是漫长的寂静，最后我只好离开。"

劳伦斯的双手在哆嗦，他杯子里的茶水跟着颤抖，水面泛起涟漪。

"没过多大会儿，我就又返回去了。安德鲁正站在屋子中间的凳子上，他把电线的一头系到天花板的横梁上，另一头系到自己的脖子上。他看着我，我也看着他。他轻声开口道：'那是很久之前的事了，不是吗？在很遥远的地方。为什么不待在那儿？'我说：'对不起，待在那儿并不安全。'他说：'我知道你死在那儿了，我知道你只是我幻想出来的。'他看了我许久，布满血丝的双眼泛着光亮。我朝他走去，他却突然大喊道：'你再走一步，我就把凳子踢翻！'我只好停下。我说：'你这是干什么？'他用极其镇静的声音回答道：'因为我知道自己是什么样的人。'我说：'可你是个好人，安德鲁。你关心这个世界。我学英语的时候，看到你在《泰晤士报》上写的文章。'安德鲁摇摇头说：'文字算不了什么。我就是你在海滩边见过的那种人。他只知道在哪里打逗号，却不敢切掉手指头救你。'我冲他笑了笑说：'没关系的。听着，我在这里，我还活着。'他想了良久，说道：'那个和你在一起的姑娘呢？'我说：'她很好。她只是没和我一起过来。'他直视着我的双眼，看了又看，直到我没法和他对视，不得不低头看着地板。接着他说：'你撒谎。'然后他闭上眼睛，踢掉了凳子。他喉咙里发出的声音就和我姐姐被害时发出的声音一样。"

劳伦斯紧紧地抓着料理台面。

"哦，上帝！"他说。

"我想去救他的，可他太重了，我没法把他抬起来。我一直在使劲，直到精疲力竭我都没办法。后来我哭了，还是没法把他从绳子上救下来。我把凳子推到他脚底下，却被他一脚踢开。折腾了好长一段时间后，他停止挣扎，但他还活着。我能看到他的眼睛一直盯着我，他的身体在绳子上打着转，转得很慢，每当他转向我这边的时候，他就瞪着眼睛盯着我，一直转到我们看不到的地方。他的眼睛鼓了出来，脸色变成酱紫色，他仍然瞪着我。我想帮他，我想叫邻居来帮忙，去叫救护车。我跑下楼梯去找人帮忙，可我转念又一想，如果我叫人来帮忙，那政府就会知道我在哪儿。如果他们知道我在哪儿，就会把我遣送回国，或者更糟。而且，劳伦斯，他们把我们从羁押中心放出来之后，有一个和我一起的姑娘也自杀了。我逃了出来，但警察一定知道我之前到过那里。两起上吊自杀事件，警察会怀疑我的。他们肯定会认为我脱不了干系，我不能让他们找到我。所以我跑出安德鲁的书房，双手撑着头，思索着接下来该怎么办，该不该牺牲我自己去救安德鲁。一开始我想的是我当然得救他，不管付出什么代价，那都是一条人命。后来我又想，我要救我自己，我的命也是人命。所以我就站着想了五分钟，后来意识到已经来不及了，我只能救我自己。接着我跑到冰箱那边找东西吃，因为我实在太饿了。后来我又跑到花园另一头藏着，直到葬礼那天我才出来。"

我两手开始哆嗦。劳伦斯深吸一口气，他的手也开始哆嗦。

"哦，上帝啊，这件事非同小可。"劳伦斯说，"是非常、非常严重。"

"你现在明白了吗？明白为什么我要帮莎拉？为什么要帮查理？劳伦斯，我做了错误的选择，我没有救安德鲁，现在我所做的一切都是为了赎罪。"

劳伦斯在厨房里徘徊，他紧紧揪着睡衣，手指用力地绞着衣服。他停下脚步，看着我。

"莎拉知道吗？"

我摇摇头。

"我不敢告诉她。我想，如果我告诉她，她肯定会让我离开的，那我就没法再帮她，没法弥补我犯下的过错。如果不能弥补，那我也不知道该怎么办才好。我不能再逃走，也无处可去。我知道自己是什么样的人了，我也不喜欢自己。我和安德鲁、和你是一样的人。我想拯救我自己。拜托你，告诉我，怎么样才能逃避这一切？"

劳伦斯注视着我。

"你这是犯罪。"他说，"现在我只能去警察局告发你。"

我急得哭起来："求求你，别去警察局。他们会把我带走的，我想留下来帮莎拉，你不想帮莎拉吗？"

"我爱莎拉，但是别跟我提怎么帮她。你真的以为你来这儿对她有帮助吗？"

我抽泣着说道："求你了，别说了。"

眼泪顺着我的脸颊滑落，劳伦斯的手砰地砸在桌子上。

"该死！"劳伦斯大喊道。

"对不起，劳伦斯，我很抱歉。"

劳伦斯把手掌拍在额头上。

"你真是个浑蛋。"他说，"我不能去警察局，是吗？我不能让莎拉知道这事。她现在已经够忙的了，如果她知道安德鲁死的时候你在旁边，她会崩溃的。我和她也没可能了，肯定会这样。琳达也会知道我去警局的事，因为报纸上肯定会铺天盖地地报道。然而我连想都不愿意去想以后该怎么办。我和莎拉，我知道，她却被蒙在鼓里。还有警察！如果我不告诉警察，那我就和你一样有罪。要是东窗事发，要是他们发现我什么都知道！我还是死者妻子的情夫，该死！我是有动机的。我可能进监狱。如果我不立刻打电话报警，那我会因为你去坐牢，小蜜蜂。你明白吗？我可能因为你去坐牢，而我竟然连你的真名都不知道！"

我把双手放到劳伦斯的手上，抬头望着他的脸。我看不清他的脸，逆光和模糊的泪水遮挡了我的视线。

"求求你，我必须留下。我要弥补我犯下的过错。求求你，劳伦斯。我不会把你和莎拉的事泄露给任何人，你也不要告发我。我请求你救救我，求你救救我。"

劳伦斯试着把双手抽走，却被我紧紧地抓住。我把额头抵在他的手臂上。

"求求你了。"我说，"我们可以做朋友的，我们可以拯救彼此。"

"哦，上帝。"他小声说道，"我宁可你什么都没告诉我。"

"你让我告诉你的，劳伦斯。对不起，我知道我的请求很过分，我知道让你瞒着莎拉对你来说也是一种伤害。这就像要求你为我切掉手指一样。"

劳伦斯把手从我的手中抽走，放在离我很远的地方。我坐在桌边，双眼紧闭，我感到抵在他手臂上的额头微微发痒。厨房里寂静无声，我在等待。我也不清楚我在等什么。我等到眼泪流干，等到恐惧从我的身体抽离出去，只剩下纯粹的痛苦和胀痛的眼球。我什么都没想，只是安静地等待着。

接着，我感到劳伦斯把手放到了我的脸颊上。他捧起我的脸，我不知道我是该推开他，还是应该把手放在他的手上，我们就以这样的姿势保持了一段时间。劳伦斯的手在颤抖，他把我的脸捧到他的脸前，让我看着他的眼睛。

"我真希望我能让你消失。"他说，"可我只是个普通人，普通的公务员。我不会向警察告发你，只要你保持沉默。但如果你胆敢告诉任何人我和莎拉的事情，如果你敢告诉别人安德鲁的事，我会让你坐上飞机回到尼日利亚，我发誓。"

我长长地舒了一口气。

"谢谢你。"我轻声说。

楼上传来莎拉的声音："谁说你可以看电视的，蝙蝠侠？"

劳伦斯把手从我脸上拿开，转身去泡茶。莎拉走进厨房，她打着哈欠，因为阳光的直射，眯缝起眼睛。查理牵着他母亲的手，也跟着走了进来。

"我还是跟你们讲一下规矩吧。"她说，"既然你们俩都是新来的。超级英雄，尤其是暗夜骑士，是不允许他们在早饭前看电视的。对不对，蝙蝠侠？"

查理冲她咧嘴笑起来，摇了摇头。

"这就对了。"莎拉说，"是要蝙蝠侠麦片还是蝙蝠侠面包片呢？"

"蝙蝠侠面包片。"查理说。

莎拉走到面包机前，放了两片面包进去。劳伦斯和我都注视着她。

莎拉转过身来，问道："都还好吗？"然后她看着我说："你哭了？"

"没什么。"我说，"我经常在早上哭。"

莎拉冲劳伦斯皱起眉头："我希望你照顾好她的。"

"当然。"劳伦斯说，"小蜜蜂和我正逐渐地了解彼此。"

莎拉点点头，说："那就好。因为我们必须得这么做，你们两个，都明白的吧？"

她分别看了我们一眼，接着又打了个哈欠，伸伸懒腰，说道："新的开始。"

我扭头看向劳伦斯，他也正看着我。

"现在，"莎拉开口道，"我要送查理去幼儿园，然后咱们追查一下小蜜蜂的文件。我们得先给你找个律师，我倒认识一位，有时候和我们杂志有合作。"

莎拉笑起来，朝劳伦斯走过去。

"至于你嘛，"她说，"我得找个时间好好谢谢你，大老远地从伯明翰赶过来。"

她抬起手去摸劳伦斯的脸，但我想她应该记得查理还在这里，所以她最终只是用手掸了掸他的肩头。我走到另一间屋子，去看关掉声音的电视新闻。

新闻播报员长得很像我姐姐。我心里藏着许多话想要倾诉。但是在你们的国家，是不可能和播音员对话的。

十分之一的拯救

我清楚地记得我和英国融为一体的那一天，它的轮廓和我身体的曲线相互契合，它的喜好成了我的喜好。那时我还是个小姑娘，经常穿着棉布裙、骑着自行车在萨里郡的乡间小路上穿行，穿过那开满红色罂粟花的田野，沿着冷不防冒出的低洼处，穿到某个树木繁茂的所在。在那里，有一条小溪从燧石和砖块建成的桥下流过。每每要停下时，刹车总会发出刺耳的声响，非常扫兴地破坏了那一刻的宁静。我把自行车扔到长满峨参和野薄荷、散发着野草香味的草垛上，然后顺着延伸入水的河岸滑入清凉见底的溪水之中。我的凉鞋碰到了河床，踢起一个棕色的水泡，那水泡腾地升到水面。小溪中的米诺鱼急速游到桥下幽暗的水洼里。我把脸埋进溪水中，恣意地享受着冰凉畅快的溪水。接着，我抬起头，看见了一只狐狸。它正在另一侧的河岸上晒太阳，此刻，它通过羽毛状的大麦丛观察着我。我也注视着它，它琥珀色的瞳孔深深地吸引了我的注意力。就是那一刻，我意识到，我和这个国家融为一体了。我在大麦丛旁发现了一片柔软的草地，上面开着矢车菊。我在草地上躺了下来，把脸凑到湿润的、散发着泥土清香的草根处，听着夏日里苍蝇发出的嗡嗡声响。那一刻，我哭了，尽管连我自己都说不清为什么。

劳伦斯留下来过夜的第二天一早，我送查理去了幼儿园，然后回了家，看看有什么能帮上小蜜蜂的。她正在楼上看电视，电视仍旧是静音状态。她看上去很难过。

"怎么了？"我问道。

小蜜蜂耸耸肩。

"和劳伦斯相处得还好吗？"

她看向别处。

"那出什么事了吗？"

她没有任何反应。

"大概你是想家了吧。我知道的，换成是我，我也想家。你想念尼日利亚吗？"

她转过头看着我，表情异常严肃。

"莎拉，"她说，"我不觉得我离开了我的祖国，我觉得它和我一起来到了英国。"

她又转过头去看电视。我想，没关系的，她还有足够的时间来调整自己。

劳伦斯洗澡的时候，我收拾好厨房，给自己煮了杯咖啡。然后我发现，这是自安德鲁死后，我第一次从橱柜里只拿出了一只杯子，而不是本能地拿出两个。我搅着杯中的牛奶，勺子碰在瓷器上，发出叮叮当当的声响。我发觉，那些身为安德鲁妻子才会显露的习惯正在慢慢消失。我想，这太奇怪了。我笑起来，发现自己还能打起精神，去杂志社露个面。

平时上班的地铁里总是充斥着条纹西装和笔记本电脑包。但现在是早上十点半，车厢里的乘客寥寥无几。对面的男孩正盯着车顶天花板，他穿着英格兰衬衫和蓝色牛仔裤，上面还沾着白色的石膏灰。他前臂内侧文着几个哥特文字"这是英雄存在的时代"。我盯着那个文身——瞧着那傲慢的态度，瞧着那糟糕的语法。我盯他看的时候，他也在看着我，琥珀色的眼睛非常平静，连眨都不眨一下。我有些不好意思，赶忙去看车窗外飞驰而过的半独立式住宅的花园。

地铁在滑铁卢站停了下来，我有种时空交错的感觉。列车轨道和金属车轮相撞，发出刺耳的摩擦声。我觉得自己回到了八岁的时候，我和杂志社，就在这笔直延伸的轨道上交汇。我就要到达目的地，我必须迈出车厢，回到成人的世界继续工作。地铁停下的时候，我本打算转身对那个长着琥珀色眸子的男孩说句话，但是他已经离开座位起身下车，消失在树荫下的大麦田里了。

十一点半的时候我到达编辑部。办公室里非常安静，所有的姑娘都盯着我看。我笑了笑，拍拍手。

"好了，各位，赶紧工作吧！"我说，"当无数的十八岁到三十五岁的都市丽人失去生活目标的时候，我们也会那样。不过，不是现在。"

开放式办公室的另一头，克拉丽莎正坐在我办公桌后面。我走过去的时候，她站起身，走到桌前，嘴上涂着紫红色的唇釉。她伸出双臂拥抱我。

"哦，莎拉。"她说，"可怜的家伙，你还好吗？"

她今天穿了一件紫红色的衬衫连衣裙，腰上系着一条光滑的黑色鱼皮腰带，脚上穿着黑色亮面及膝长靴。可我穿的还是送查理去幼儿园时穿的牛仔裤。

"我很好。"我说。

克拉丽莎上上下下地打量着我，皱起眉头。

"真的没事？"她问。

"真的。"

"哦，好吧，那挺好的。"

我看了眼我的办公桌，克拉丽莎的电脑就摆在桌子中间，旁边是她的凯里手袋，我的文件已经被远远地搁置在一旁。

"我们没想到你会来。"克拉丽莎说，"你不介意我坐在你的位子上吧，亲爱的？"

我注意到她的黑莓手机正插在我的充电器上充电。

"不。"我说，"当然不介意。"

"我们以为你会希望看到我们开始做七月刊了呢。"

我知道，办公室里所有的眼睛都在盯着我俩。我笑了笑。

"是啊，太棒了。"我说，"真的。所以现在做到哪儿了？"

"这个月的月刊吗？要不要先坐下来看看？我去给你倒杯咖啡，你一定不好受。"

"我丈夫走了，克拉丽莎。但是我还活着，我还有个儿子要养，还有房贷要还。所以我只想赶紧回来上班。"

克拉丽莎后退一步。

"好的。"她说，"我们找到了许多不错的素材。现在是船赛季，所以我们当然得做一期划船比赛时如何打扮的杂志，这是个不错的话题，还可以刊登一些帅哥选手的照片。时尚版面上，我们在策划一个叫'男朋友负分滚开'的主题——你明白吧？就是手拿皮鞭的女性朝着身着杜克·布朗男装的男性大喊大叫。至于'真实生活'这一块，现在有两种方案。写一篇《美女和预算》的文章，写的是一个女人有两个丑女儿，她只有给其中一个做整容手术的钱。嗯——是的，我知道——或者——我比较喜欢另一篇叫《激情战栗》，我跟你说，这才叫人大开眼界呢。我是说，上帝啊，莎拉，现在你能在网上买到情趣玩具，它们能解决一些连我都不曾想到的需求。愿上帝拯救我们。"

我闭上眼睛，听着荧光灯的嗡鸣声、传真机的哔哔声以及女编辑们和时装店的人沟通的声音。突然间，一切变得那么荒唐，就像在非洲战场上穿了一件短小的绿色比基尼一样。我缓缓地舒了一口气，睁开眼睛。

"你想选哪一篇？"克拉丽莎问我，"是美容难题还是欲求不满？"

我走到窗边，额头抵在玻璃窗上。

"拜托你别这样，莎拉。你每次一这样，我就很紧张。"

"我在考虑。"

"我知道，亲爱的，所以我才会紧张，因为我知道你在想什么。每个月我们都要为这个争吵。但是我们总要刊登大众喜闻乐见的东西吧。你知道我们必须这么做。"

我耸耸肩："我儿子一直相信，一旦脱掉他的蝙蝠装，他就会失去所有超能力。"

"那你的意思是？"

"我们可能上当受骗了，可能我们的观念都是错误的。"

"你认为我错了？"

"我不知道该怎么权衡，克拉。我是说，杂志的事。突然这一切，有点不真实。"

"当然了，可怜的家伙。我到现在还不明白，你今天为什么要过来。还是早了点。"

我点点头："劳伦斯也是这么说的。"

"你应该听他的。"

"听了，有他我已经很幸运了，我真这么想。我不知道我还能做些什么。"

克拉丽莎走到窗边，站到我身旁。

"安德鲁离开后，你和他交流得多吗？"

"他现在就在我家。"我说，"昨晚他突然出现。"

"他留下过夜了？他结婚了，不是吗？"

"别这样。安德鲁走之前他就是有妇之夫。"

克拉丽莎打了个激灵："我知道哦，只是有点诡异，就这样。"

克拉丽莎吹了吹遮在眼前的一缕头发，继续说道："太突然了，我是这个意思。"

"好吧，如果你一定要知道的话，不是我让他来的。"

"这样的话，那我还是用之前那个词吧，诡异。"

现在，我们来并排站着，额头都抵在玻璃上。

"其实，我是来这儿工作的。"过了一会儿，我说道。

"好吧。"

"我想我们还是回顾一下杂志创立之初，我们用的那些文章吧。就这一次，在'真实生活'的专栏里放些真实生活的题材，我要说的就是这一点。这次，我不会再让你说服我了。"

"那是什么呢？什么样的专题呢？"

"我想，可以做一篇英国难民的专题。别担心，我们可以按照杂志的风格来做。如果你喜欢，我们可以写女性难民。"

克拉丽莎转了转眼珠。

"你的语气告诉我，你不是要写用情趣用品的女性难民吧？"

我笑起来。

"我要说不呢？"克拉丽莎说。

"我不知道。按程序来讲，我想，我可以解雇你。"

克拉丽莎思索了片刻。

"为什么是难民呢？"她说，"你是还在为六月刊没有刊登巴格达妇女的文章而生气吗？"

"我只是觉得，这个问题永远都值得讨论，不管是五月、六月还是任何时候。"

"好吧。"克拉丽莎说，"你真的要解雇我吗，亲爱的？"

"我不知道。那你真的会说不吗？"

"我不知道。"

我们站了很长一段时间。楼下的街上，一个看上去像意大利人的男孩正骑着自行车经过，约莫二十五岁，光着上半身，穿着白色的尼龙短裤。

"五分赞同。"克拉丽莎说。

"十分满分？"

"五分满分，亲爱的。"

我哈哈大笑起来："克拉，有时我真想调换一下你我的生活。"

克拉丽莎转身面向我。我注意到玻璃窗户上有她额头留下的淡淡的粉底印，看上去，就像是史匹特菲尔德教堂淡黄色尖顶上飘浮着的肉色的云朵。

"哦，莎拉。"克拉丽莎说，"我们都跑题跑得太远了，这让我们都有些不开心。你是我上司，我当然听你的安排，写难民的专题，如果你希望如此的话。可你要知道，读者只会瞟一眼，文章写出来也不会影响任何人的生活，问题就在这儿。"

我感到一阵眩晕，从窗户边后退了一步。

"你找个切入点就好了。"站不稳的我开口说道。

克拉丽莎看着我，说："莎拉，你刚刚失去亲人，没法正确地思考问题。你还没做好回来上班的准备。"

"你想取代我，对不对，克拉？"

一听这话，她脸都红了。"这不像你说的话。"她说。

我坐在桌子边，拇指揉着太阳穴。

"对，是不像我说的话。上帝，我很抱歉。不管怎么说，也许你应该接管我的工作。我现在没什么灵感，这是真的。我的观点再没有从前独到了。"

克拉丽莎叹了口气："我不想取代你，莎拉。"

她冲着编辑部办公室的方向挥了挥长长的指甲。

"她们才想取代你，也许你应该晋升，让她们中的某一个来坐你现在的位子。"

"你觉得她们能胜任吗？"

"我们在她这个年纪的时候，能胜任现在的工作吗？"

"我不知道。我只知道我曾经是多么想得到这个职位，现在想起来真是太可怕了。那个时候我以为自己能掌控世界，我真的是这么想的。能让现实的生活问题变得性感，富有挑战，还记得吗？克拉，你还记得我们杂志为什么取名叫《女妖》吗？老天，因为我们想把性编进杂志，想让这个话题出现在杂志上。我们不需要任何人来教我们该怎么办一本好杂志，应该是我们指导别人，记得吗？还记得我们的初心吗？"

"我们的初心，莎拉，就是得到我们所追求的东西。"

我笑了，坐在办公桌前，浏览着克拉丽莎电脑屏幕上编排好的版面。

"做得真不错。"我说。

"当然不错了，亲爱的。过去的十年里，我每个月都在做同样的话题，我闭着眼睛都能写出整容和情趣玩具的文章。"

我靠在椅背上，闭起眼睛，克拉丽莎把手搭在我的肩上。

"莎拉，能认真聊聊吗？"

"什么？"

"给自己一天的时间，关于难民的文章，好好想想，好吗？这些日子你的状态不对，发生了太多事。明天放个假，想清楚是不是真的想写，如果你确定的话，那当然，我会写好。但如果你并不确定，那就别拿咱们的事业冒险。好吗，亲爱的？"

我睁开双眼。"好吧，"我说，"我会休息一天。"

克拉丽莎松了口气："谢谢你，大美人儿，咱们做得还是不错的。实话实说，没人因为咱们写得时尚而吐血身亡。"

我望着外面的编辑部，部里的姑娘们都在看着我，眼里满是激动、兴奋和蠢蠢欲动的神情。

我乘坐另一辆人数较少的地铁回了金斯顿，下午两点左右到了家。那天气温很高，雾气朦胧，没有一丝微风拂过，停滞的空气中凝结着令人压抑的沉闷，应该下一场大雨冲淡这样的燥热。

我到家的时候，劳伦斯正待在厨房里。我开始烧水。

"小蜜蜂呢？"

"在花园里。"

我看向窗外，发现她正躺在花园另一头月桂树灌木丛旁边的草地上。

"你和她相处得还好吧？"

他耸耸肩。

"怎么了？你们俩真的相处不来，是吗？"

"不是那样的。"劳伦斯说。

"但气氛还是有些紧张，不是吗？我能感觉得到。"

我发现自己把茶袋弄破了，只好把马克杯里的水倒进水槽里，再泡一杯茶。

劳伦斯站在我身后，用手圈住我的腰。

"是你看上去太紧张了。"他说，"工作上的事？"

我把头靠在他的肩膀上，叹了口气。"工作太糟糕了。"我说，"我就在办公室待了四十分钟，我在想是不是该辞职。"

他也叹了口气，呼出来的气息拂过我的后脖颈。"我知道。"他说，"我知道会出现这种情况。"

我看向窗外的小蜜蜂，她躺在草地上，凝视着灰蒙蒙的天空。

"你记得在她那么大的时候，或者像查理那么大的时候，你是什么感觉吗？你还记得曾经自以为能做些实事，让世界变得更美好吗？"

"你问错人了，忘了吗，我为中央政府工作。'做些实事'是我们在培训过程中必须避免的。"

"别开玩笑，劳伦斯，我是认真的。"

"我有没有想过改变世界？你是不是想这么问？"

"对。"

"可能有过一点吧。刚刚当上公务员的时候，我想我还是比较理想主义的。"

"什么时候发生了改变呢？"

"当我发现我们改变不了世界。如果涉及电脑系统，那我们就是没法改变世界。大概是在第一天上班的午餐时间，我意识到这一点。"

我笑起来，嘴唇凑近他的耳边说："可你改变了我的世界。"

劳伦斯咽了一下口水。"是啊，"他说，"我想我确实改变了。"

身后的制冰机又制好了一块冰。我们在厨房里站了半晌，一直看着小蜜蜂。

"看看她，"我说，"我好怕。你真的觉得我能救她吗？"

劳伦斯耸耸肩："或许你可以，但不要用错方式。不过，就算救了她又能怎么样呢？救了她，也救不了她身后那个世界。一大群小蜜蜂会跑到你这里来要你收养。"

"或者来传授花粉。"我说。

"我觉得这个想法有些天真。"劳伦斯说。

"我想，多半我的专题编辑跟你一个想法。"

劳伦斯按摩着我的肩膀，我闭上双眼。

"什么事让你这么烦恼？"劳伦斯问。

"我好像没法让我的杂志独树一帜了。"我说，"但'独树一帜'是我创刊的初心，也是杂志本身的优势。它不该是一个普通的时尚杂志。"

"那是有什么阻碍呢？"

"每次放一些有深度、有意义的文章时，发行量就会下降。"

"现在大家的生活都不好过，你应该明白，人们不想被提醒——其他人的生活也是一团糟。"

"我明白。也许安德鲁是正确的。也许我该长大了，找一份适合成年人的工作。"

劳伦斯紧紧地搂着我。

"也许你应该休息一段时间，好好享受你拥有的一切。"

我看向花园。天空更加灰暗，看来不久就会有一场大雨。

"小蜜蜂改变了我，劳伦斯。看着她我就会想到自己的生活是多么浅陋。"

"莎拉，你说得毫无道理。每天我们都能在电视上看到这个世界的问题。别跟我说这是第一次发现，那些问题是真实存在的。别跟我说如果那些人可以和你交换生活，他们也不会远离。他们的生活就是一团糟，但也要把你的生活弄得一团糟吗？你这样也帮不了他们。"

"好吧。现在的我没有帮到他们，不是吗？"

"难道你还要做更多的事吗？你已经切掉了一根手指，救了那个姑娘。现在你还收留她。给她吃，让她住，还给她找律师……没有一样是便宜的。你的薪水丰厚，你在用自己的钱去帮她。"

"十分之一，我给她的只有十分之一。十个手指中的一根，一百英镑中的十英镑。十分之一，不算是全心全意地投入。"

"你得换个角度看这个事。十分之一是做生意的成本。十分之一能买来一个能让你继续生活的安稳世界。在这里，在西方是安全的。你要这么思考。如果人人都给予十分之一，那我们就不用提供难民营了。"

"你还是想让我赶她走，是吗？"

劳伦斯把我转过去，让我看着他。他的眼睛里似乎藏着惶恐，那一刻，因为我并不知晓的原因，这样的惶恐让我有些烦恼。

"不。"他说，"绝对不是这样。你可以收留她，可以照顾她。但是，拜托你，不要脱离自己的生活。我太在乎这一点了，我太在乎我们俩了。"

"哦，我不知道，我真的不知道。"我叹了口气。"我想念安德鲁。"我说。

劳伦斯拿开环在我腰间的手，后退了一步。

"哦，别这样。"我说，"不是你想的那样。我是说，他擅长应付日常琐事。他从不废话，你知道吗？他只会说'别犯傻了，莎拉。你当然不能辞职'。我不喜欢他说话的态度，但我还是会继续工作，然后事实证明他是正确的，就这一点而言还真是让人不舒服。但我还是想念他，劳伦斯。真是好笑，我会这么怀念他。"

劳伦斯靠到对面的柜子，看着我。"那你想让我怎么样呢？"他说，"你想让我也像安德鲁那样目中无人吗？"

我笑了。"哎，到这儿来。"我说。我抱着他，嗅着他肌肤散发出来的干净柔和的味道。

"我又变得不可理喻了，是吗？"

"你丈夫刚刚过世，你是需要一段时间才能恢复正常。你能审视自己的生活，这很好，真的很好。但我觉得你不应该着急做决定，知道吗？要是六个月后你还是想辞职，那就干脆利落地辞职。但是眼下，你的工作为你想要做的有意义的事情提供了资金援助。即使在不理想的状态下也是可以做善事的。上帝知道，我也应该知道。"

我眨眨眼，挤掉了眼泪。"那我们算是和好了？成长难道不是一件令人伤心的事吗？你像查理一般大的时候，觉得自己能够消灭所有坏蛋，拯救世界；接着，你开始长大，长到小蜜蜂那样的年纪，你发现你的内心世界也沾染上了外界的邪恶，或者说你也是那邪恶的一部分；然后，你仍然在成长，生活变得更加舒适，你开始怀疑内心世界的邪恶是否真的如你所想象的那般邪恶。最后，你得出十分之一的理论。"

"或许，这就是一个人的发展过程，莎拉。"

我叹了口气，看着窗外的小蜜蜂。"好吧。"我说，"也许这就是一个发展中的世界。"

未完成的书稿

关于工作，莎拉做了一项重大决定，她决定休息一天。早上，她对劳伦斯、查理还有我说："来吧，咱们去探险。"看到莎拉面露喜色，我由衷地感到开心。而且我也很兴奋，因为上一次探险已经是好多年前的事了。

什么是探险呢？这就要看你是从哪里出发了。你们国家的小女孩们，总是躲在洗衣机和冰箱之间的空隙中，幻想自己置身于丛林，周围都是绿色的蟒蛇和猴子。我和我的姐姐过去常常躲在森林之中，周围都是绿色的蟒蛇和猴子，那个时候我们幻想自己身处在洗衣机和冰箱的空隙之中。你们的世界里满是机器，所以会幻想出带着心脏跳动的生物。我们的想象中有机器，是因为我们看到了生机勃勃的存在是在哪里离开我们的。

我和妮可茹卡小的时候，常去村子附近的丛林中玩过家家，那里有一个我们的秘密据点。我们最后一次去探险时，妮可茹卡十岁，我只有八岁。那个时候，过家家的游戏对我们来说不再有吸引力，我们深知这一点，但是我们还是决定最后再做一次这样的梦，趁我们还没有从梦中醒来，让它永远烙印在记忆之中。

在午夜最静谧的时分，我和姐姐偷偷溜出村子。那是石油战争开始的前一年，姐姐开始冲着年纪大一些的男孩子微笑的前四年，那也是我们村子里最平静的一年。在房屋尽头的道路两旁，并没有哨兵站岗，所以走在路上，并没有人问我们要去哪里，但我们也没有马上离开村子。首先，我们得等村里的人都进入梦乡。那天等待的时间有些长，因为当晚是满月，皎洁的月光洒在金属房顶上，倒映在屋内我和姐姐的洗脸盆中。耀眼的月光搅得村里的老人和狗难以入眠，漫长的抱怨声和犬吠声沉寂之后，整个村子都安静下来。

妮可茹卡和我透过窗户观察着窗外的月色，直到月亮变得特别大，大到填满整个窗棂。我们还能看见月亮里那个男人的脸，他离我们那么近，我们都能看见他目光中流露出的疯癫。万物浸润在月光里，散发出明亮的光芒，让人觉得仿佛置身在白昼之中。那一夜不同于平日，让人越发感到困惑。就像多余的一天，像猫的第六个脚趾，也像你在曾经反复阅读中都没有发现任何蹊跷的书中突然发现了秘密的信息。月光洒在榄仁树上，洒在那辆破旧的标致车上，洒在那辆梅赛德斯上，反射出幽灵般的光亮。万物在黑暗中发出苍白微弱的亮光，就在这个时候，我和姐姐走入夜色之中。

丛林里的野兽和鸟儿都表现得很奇怪，猴子竟没有号叫，夜间觅食的鸟儿也异常安静。我们就在这样的寂静之中穿行。我没有开玩笑，当时就好像笼罩在月亮周围的银色云朵俯瞰着大地，轻声地呢喃道："嘘！"妮可茹卡看向我时，她的眼神中流露出兴奋和胆怯。我们手拉着手，在木薯地里走了一英里，来到了丛林边上。木薯地中一道道红色的小径在月光的照耀下，倒像是巨人的肋骨。到达丛林的时候，四周寂静无声，伸手不见五指。

我和姐姐都没有说话，只是往林子里面走，直到我们害怕了才停下。我们走了很久，小路变得越来越窄，树叶和树枝把我们围得严严实实的，到后来我们只得一前一后地行走。树枝渐渐堵塞了小路，我们不得不弯下身来。很快，我们就无路可走了。妮可茹卡说："这条路不对，我们得掉头。"我们转过身，却发现我们根本就没有站在小路上，因为我俩已经被各类植物夹在中间。我们往回走，在植物中穿行，但没过多久我们发现找不到来时的路了。我们迷路了。

丛林中漆黑一片，伸手不见五指，我们紧紧拉着对方的手，生怕走散。我们能听到野兽在灌木丛中活动的声音，当然了，这些野兽也都是体形较小的老鼠、地鼠或者丛林猪之类的。但是在暗夜之中，于我们来说，它们就是体形庞大的动物，和我们的恐惧一样不容忽视，像我们的恐惧一样不断增长。我们不想假装拥有冰箱或洗衣机，在这样的夜晚中，这些电器也帮不上我们的忙。

我开始哭泣，因为无尽的黑暗将我包裹，我想永远也等不到天亮了。但是妮可茹卡把我拉到她身边，摇晃着我说："别难过，妹妹。记得我的名字吗？"我抽抽搭搭地说："你叫妮可茹卡。"姐姐摸了摸我的头说："没错，是这样。我名字的寓意是'未来是光明的'。明白吗？如果不是这样的话，爸爸妈妈怎么会给我取这个名字呢？只要你和我待在一起，妹妹，黑暗就会过去。"我停止了抽泣，靠在姐姐的肩膀上睡着了。

破晓时分，我醒了，妮可茹卡还在熟睡。我很冷，林子里的鸟儿也都醒了，我们周围笼罩着微弱的光线，是一缕灰绿色的光线。身边都是低矮的蕨类植物和攀缘植物，露水从叶子上滑落。我站起身，向前走了几步，因为我觉得那个方向的光线更明亮。我推开低处的树枝，就在这时，我看见了它——一辆藏在灌木丛中的旧吉普。车的轮胎已经彻底腐烂，藤蔓和蕨类植物从车轮上方的拱形挡板中生长出来。黑色的塑料车椅早已残破不堪，生了锈的小弹簧从椅垫中蹦了出来，车门上长着菌类植物。吉普离我有些远，我不由得走近。

我看到丛林和吉普车长在了一起，分不清一个是在哪里结束，另一个又是从哪里开始——是丛林从吉普车里长出来，还是吉普车在丛林之中？吉普车里落脚的地方堆着经年累积的落叶，车上所有的金属都变成了和落叶、泥土一样的颜色。车的前座上有一具骷髅。一开始我并没有注意到它，因为那人穿的衣服和落叶的颜色一样。但他的衣服太破了，在清晨的阳光下，衣服下的白骨反射出了微光。看上去，好像这具白骨开车开累了，现在正躺在两张椅子上睡觉。他的头枕在仪表盘上，和其他骨头之间还有些距离。他正透过遮天蔽日的树林望着头顶那一小块明亮的天空。我知道这一点是因为头骨上摆着一副太阳眼镜，其中一个镜片反射着阳光。一只蜗牛爬过镜片，啃掉了上面的绿色霉菌和尘埃。正是蜗牛留下的行动轨迹闪闪发亮，镜片才能反射出天空的倒影。现在，蜗牛已经在眼镜腿上爬过了一半的路程。我凑上前去，发现太阳镜镶着金边。在映射天空的镜片的角落里，在那蜗牛爬过的地方印着两个字"雷朋"。我猜那是死者的名字。因为我还小，我的麻烦还没有到来，我并不理解为什么有人戴的眼镜上写的不是自己的姓名。

我站在车边，久久地凝视着"雷朋"的头盖骨，凝视着镜片反射出的我的脸。我看见自己置身于祖国的风景中：一个小姑娘，一缕晨光，还有高耸的深色树木。我盯着镜片看了很久，那头骨都没有转动。

我也没有动，我知道我会一直这么看下去。

几分钟后，我走回去找姐姐。树枝在我身后合拢。我不明白为什么吉普车会停在那里。我不知道三十年前，尼日利亚发生过一场战争。那场战争，那些道路，那些命令——这一切的一切把吉普车带到了人迹罕至的丛林深处。当时的我只有八岁，我以为吉普车像大树和蕨类植物一样，是从地里长出来的。我以为在我祖国的红色土壤上长出这样的事物就和长出木薯一样稀松平常。另外，我知道，我不愿让姐姐看到这一幕。

我按照来时的脚印走回姐姐身旁，她还没有睡醒。我碰了碰她的脸颊说："醒醒。天亮了，现在能找到回家的路了。"妮可茹卡冲我笑笑，坐起身，揉了揉惺忪的睡眼。"是吧。"她说，"我不是告诉过你黑暗会过去的吗。"

"还好吗？"莎拉问道。

我眨眨眼，看看厨房四周。从雪白的墙壁到餐桌，我看见丛林中的植物都缩回到房内最阴暗的角落中去了。

"你的心好像不在这里。"

"抱歉。"我说，"我还没彻底醒过来。"

莎拉笑了笑："我刚才说，一起去探险。"

查理抬头看着他母亲。

"我去哥特城吗？"他问。

莎拉笑了："应该说'我们要去哥特城吗'。不，蝙蝠侠，我们要去公园。"

查理一屁股坐到地板上："不想去公园。"

我俯身跪在他身边说："蝙蝠侠，公园里有很多树，地上还有很多枯树枝。"

"所以？"

"所以，我们可以用树枝搭一个哥特城。"

查理挠挠一只蝙蝠耳朵后面的皮肤，问："我能用蝙蝠吊车吗？"

"还有你的超能力。"

查理咧嘴笑起来。"我要去公园！现在！"他说。

"那走吧，我的小十字军战士。"莎拉说，"我们赶紧上蝙蝠汽车吧！"

劳伦斯和莎拉坐在前排，我和查理坐在后面。我们把车开进里士满公园的大门，朝着陡峭的小山行驶。狭窄的道路两旁的绿草在微风中微微晃动，小鹿纷纷抬起头望向我们。莎拉把车停进停车场内的一辆冰激凌车旁。

"不行，蝙蝠侠。"莎拉说，"你不用开口，就是不行。"

查理拉着莎拉的手和我们一起走着，边走边扭头去看冰激凌车。公园里人并不多，我们沿着一条土路走到一处被圈起来的名为"伊莎贝拉植物园"的地方。植物园里有一大片灌木丛，枝叶交错，意趣盎然。

"多可爱的杜鹃树！"莎拉说道。

杜鹃树光滑卷曲的树枝下是阴暗凉爽的树荫，但是露天处太阳还是很晒的。我们走到一处整洁的草坪旁，附近还有一片小湖，一群鸭子正在水面嬉戏。莎拉找了处树荫，铺开毯子。她找的那棵树的树皮已经剥落，露出红色的树干，树上还挂着一块标着树名的铜牌。植物园内没有风，湖面平静光滑，倒映着蓝天。湖水和天空都向外延伸出去，在远处交汇，隐约形成一条朦胧的直线。湖中有大鱼游动，不过它们并没有跃出水面。你只能看到它们在水下游过留下的旋涡。我看看莎拉，莎拉也回望着我，我们俩发现谁也笑不出来。

"抱歉。"她说，"让你想到那个海滩了，对吗？"

"没关系的。"我说，"只是水而已。"

我们坐在毯子上，树荫下面十分凉快、安静。草坪上还有许多家庭，都是来休闲娱乐的。其中一家人让我不禁多看了两眼。这一家有一位父亲、一位母亲还有一个小姑娘，父亲正在用一枚硬币逗女儿开心。他把硬币高高地抛到空中，我看到硬币在空中翻滚，阳光照耀着硬币和上面女王的脸——她的嘴唇微起，说着："上帝，我们要落下去了。"——硬币径直落回那位父亲的手中。那人攥起拳头，我看到他手上的肤色很深，比我的还要深。女儿笑起来，想要掰开父亲攥紧的手，她的肤色比她父亲的浅得多——就像查理跑来跑去捡来的枯树枝一样。母亲也笑起来，帮着女儿一起掰开父亲的手，她的肤色和莎拉的一样白。

我没法向村里的姑娘们解释这件事，因为她们是不会相信的。如果我告诉她们，在英国，黑人能和白人孕育生子，还能手挽手在公园中嬉笑玩闹，她们肯定会连连摇头，说："见过世面的小姐又在胡说八道了。"

可我环顾四周，发现还有其他类似的家庭。大多数都是白人家庭，但也有黑人家庭，他们和黑白结合的家庭数量一样多。看到这里，我笑了起来。我暗自想着：小蜜蜂啊，这里没有那些人。和这群幸福的人、这群肤色混杂的人待在一起，证明你也是其中之一。没人会怀念你，也没人会追杀你。那还有什么能阻止你进入这个多元包容的国家并成为其中的一分子呢？我想，小蜜蜂，也许你应该做这件事了。

查理过来拉我的手，表示想马上去上建哥特城。我便和他一起走到杜鹃树边，那里落满了光滑的浅色树枝。我们忙了许久才建起了高塔、桥梁、公路、铁路还有学校，后来，我们又为受伤的超级英雄和动物分别搭建了一所医院。查理说他的城市里一定要有这些设施。他干得非常投入。我对他说："你想不想脱下蝙蝠装呢？"查理摇摇头。

"我很担心你，你会热到虚脱的。脱下来吧，一直穿着不热吗？"

"热啊，但是如果脱下去，我就不再是蝙蝠侠了。"

"你想一直都当蝙蝠侠吗？"

查理点点头："想，因为如果不一直当蝙蝠侠，爸爸就会死。"

查理低头盯着地面。他手里紧紧握着一根树枝，因为握得太紧，我还能看到皮肤下面关节处白色的骨头。

"查理。"我说，"你觉得，因为你不是蝙蝠侠，所以爸爸才会死的，是吗？"

查理抬起头。透过他脸上的蝙蝠侠面具，我能看到他双眼噙满了泪水。

"我当时在幼儿园。"他说，"那群坏蛋害死我爸爸的时候，我在幼儿园。"

他的嘴唇颤抖着，我把他拉到了身边。抱着哭泣的查理，越过他的肩膀，我看到杜鹃花盘错在一起的根部，透过交错的间隙看见了里面阴冷黑暗的通道。我盯着那幽深的地方，眼中却又浮现出安德鲁吊在电线上慢慢转动着身体的样子，每次转到我面前时，他就直勾勾地盯着我。他的双眼就像那幽暗的通道，一眼望去，深不见底。

"听我说，查理。"我说，"你爸爸的离开不是因为你不在场，不是你的错。明白吗？你是个好孩子，查理。根本就不是你的错。"

查理从我的怀抱中挣脱出来，看着我，问道："我爸爸为什么会死？"

我开始思考这个问题。"坏蛋害了他，查理。但这些坏蛋不是蝙蝠侠能对付的，他们这种坏蛋藏在你父亲的心里。我也要在我的内心世界和一群坏蛋做斗争。那是一群藏在人心里的坏蛋。"

查理点点头："有很多吗？"

"很多什么？"

"很多心里的坏蛋？"

我看着那幽深的通道，打了个寒战。"我想人人心中都有那群坏蛋。"我说。

"我们能打败他们吗？"

我点点头："当然可以。"

"他们不会抓到我的，对吗？"

我笑起来："不会的，查理。我想他们永远不会找到你。"

"他们也不会找到你，对吗？"

我叹了口气："查理，公园里暂时没有坏蛋，我们是来放松的。也许你应该给自己放一天假，不再扮演蝙蝠侠。"

查理抬起树枝对准我，皱起眉毛，仿佛是敌人使的诡计。"蝙蝠侠永远都是蝙蝠侠。"他说。

我大笑起来。接着，我们继续搭建起枯枝做的房子。我从一堆枯枝中捡起一根长长的、淡黄色的树枝，查理把那堆树枝称为"多层蝙蝠侠停车场"。

"有时，我真希望自己也能休息一天，不用再当小蜜蜂。"我说。

查理抬头看着我，蝙蝠侠面具下面流出一滴汗。"为什么呢？"

"好吧，你看，扮演小蜜蜂是很辛苦的一件事。我要面对许多事情。他们把我关起来，我就要训练自己用特殊的方式思考，要把自己变强，学习你们的语言，还要模仿得惟妙惟肖。就连现在，我都要努力保持说话的腔调。因为从本质来说，你知道的，我就是个乡下姑娘。我真的很想做回乡下姑娘，做乡下姑娘做的事。我想朝着年龄大一些的男孩放声大笑或是微笑。我还想在月圆之夜干些傻事。而最主要的是，你知道的，我想用我的真名。"

查理手里的铲子停在半空中。"但小蜜蜂就是你的真名啊！"他说。

我摇摇头："嗯，小蜜蜂是我的超级英雄的名字。我也有真名，就像你原本叫查理一样。"

查理点点头。"你的真名是什么？"他说。

"你要是脱掉蝙蝠装，我就告诉你。"

查理皱起眉头。"我想一直穿着蝙蝠装。"他说。

我笑起来："好吧，蝙蝠侠。那就下次再说吧。"

查理开始在哥特城的郊区和树丛之间搭墙。"嗯……"他说。

过了一会儿，劳伦斯朝我们走来。"查理交给我吧。"他说，"你去和莎拉聊会儿好吗？看能不能让她理性一点。"

"怎么了？发生什么事了？"

劳伦斯无奈地两手一摊，向上吹了一口气，把额前的碎发吹了起来。"去瞧瞧她，好吗？"他说。

我走回树荫下的毯子旁。莎拉正坐在毯子上，双手抱膝。

"说实话，"她看着我说，"那男人真是个浑蛋。"

"你是说劳伦斯吗？"

"有的时候我真不知道，离开他是不是更明智的选择。哦，我不是那个意思，我当然不是。可是说老实话，我难道还不能谈起安德鲁吗？"

"你们吵架了？"

莎拉叹了口气，说道："我想劳伦斯还是不喜欢你留下，这让他十分抓狂。我跟他，昨晚我在安德鲁的办公室整理他的文件。我只是想看看有没有未付款的账单，看看银行卡上有没有欠钱之类的。"

她看着我继续说："然后我发现，安德鲁一直对海滩的事耿耿于怀。

我以为他忘了，但他办公室里有两沓文件夹，全是关于尼日利亚的资料，石油战争啊，暴力事件啊。然后……我不知道，那件事之后，有多少人像你一样来到了英国。安德鲁还有一个活页夹，里面装满了关于避难和拘留的文件。"

"你都看了？"

莎拉咬了咬嘴唇："没看全。他那儿的文件能看上一整个月。每份文件上都有他的笔记，非常精细，完全是安德鲁的风格。昨天太晚了，我没法坐下来从头读到尾。你说你关在那里多久了，小蜜蜂？"

"两年。"

"你能告诉我里面是什么样的吗？"

"你最好还是别知道。我被关起来，不是你的错。"

"和我讲讲，好吗？"

我叹了口气，因为那段记忆十分沉重，我不愿回忆。

"首先，你得写下自己的故事。他们会给你一张粉色的表格，让你写下你的故事，那是你提出申请避难的理由。你要把你全部的生活都写进那张纸里。纸的边缘有一条黑线，就是边界，如果你把字写到边界外面，你的申请就会作废。他们留给你的地方只够你写下你经历过的最悲惨的事，那是最糟糕的部分。因为如果你不能读到一个人生活中美好的事，你又怎么会在乎他们的悲伤呢？你明白吗？所以这就是为什么人们不喜欢难民。因为他们只看到我们生活中最悲惨的部分，他们就会认为我们就是悲剧本身。我是那里唯一会写英语的人，所以我也帮其他人写了申请。你要先听她们的故事，然后把她们的生活塞进那个框框里，哪怕是经历远远超过一张纸的女人，也得都写到一张纸里。你明白吗？然后，大家就等着上诉。我们得不到任何消息，这真让人窝火。我们之中没人犯过罪，但是不知道自己什么时候被释放，明天还是下周，还是永远出不去。我们那里也有小孩子，他们甚至都记不清拘留之前的事。

"窗户上有栅栏，他们每天让我们到户外活动三十分钟，下雨天除外。如果你头疼，你可以申请拿点扑热息痛，但你必须提前二十四小时提出申请，还要另填一份表格。如果你想要卫生巾，还得再填另一张。有一回，有人来羁押中心视察。四个月后，我们看到了那人写的报告，被别在一个写着'法定通知'的木板上。这块板子平时放在无人问津的走廊尽头，因为那里虽然通向出口，但是出口早就被锁上了。一个姑娘在找能看到外面的窗户时，发现了那块木板。报告上写着'我们发现这里太侮辱人了，我们没看到任何人能多拿一条卫生巾'。"

莎拉望向劳伦斯和查理，他们俩正在玩闹，拿着树枝指着对方。当她又开始说话时，她的声音听起来很平静。"我想，安德鲁想写一本书。"她说，"所以他才收集那些资料。如果他要是只想写篇文章什么的，那搜集这么多资料就有些多余了。"

"你和劳伦斯说了？"

莎拉点点头："我跟他说，我想完成安德鲁未完成的工作。你知道的，读完他的笔记，我再找一些羁押中心的材料，也许就可以。我不知道，说不定呢，我能写一本书。"

"然后他就生气了？"

"他气急了。"莎拉叹了口气，"我想，他是嫉妒安德鲁。"

我慢慢地点了点头，说："你确定，你想和劳伦斯共度余生吗？"

她瞪圆了眼睛，目光犀利地看着我："我知道你想说什么。你想告诉我，'他比起你，更关心他自己。'你想告诉我，要小心他。可是我想说，男人都是一个德行。但是你还太年轻，不了解。所以我和你也会有分歧，那样的话，我就真的太痛苦了。所以，别说了，好吗？"

我摇摇头："不只是这样，莎拉。"

"我不想听。我选择了劳伦斯，小蜜蜂。我三十二岁，如果我想让查理过上安稳日子，那我就得坚持自己的选择。我背叛了安德鲁，现在我知道不该那么做。他是个好人——你知道的，我也知道——就算我和他的婚姻不完美，我也应该为之努力。但是，现在有劳伦斯。他也不完美，你也看到了。但是我不能就这么撒手不管。"莎拉深吸一口气，她连呼吸都在颤抖，"有时候，你得转过身，正视生活。"

我蜷起双腿，抱在胸前，看着劳伦斯和查理。他们像巨人一样，穿行在哥特城之中。劳伦斯在高塔之间跺着脚，引得查理兴奋得大喊大叫。我叹了口气。"劳伦斯和查理相处得很好。"我说。

"是啊。"莎拉说，"谢谢你，谢谢你做的努力。你是个好姑娘，小蜜蜂。"

"如果你知道我做过什么，你就不会认为我是个好姑娘。"

莎拉笑了："我想，以后我会更了解你的，如果我真的要写安德鲁的那本书。"

我把双手放在头顶，看着杜鹃树下的通道。我真想跑到那里躲起来，躲到公园的灌木丛里，躲到满月之夜的丛林里，躲到倒扣过来的小船里，永远地躲藏起来。我紧闭双眼，我想放声大叫，却发不出声音。

"你还好吗？"莎拉说道。

"嗯，我还好。我只是有些累了。"

"好吧。"莎拉说，"我回车上给杂志社打个电话，这儿没信号。"

我走到查理和劳伦斯身边，他们正往灌木丛里丢树枝。我走近的时候，查理还在扔树枝，但是劳伦斯却停下来，转身面向我。

"怎么样？"他问，"你说服她了吗？"

"说服什么？"

"她的书，她说想接着写安德鲁想写的书。她没告诉你吗？"

"告诉了，她告诉我了。我没能说服她放弃写书，也没能说服她放弃你。"

劳伦斯咧嘴笑了起来："好姑娘，明白了吗？我们还是要好好相处的。她还生气吗？为什么她不和你一起过来？"

"她去打电话了。"

"好吧。"

我们站了许久，看着对方。

"你还觉得我是个浑蛋，是吗？"

我耸耸肩："我的想法并不重要，莎拉喜欢你。但我希望你不要再说我是个好姑娘了，你们两个都别再说了。这是对叼回树枝的狗说的话。"

劳伦斯看着我，我看到他眼中的空虚无助，我替他感到悲哀。我望向远处的湖面，鸭子还在水面悠闲地游着，湖面倒映着蓝天，我望着眼前的风景，发现自己再一次与死亡对视。死神没有将目光移向别处，我也没有。

接着，耳畔传来犬吠声。我跳起来，顺着声音看过去。有那么一瞬间，我感到了解脱。因为我看到狗就在我们刚才坐过的草坪的另一端，是两只家养的肥胖的黄狗，正和主人一起散步。接着我看见了莎拉，匆匆忙忙地从小路上朝我们走来。她的手臂垂在身体两侧，一只手里握着手机。她在我们身边停了下来，深吸一口气，微笑起来。她向我们伸出双手，可她迟疑了片刻。她环顾着四周。

"嗯，查理在哪儿？"她问道。她说的时候十分平静，接着她又说了一遍，声音比刚才洪亮，这次她在看着我们。

我环视着宽敞的草坪。一边，有两条黄色的大狗，就是刚才号叫的那两只，他们的主人正朝着湖面扔树枝让它们去捡。在另一边，是茂密的杜鹃花灌木丛，树枝掩埋下的通道空空荡荡。

"查理？"莎拉喊道，"查理？哦，上帝！查理！"

我们顶着烈日到处寻找。我们四处奔走，呼喊着查理的名字。我们反复地呼喊着他的名字。查理不见了。

"哦，上帝！"莎拉说，"有人带走了他！上帝！查理！"

我跑到杜鹃花丛的另一边，爬进阴凉的树荫里。我还记得那天晚上，我和姐姐走进丛林时，在遮天蔽日的丛林中见到的黑暗。莎拉在高声叫喊着她儿子的名字，我瞪大了双眼，盯着那通道的幽深之处。我注视着花丛里面，盯着里面瞧了好久。我看见我们世界的噩梦，不知怎么，全都混在了一起，那样，就没人能告诉你这个世界在哪里结束，另一个又是在哪里开始——到底是吉普车里长出了丛林，还是吉普车从丛林里生长出来。

蝙蝠侠失踪

我把查理留给了劳伦斯和小蜜蜂，让他们在一起玩闹，自己则朝停车场走去。走到一半，我想先找一下信号，便爬到土路上的一处高地。雾霭之下，我看到手机上显示两格信号。我的胃不由得收紧了，我想，就现在，趁我头脑发热还没改主意，赶紧打。我拨通了出版商的电话，我告诉他，我不想再当他的杂志编辑了。

出版商回答说："好。"

我说："我不确定你有没有听到我的话，我这边有些比较严峻的事需要去处理。所以，我要辞职。"

然后他说："对，我听到了。没关系的，我再找别人。"说完，他挂断了电话。

我说："哦。"

我很惊讶，完全没有料到这种状况。站了片刻后，我挤出一丝微笑。

阳光很明媚,我闭上眼睛,让微风拂去这几年的痕迹。只是一通电话——我发现这竟是如此简单。人人都想改变自己的生活,却没发现到头来竟是这样容易。

我已经开始计划如何接手安德鲁的书了。当然,写作手法要客观。我不知道这对安德鲁米说是不是个难题。新闻学院教给我们的第一件事就是不要把自己放到故事里。

可要是这故事就是我们的故事,又该怎么办呢?我突然想到,安德鲁一定会为此心烦意乱。但我不确定是不是因为这样,他才越来越沉默。

亲爱的安德鲁,我觉得此刻我是如此地了解你,比我们结婚那天还要了解你。我刚刚才告诉小蜜蜂,我不想听她的意见,我已经选择了劳伦斯,但此时此刻,我却在脑子里和你对话。这又是悲伤的谎言,安德鲁。它在我左耳低语:"回到你的挚爱身边吧。"却又在右耳呢喃:"保持现状,继续发展。"

我的手机突然响起来,我睁开眼睛,是克拉丽莎。

"莎拉?他们说你辞职了?你疯了吗?"

"我跟你说过,我在考虑辞职的事。"

"莎拉,我花了很长时间来思考英超足球运动员的床上用品都有哪些。"

"或许你可以试着写一写。"

"再或许你可以来趟办公室,立刻、马上告诉出版商,说你很抱歉,你刚刚丧夫。拜托你——真的拜托你——能不能把你的完美体面的工作争取回来?"

"我不想做这份工作了,我想重新做回记者。我想带给这个世界一点改变。"

"人人都想改变世界，莎拉，但是总要考虑时间地点吧。说实话，如果你现在把玩具丢出婴儿车，亲爱的，你知道你在做什么吗？你现在是遇上中年危机了，你和那些买红色跑车、和育儿保姆调情的中年男人没什么两样。"

我思索着克拉丽莎的话。风越来越冷了，吹得我胳膊上都起了鸡皮疙瘩。

"莎拉？"

"哦，克拉丽莎，你是对的。我现在很迷茫。你觉得我有抛弃自己的生活吗？"

"我只是希望你再好好想想。好吗，莎拉？"

"好的。"

"再给我打电话，好吗？"

"我会的。克拉丽莎？"

"亲爱的，怎么了？"

"谢谢你。"

我挂了电话，慢慢沿着土路往回走。我身后的野草足有橡树那么高，可惜都被雷电劈焦了。再往前走就是被铁栅栏拦护的伊莎贝拉植物园，温和繁茂，惹人喜爱。人要是真的做点切实的决定，又很难说清楚自己到底想得到什么。

这条路似乎格外长。看到劳伦斯和小蜜蜂的时候，我拔足向他们奔去。他们看上去是那样孤独，站在那里，默默地看着对方。我想，哎，是我犯蠢了，让他们单独相处。我一直认为我是一个务实的女人，适应能力很强。我马上想到，如果我现在转身回到有信号的地方，我还来得及打电话给出版商，说我犯了个愚蠢的错误。不是小错误，而是非常严重的、根本性的、影响终生的大错误。整整一个星期，我忘了自己本是个理智的萨里郡姑娘。是小蜜蜂的笑容和活力，让我对她心生喜爱，这种喜爱把我们都变成了傻瓜。整整一个星期，我真的认为自己能成为一个对世界有益的好人。我完全忘记自己只是一个沉默寡言、脚踏实地、认真工作的寡妇。莫名其妙地，我忘记这世界上没有超级英雄，我们只是被这种虚荣崇拜感腐蚀了。是不是很奇怪？现在，我还能找回原来的生活吗？

草坪的另一头，有狗叫声顺着风飘过来。小蜜蜂转头看向我，我朝着她和劳伦斯走去。

我向他俩伸出双手，紧接着便发现，查理不在他们身边。

"嗯……查理呢？"

即便是现在回想起来，依然很痛苦。我环顾四下，上下左右全都扫视了一圈。我跑上跑下，大声喊叫着查理的名字。我沿着草地的边缘奔跑，观察着杜鹃花丛下面的幽暗通道，搜索着湖边的芦苇荡。我叫得嗓子都哑了，却还是找不到查理。痛苦和恐惧，让我大脑最灵活的部分停止思考。我猜那里暂时没有血液供应，血全部流到了眼睛里、双腿中，还有肺部。我四处查看，不停地奔跑，高声叫喊着。心里有一个想法，越来越清晰：查理很可能被人带走了。

我沿着草坪的一侧跑着，遇到了一个正在野餐的家庭，他们坐在一片空地上。这一家的母亲——留着一头红褐色的长发，发尾散乱——她盘着腿，光脚坐在印着格子花纹的毯子上，身边全都是果皮，还有剥好的一瓣一瓣的蜜橘。她正在看《BBC 音乐杂志》，她把书铺在毯子上，一只脚压着书以防止风把书页吹乱，那只脚的第二个脚趾上戴着细的银制指环。她身边坐着两个红色头发的女孩，她们穿着格子布裙，正从袋子里拿出卡夫奶酪片吃。这一家的男主人，留着一头金发，身材健壮，他正站在几英尺之外的草坪上讲电话。"兰萨罗特岛的旅游项目，简直就是坑蒙拐骗。"他说道，"你应该去一个远一点的地方，比如，克罗地亚，或者马拉喀什。去那些地方，你的钱是不会白花的。"我走到空地的深处，环顾着四周。那位母亲抬头看向我。

"出什么事了吗？"她大声问道。

"我儿子不见了。"我说。

她一脸茫然地看着我，我像白痴似的，冲她挤出个微笑。我不知道，我应该做出什么表情。我满脑子想的都是恋童癖和狼。跟眼前这群在这充满野趣的环境中，坐在毯子上野餐的普通人比起来，我的不幸是那样绝望，那样庸俗。我受到的社会制约在和我内心的恐惧做斗争。我觉得很难为情。但本能地，我又明白，站在她的角度看，我必须冷静下来，清楚地和她交流，这样才能不浪费时间，得到我想要的消息。我挣扎着——也许我这一生都在挣扎——挣扎地寻找着举止端庄和歇斯底里之间的平衡点。

"很抱歉。"我说，"我找不到我儿子了。"

那个女人站起身，看了眼空地周围。我搞不懂她的动作怎么这样拖沓。我仿佛是在空中行动，而这位母亲似乎被某种黏稠的介质绊住了脚。

"他大概有这么高。"我说，"穿了一身蝙蝠侠的衣服。"

"不好意思。"她缓缓地打着手势说，"我没看见过这样的孩子。"

她每说一个字都要花费很长的时间，这感觉就像等着眼前这位母亲，一字一句地把要说的话刻到石头上一样。没等她说完，我就已经在空地上走出去一半的路了。我听见在我身后，她的丈夫说："你可以选择最便宜的背包旅行，坐飞机去，然后，找一家更好的酒店。"

我在杜鹃花灌木丛之间像迷宫似的幽暗小路上穿行，高声叫喊着查理的名字。我在树枝间黑暗的通道里胡乱地爬行着。树枝划破了我的前臂，流了血，可是我根本感觉不到疼痛。我不知道这样寻找了多长时间，也许只有五分钟，也许久到可以让上帝创造出一整个宇宙。他用自己的样子塑造人类，可他却没能从中得到安慰。然后，在恐惧之中，他把万物的终结安排成缓慢的、灰色的死亡，他知道自己注定是孤独的。不知怎么的，我又回到了查理用枯树枝搭建哥特城的地方，我歇斯底里地毁掉了那些建筑，大声地喊着查理的名字。我在一堆只有六英寸高的树枝下面寻找着查理。我推开树枝和烂树叶，我当然知道，我儿子不可能藏在下面。就算发现任何向外凸出的东西，我也知道不可能是他。我找到了一个旧薯片盒，一个折叠式婴儿车的破轮子。我的指甲，因为这一次几乎没人知晓的家庭野游而鲜血淋漓。

视线越过草坪，我看到了小蜜蜂和劳伦斯，他们刚找完杜鹃花丛那一片。我向他们跑去，可奔跑到一半的时候，我的脑子里闪过最后一个理智的念头：他不在草坪上，也不在灌木丛里，肯定是掉到湖里去了。恐惧在我的胸中涌起，将我吞没。我赶紧掉转方向，朝着湖边跑去。我蹚着水，走进湖里，水先是没到了膝盖，后来又没到了我的腰部。我低头凝视着浑浊的褐色湖水，冲着睡莲和受到惊吓的鸳鸯，高声地喊叫着查理的名字。

我看到水下有东西，就躺在湖底污浊的泥浆上。透过睡莲的间隙，我可以看到那东西，只不过，涟漪的搅动让那东西看上去有些扭曲。看上去，那像一张惨白的脸。我弯下腰，没入水中去够那东西，一把将它抓起，举到阳光下，原来是一只破碎的兔子的头骨。我把它举起来，污浊的泥水从上面滑落。这时我才发现，举着头骨的这只手，就是之前捧着手机的那只手。可是现在手机不见了，丢在了某个地方——我的生活也被丢在了某个地方——或许是灌木丛中，或许是这湖水之中。我定定地站在湖中，举着头骨。我不知道接下来该怎么办。我听到口哨声，赶忙低头去看，然后发现，原来是风吹过头骨上空荡眼窝时发出的声音。就在这时，我真的开始尖叫了。

查理·欧洛克，四岁，蝙蝠侠。我都在想些什么啊！我想到了他那洁白的小牙。我想到了他打坏蛋时脸上凶狠的模样。我想到在我难过时，他抱着我的样子。自打从非洲回来，我就一直在两个世界中折返——安德鲁和劳伦斯，小蜜蜂和我的工作——我东奔西走，却没有走进那个需要我的世界。为什么我没有跑到查理的世界去呢？我对着自己尖叫。我的儿子，我可爱的儿子，丢了，他丢了！他不见的时候，就像他和我在一起生活的时候一样，我总是看向别处，看向自己自私的未来，看向眼前空旷的日子，而这样的日子，却永远没有尽头。

接着，我感觉到有人把手搭在我的肩膀上，是劳伦斯。他拉着我从湖里走出来，上了岸。我站在微风中瑟瑟发抖。

"现在，我们得好好计划一下怎么行动。"他说，"莎拉，你留在这里，继续喊他的名字。如果他在附近闲逛的话，听见你喊他，他会回来的。我去动员园子里的所有人一起帮忙找，我也会一直找他的。小蜜蜂，你拿上我的手机，找个有信号的地方报警。然后在植物园门口等着警察，等他们来了，就带他们来找我们。"

劳伦斯把手机递给小蜜蜂，然后转身面向我。

"我知道，这话听起来会让你不舒服。"他说，"但是，警察擅长找人。我相信，我们会在警察到这儿之前找到查理的，但是只是以防万一，如果找不到的话，让他们早些来也是好的。"

"好吧，赶紧行动。"我说，"快点！"

小蜜蜂一动不动地站在原地，手里握着劳伦斯的手机，瞪大了眼睛看着我和劳伦斯，目光中流露出恐惧和害怕。我不知道她为什么还傻站着。

"去啊！"我说。

她还是站在那儿，盯着我。"警察……"她说。

我的反应有些迟钝。号码，对！她不知道紧急情况下该拨打什么号码！

"打 999。"我说。

她还是站在原地，没有行动。我不明白她到底怎么了。

"警察，莎拉。"她说。

我注视着她，她的眼神里写满了哀求。她看上去害怕极了。接着，慢慢地，她的脸色变了，变得更加坚定、决绝。她深吸一口气，冲我点点头。她转过身，刚开始动作很慢，接着越来越快，然后朝着植物园的大门狂奔而去。她跑到一半的时候，劳伦斯把手抬到嘴边。

"哦，见鬼！警察！"他说。

"怎么了？"

他摇了摇头："没什么。"

劳伦斯朝着杜鹃花丛中迷宫般的小路跑去，我站在草坪中间，再次大喊查理的名字。我一遍又一遍地喊着，湖面上的鸭子小心翼翼地游回它们习惯待着的地方。微风拂过，我穿着湿漉漉的牛仔裤瑟瑟发抖。起初，我大喊查理的名字是为了叫他回来，但是后来，我虽然仍在呼唤，但我发现我不仅仅是想叫他回来，而且还要确保这个名字还存在，我发现我现在只剩这个名字了。我的声音越来越小，渐渐变成低语，最后我轻声念着查理的名字。

查理是一个人回来的。他从杜鹃花丛下面幽暗的通道里爬出来，满身是泥，脏兮兮的，蝙蝠斗篷还挂在身后。我赶紧跑过去，把他抱在怀里，紧紧地搂着他。我把脸贴到他的脖子上，用力地嗅着他身上的味道，我闻到他身上的汗味还有土壤中酸性物质的味道。眼泪像断了线的珠子，止不住地滑落。

"查理。"我小声说道，"哦，我的世界，我的全部。"

"放开我，妈咪！你弄疼我了！"

"你去哪儿了？"

查理把手放回身体两侧，两手一摊，仿佛我问了一个很愚蠢的问题。"当然是去蝙蝠洞了。"

"哦，查理。你没听见我们喊你吗？你没看见大家都在找你吗？"

蝙蝠面具下面，查理咧嘴笑起来。"我就是在躲你们啊！"他说。

"为什么？为什么躲着不出来呢？你看不到大家有多担心吗？"

我的儿子垂头看向地面，眼里流露出孤单的神情："劳伦斯和小蜜蜂都生气了，他们不陪我玩了。所以我就回蝙蝠洞了。"

"哦，查理。是妈咪太荒唐，太笨，太自私了。我向你保证，查理，妈咪再也不会这么傻了。你知道吗？你就是我的全世界，我不会再忘记这一点了。你知道你对妈咪来说意味着什么吗？"

查理冲我眨眨眼，似乎找到了机会。"那我能吃冰激凌吗？"他问。

我紧紧抱着我的儿子，感受着他温热的、略带倦意的呼吸喷在我的脖颈上，我感受着灰色蝙蝠装下来自他骨头的轻柔、持续的压力。

我的名字叫"尤杜"

　　十五分钟之后，警察赶到了。一共来了三个人，他们开着一辆银色的警车，车身两侧画着鲜亮的蓝、橙相间的条纹，车顶摆着一长串警灯。他们径直开过土路，来到伊莎贝拉植物园的门口，来到我的面前。警察下了车，戴上警帽。他们身穿白色短袖衬衫，外面套着厚厚的黑色背心，上面带有黑白相间的条纹。背心上有许多口袋，里面装着警棍、无线电、手铐，还有其他我叫不上名字的东西。我想，查理一定喜欢这些玩意，这些警察的行头可比蝙蝠侠的多多了。

　　如果我跟老家的姑娘们解释这件事，那我得说清楚英国的警察不佩戴枪支。

　　"啥？不带枪啊？"

　　"不带枪。"

　　"为啥带了那么些小东西，偏就不带上最重要的东西呢？那还怎么打死坏蛋啊？"

"他们不会打死坏蛋。真要开枪的话，他们会有麻烦的。"

"喔！喔！这可真是个神奇的国家，姑娘们可以随便展示胸部，但是警察却不带枪。"

然后，我不得不点点头，再次告诉她们："我在那个国家里，有太多事情搞不明白了。"

警察砰的一声关上了车门，吓得我打了个激灵。如果你是个难民的话，你就会注意门的变化：门开着的时候，关上的时候；门发出的声响；你在门里还是门外。

一个警察走上前来，另外两个侧着头听背心上无线电发出的讯息。朝我走来的这个警察年纪不比我大多少，我想。他个子很高，帽子下面能看到他橘色的头发。我试着挤出一个微笑，但是我做不到。我十分担心查理的安危，我有些头晕目眩。而且我还害怕我的女王英语会出卖我。我试着让自己镇定下来。

如果警察开始怀疑我，他就会找来移民局的人。那他们中的一个就会按下电脑键盘，在我的文件前面打个钩，把我遣返回去。不用等谁朝我开一枪，我就死了。我想这就是这些警察不带枪的原因。在一个文明的国家里，他们只需轻轻点下按钮，就可以要你的命。杀戮留给远方的土地，他们只是坐在满是电脑和咖啡的办公楼里，像这片土地上的王者。

我观察着警察，他的长相并不凶煞，但看上去也不算特别和善。他很年轻，皮肤苍白，脸上还没有皱纹。他很普通，纯洁无辜，就像一颗鸡蛋。如果这个警察打开车门让我进去，那对他来说，这个举动只是向我展示汽车里面的构造。但是对我来说，我会看见座椅上撒着鲜红的土壤，看见干瘪的木薯干堆在落脚的地方，看见仪表盘上的森森白骨，看见地板上的裂缝里和破碎的挡风玻璃上长出的植物。对我来说，一旦车门打开，我就会离开英国，回到我们国家去，回到麻烦之中。正如他们所言"这个世界真小"。

警察仔细地打量着我，他背心上的无线电传来声音："查理·布瓦洛，回答。"

"他不叫查理·布瓦洛，"我说，"他叫查理·欧洛克。"

警察面无表情地看着我，问道："您是报警的女士吗？"

我点点头说："我带你们过去。"我抬脚朝植物园里走去。

"女士，要先问您一些细节。"警察说，"您和失踪者的关系是？"

我停下脚步，转身看向他。"这不重要。"我说。

"例行公事，女士。"

"查理走丢了。"我说，"拜托，我们不能浪费时间。晚一点我什么都告诉你。"

"女士，这里是封闭式植物园。如果孩子还在里面，那他不会丢的。问一些基本信息，并不妨事。"警察上下打量起我来，"我们要找的是一个高加索男孩，对吗？"

"抱歉？"

"高加索男孩。白人男孩。"

"对的，是这样。他妈妈就在植物园里。"

"你是孩子的保姆吗？"

"不，不算是。拜托，我不觉得……"

警察向前迈了一步，我不由得后退了一步。

"我似乎让您异常紧张，女士。您是否隐瞒了其他事情呢？"他语气很平静，眼睛却一直盯着我。

我挺起胸膛，尽量站直。我闭了会儿眼睛，当我再次睁开的时候，十分冷漠地盯着那个警察，我用女王伊丽莎白二世的口吻开口道："你怎么敢如此放肆？"警察向后退了一步，好像我攻击了他。他低头看着地面，脸红了。"非常抱歉，女士。"他含糊地说着。然后他又抬头看着我。起初，他神情尴尬，但慢慢地，他脸上的表情开始转为愤怒。我发现我再一次把话说过头了，我让他感到羞愧了。这件事我无须向我们国家的女孩解释，也没有必要向你们国家的女孩解释：如果你让一个男人下不来台，那你就把他变成了危险人物。那个警察久久地盯着我的眼睛，我开始害怕了。我想我没有办法掩饰我的害怕，所以我只好低头看着地面，就在这时警察转身面向他的同事。"你和这个人留下，好好盘问一下她的情况。"他说，"我和保罗进去找那位母亲。""拜托。"我说，"我得给你们带路。"那位警察冷笑道："我们这么大的人，自己找得到路。""我不明白你为什么想要知道我的情况。""我们需要了解你的情况，但你显然并不想告诉我们。你这样恰恰会让我觉得，这就是我所需要的。不会问你个人隐私的，女士。你会惊讶地发现，在调查失踪人口的案子中，通常都是报警的民众掌握着关键的线索。"我看着他和另一位名叫保罗的警官穿过了植物园的大门。最后一位警官朝我走来，耸了耸肩。"非常抱歉。"他开口道，"如果您愿意移步到这边来，女士，您可以坐进巡逻车里，这样舒服一点。我会问您一些个人情况，用不了多长时间，我不会耽误您的。只要那个孩子还在园子里，我的同事一定会找到他的，请您放心。"说着，他拉开了警车的后门，让我坐了进去。他和无线电里的人讲话时，并没有关上车门。他身材瘦削，手腕纤细苍白，有一点点的啤酒肚，就像我们刚从羁押中心被释放出来那天早上当值的警察一样。警车里弥漫着香烟和尼龙的味道。"女士，你叫什么名字？"过了一会儿，这个警察问道。

"为什么要知道我的名字呢？"

"是这样，每个星期我们会接到两到三起失踪人口的案件。我们总是毫无准备就赶到了现场。也许你很清楚具体情况，但是对我们来说，需要问几个问题，才能确定我们到底要做什么。只要弄清楚表面的状况，就知道背后隐藏着什么样的老套路了。家人是最奇怪的。通常你问几个问题，就知道那些人为什么会失踪了，你明白我的意思吧？"他咧嘴一笑。"没关系的。"他说，"你不是嫌疑犯。"

"当然不是了。"

"那好吧，我们先从你的名字开始。"

我叹了口气，心里难过极了。我知道，这次我要完了。我不能告诉这个警察我的真实姓名，那样他们就会发现我是谁，但是我也没有用假名字来糊弄他。詹尼弗·史密斯，或者，安利森·琼斯。要是没有文件的话，编什么名字都是没用的。除非在一栋满是电脑和咖啡杯的行政大楼里，电脑的屏幕上能显示出来这个名字。警车后座上的我坐直了身子，深吸一口气，直视着警察，开口道："我的名字是小蜜蜂。"

"可以麻烦您拼写一下吗？"

"小——蜜——蜂。"

"这是您的名字，还是您的姓呢，女士？"

"这就是我的全名，就是我。"

这位警察叹了口气，接着转过身，低头对无线电讲话。"查理·布瓦洛呼叫控制中心。"他说，"请求增加一个小队的救援。我遇到一个难缠的家伙，不知道她是真傻还是装傻。"说完，他又转身面向我，脸上再也没有露出微笑。"拜托。"我恳求道，"让我去帮忙找查理好吗？""你就在这里等着。"他摇了摇头。说完，他就关上了车门，我在车里坐了许久。车里不通风，后座异常闷热，我一直等到另一位警察来把我带走。他们让我上了一辆面包车。透过光秃秃的金属隔栏，我看到伊莎贝拉植物园渐渐消失在后窗之中。

那天傍晚，莎拉和劳伦斯到警局来看我。我被关在泰晤士河畔金斯顿警察署的拘留室里。来开门的警卫没有敲门，砰的一下就打开了牢门。莎拉抱着查理，查理正在她怀里熟睡，头靠在他母亲的肩上。看到查理安然无恙，我激动地哭了出来。我亲了亲查理的脸颊，睡梦中的他微微抽搐了一下，舒了口气。通过蝙蝠面具上的洞，我能看到睡梦中的他脸上还挂着微笑。我也笑了起来。牢房外，劳伦斯正在和一名警官争执。"这太荒谬了，他们不可以遣返她，她有家可回，她是有资助人的。""先生，规矩不是我定的。移民局自有移民局的规矩。""可是你们应该给我们办案子的时间。我在内政部工作，我是可以上诉的。""请您别介意我这样说，先生，如果我在内政部工作，我还知道这位女士是非法移民，那我会闭上我的嘴，保持缄默。""那就一天好吗？二十四小时，拜托你。""我很抱歉，先生。""见鬼了，我就像跟个机器人说话似的。""先生，我和您一样，有血有肉。这件事就像我刚才说的那样，规矩不是我定的。"拘留室里，莎拉难过得大哭起来。

"我当时没有反应过来。"她说，"非常抱歉，小蜜蜂，我当时不知道。我，我以为是你没有反应过来，劳伦斯叫你去报警，他也没有想到……我也没有往那上面想……哦，上帝。你知道后果，可你还是一个字都没说，毫不犹豫地报了警。"

我微微一笑。"值得的。"我说，"能找到查理都是值得的。"

莎拉别过脸去。

"别难过，莎拉。警察找到了查理，对不对？"

她慢慢转过身来，那双明亮的眸子直直地看着我，说："是的，小蜜蜂，他们找了好久，终于找到了他。这都要感谢你，哦，小蜜蜂，我再也不会遇到一个比你更善良……更勇敢……哦，上帝。"

莎拉把脸凑到我的耳边。"我不会让他们带走你的。"她在我耳畔低语，"我会想个法子，我不会让他们把你送回去送死的。"

我努力地挤出一丝微笑。

为了活着，你要长得好看，或者会讲一口流利的英语。我学会了女王的英语，我学会了你们语言中我能学到的一切。但我想，我还是学得不够。即便是现在，我也找不出来合适的词语。我抓着莎拉的左手，把它举到我的嘴边，亲吻着那根被砍断的仅剩的光滑的指根。

那天晚上我给莎拉写了一封信，当值的警官给了我一支铅笔，还有一张纸，他说他保证会帮我寄出去。

> 亲爱的莎拉，谢谢你救了我的命。你和我，两个世界的相遇，并非出自我们的本意。有一阵子，我以为我们的世界已经融合在一起了，但那不过是一场美梦。你不要伤心，你应该重新回到你简单的生活中去。我想用不了多久，他们就会带我走了。我们不是一个世界的人，现在我们必须要分离了。
>
> 爱你的，小蜜蜂

凌晨四点，他们来了。三个穿着制服的移民局警官，一个女人，两个男人。我听到他们的鞋子踩在走廊地毯上发出的声音。我一夜没睡，一直等着他们的到来。我还穿着那件莎拉给我的连衣裙，衣领旁边装饰着漂亮的蕾丝，手里仍旧提着那个装着我个人物品的透明塑料袋。我站起身，等着他们猛地推开门。

我们走出了拘留室，砰的一声，身后的大门就这样关上了。外面在下雨，他们把我带到一辆面包车的后座。路面很潮湿，汽车的前灯在路上照出了一条光带。车后有一扇窗户半开着，车子里面有一股呕吐物的气味，但是吹进来的风却带着伦敦的味道。街边两侧的公寓窗帘紧闭，寂静无声，黑压压的一片，让我很失望，因为没有人看到我的离开。那位女警官把我铐在前排座椅的椅背上。

"没必要铐我，我怎么可能跑得掉呢。"我说。

那名女警官惊讶地看了我一眼。"你英语说得真好。"她说，"我们带走的大多数人连一个字都说不出来。"

"我本以为只要努力学习你们的语言，我就能够留下来。"

那名警官笑了起来。"你怎么样说话都没有用的，明白吗？"她说，"你不过是在白费力气，重点在于你不属于这里。"面包车转过街道尽头的街角，透过后窗的金属隔栏，我看到长长的两行半独立式的房屋，逐渐消失在我的视野里。我想到了查理，现在他应该在羽绒被底下睡得正香，我想到了他勇敢的微笑。可一想到再也见不到他，我的心就抽痛起来。我的眼中噙满了泪水。"但是，请问，你说的是什么意思呢？"我问道，"什么才叫属于这里？"

这位女警官又转身看了我一眼："就是你得是个英国人，你要有我们的价值观。"

我别过脸去，看着窗外的雨。

三天之后，又有一组警官把我从另外一个拘留室带走，和一个女孩一起，上了一辆面包车。他们把我们带到了希斯罗机场，直接越过候机楼里排队的人，走进了一间小屋子。我们都被铐上了手铐。他们叫我们坐在地板上，因为屋子里没有椅子可坐，屋子里还有男男女女二十来人。屋内非常闷热，没有新鲜的空气，让人觉得呼吸困难。一个女警官站在屋子前面，腰间别着一根警棍和一枚催泪弹。我问她："这里会发生什么事？"那名女警官笑着说："这里接下来会发生的事，就是会有许多飞行器——我们称之为飞机，会从一条长长的柏油马路上——我们称之为跑道的地方起飞降落。这里叫作机场。这些飞机会带你们回到优邦果饮料之乡，也就是你来的地方。你就要上飞机了，明白吗？不管你喜欢还是不喜欢。现在谁还有什么问题吗？"

我们在房间里等了很长一段时间，有一些人被带出了房间，其中一个还哭了出来。另一个是个瘦小的男人，他十分愤怒，他试图和女警官搏斗，但是警官用警棍戳了他肚子两下，然后他就老实了。

我坐在地上睡着了，等我醒来的时候，我发现眼前有一件紫色的长裙，裙子下面是两条棕色的长腿。

"叶薇特！"我大声喊道。

那女人听见声音转过头看向我，但她不是叶薇特。一开始我发现她不是我的朋友，我有一点难过，但很快，我发现，我是开心的。因为如果不是叶薇特的话，就证明她还自由。我想象着她自由自在地游荡在伦敦的街头，穿着她那双紫色的人字拖，眉毛被铅笔画得很好看。她买了一磅的咸鱼，尽情大笑，她爽朗的笑声就在湛蓝的晴空下回荡着。想到这里，我不由得微笑起来。

眼前的这个女人不是叶薇特，她十分愤怒地瞪着我。"你有什么毛病？"她说，"你以为他们是送我们去度假的吗？"

我笑起来。"是啊。"我说，"简直就是终身假期。"

她转过身，再没有和我说一句话。警官叫她上飞机的时候，她没有反抗，也没有再看我，径直走了出去。

我看着她离开，渐渐有了真实感。现在我是真的害怕了。这是第一次，我一想到要回去，就怕得不得了。我大哭起来，泪水滴在脏兮兮的棕色地毯上。

他们不给我们水，也不给我们任何食物，我快要晕倒了。几小时之后他们过来找我，带我去登飞机。他们让那些买了机票的乘客退到两旁，让我第一个踏上飞机的悬梯，所有人的目光都锁定在我身上。他们把我带到飞机后面，也就是厕所前面一排，让我在一个靠窗的位置坐了下来。我的旁边坐了一个警卫，是一个大块头的男人，他剃着光头，戴着金色的耳环，穿了一件蓝色耐克的 T 恤，还有一条黑色的阿迪达斯裤子。他打开我的手铐，我揉揉手腕，让血液流通。

"抱歉。"那个人说道，"我不会比你更喜欢这个东西。"

"那为什么还要做这一行呢？"

男人耸耸肩，系好安全带。

"这是工作啊，不是吗？"他回答道。说完他从前排的座位口袋中拿出一本杂志，翻开来看。上面是男士腕表的广告，还有送给小孩子玩的毛绒飞机玩具。

"如果你不喜欢这份工作，你可以去干别的。"

"没人可以自己选择工作，亲爱的。我没有学历。你瞧，我只能做一些体力活，没有什么固定的工作。但是现在你没有办法和波兰人竞争了，波兰人为了一句好话，或者一包烟，就能工作一整天。所以我就干了现在这份活，护送像你这样的难民女孩，去过你所谓的终身假期，真是浪费对吗？我敢说你比我更有资格，应该让你来护送我，不是吗？护送我去我们要去的地方，不管目的地是哪里。"

"我们是去尼日利亚。"

"哦，对的，那儿很热是吗？"

"比英国热。"

"我想也是这样的，你们这样的难民一般都是从热带来的。"

他低头开始看杂志。他翻了几页，每一次翻书的时候，他都要舔一下手指。他的指关节上面文着蓝色的小点。他的金表很大，但是有的地方已经掉色了。那表看上去很像杂志里的商品，他又翻了几页，然后抬起头看着我。

"你不爱说话，是吗？"

我耸耸肩。

"那还挺好的。"他说，"我倒没什么。不过，你比那些爱哭鬼强多了。"

"爱哭鬼？"

"有些人会哭，就是我护送的人，女人不是最爱哭的，不管你信不信。有一次，我要护送一个人去津巴布韦，他整整哭了六小时，鼻涕、眼泪流得到处都是，像个哭哭啼啼的婴儿一样，我没跟你开玩笑。过了一会儿，那个场面有些尴尬，有的乘客一直看向我们这边，你明白吗？我就只好说'振作起来，伙计，不会有什么事的'，可是我这么说，也不奏效。他还是哭个没完没了，他讲着母语，自说自话。看到有些难民离开，我也很难过。但是这一个，我跟你讲，我巴不得他赶紧签字回国。不过每次护送，我的薪水还是不错的。整整三天没有离开津巴布韦的航班，所以他们就让我住进了喜来登酒店。我在那里看了三天的体育节目，闲得无事可做，还拿了加班费。其实挣钱挣得最多的就是那些承包商，现在我的这家公司是荷兰人开的，他们提供一条龙服务，从羁押中心到遣返回国。所以不管怎么样，是把你们关起来，还是把你们送回去，他们都会赚钱的。"

"不错。"我说。

这个大块头的男人抬起手指，敲了敲脑袋的一侧："但是你还得这么想，对不对？现在是经济全球化的时代。"

停机坪上的飞机开始滑行，机舱内，电视屏幕从天花板上垂下来。所有人开始观看安全撤离的宣传短片。上面讲到，如果客舱内充满烟雾，我们该怎么做；还讲了，如果在水面着陆，救生衣放在什么地方。但是我看宣传片里并没有讲解，如果被遣送回国，我们应该采用什么样的姿势？因为我们曾经目睹过那里的暴行，并可能因此被追杀。宣传片里还说前排的座椅靠背里有安全卡片，上面有更多的安全知识。

飞机在停机坪上滑行了很久，这过程太吓人了，声音大得让我以为他们是在诓骗我们。我以为我们是去旅行，但实际上，我们是被赶尽杀绝。接着飞机开始加速，飞机内的所有东西都开始颤抖。然后飞机以一个令人恐惧的角度开始向上攀升，突然，震动消失了，轰鸣声渐渐停止，我的胃里难受极了。坐在我身旁的警卫看到我狼狈的样子，大笑起来。

"放松，亲爱的，我们飞到天上了。"

起飞之后，机长开始广播讲话。他说今天阿布贾 ① 的天气非常好，阳光明媚。

我知道的，在接下来的这几小时里，我不会待在任何国家的国土上，我对自己说：瞧，小蜜蜂，你终于飞起来了，嗡嗡嗡，嗡嗡嗡。我把鼻子抵在飞机的窗户上。我看着下面的森林、田野、公路，还有公路上越变越小的汽车，这一切宝贵的、渺小的生命。而至于我，我觉得我的人生就要结束了，在这孤零零的高空中，我只能看到世界的弧线。接着我听见了一个声音，一个非常熟悉的、亲切的、温柔的声音。

"小蜜蜂？"那个声音说道。

我抬起头，看见了莎拉。她就站在过道里，微笑地看着我。查理牵着她的手站在她身旁，也面带微笑地看着我，他还穿着那套蝙蝠侠的衣服，笑起来的样子，就仿佛他刚刚除掉了几个坏蛋。

"我是上天了，对吧？"查理问道。

"不对，亲爱的，应该说'我们飞上天了，对吗'。"

---

① 尼日利亚首都。

　　我不敢相信眼前的一切，莎拉伸出手，越过警卫，放在我的手上。

　　"劳伦斯查到了你的航班，他找了能帮得上忙的朋友，我们不能让你一个人回去，小蜜蜂。是不是这样的，蝙蝠侠？"

　　查理摇了摇头，他看上去非常严肃。"当然不可以，因为你是我们的朋友。"查理说道。

　　护送我的警卫一时不知该如何是好。"我算是什么都见识过了。"他说。

　　后来他还是站了起来，让莎拉和查理坐到我的身旁。我哭了，他们紧紧地抱着我，其他乘客纷纷看了过来，来见证眼前的这个奇迹。飞机以每小时 550 英里的速度，载着我们飞进了未来。

　　过了一会儿，他们送来了花生，还有小罐的可口可乐。查理喝得太着急了，以至于可乐都从他的鼻子里冒了出来。莎拉赶紧帮他清理干净，接着转身看向我。

　　"我一直在想，为什么安德鲁不留一张字条呢？后来我仔细地考虑了一下，那不是安德鲁的风格，他不愿意写自己的事。"莎拉说。

　　我点点头。

　　"不管怎么说，他给我留下了比字条更好的东西。"

　　"什么东西呢？"

　　"一个故事。"莎拉微笑着说道。飞机抵达了阿布贾，舱门打开了，热浪裹挟着回忆，冲进了机舱。我们一行人冒着酷暑，穿过了停机坪。在航站楼里，护送我的警卫把我移交给尼日利亚当局。"再见啦。"那人说道，"亲爱的，祝你好运！"

　　武警在一间小屋里等着我，他们都穿着制服，戴着镶金边的墨镜。因为莎拉和我在一起，所以他们没有办法立刻逮捕我。莎拉是不会离开我的。"我是一名英国记者。"莎拉开口道，"我将报道你们对这位女性所做的一切。"武警们不知道莎拉说这话是真是假,只好叫他们的长官进来。那位长官来了,他身穿一身迷彩服,头戴着贝雷帽,两颊上印着他部落的标志。他看了眼我的遣送文件,又看了看我、莎拉和查理,他站了许久,挠挠肚子,最后点点头。

"这个小男孩为什么穿成这样?"他问。

莎拉直视着那人的双眼说:"因为他相信自己有超能力。"

那个长官咧嘴笑了起来。"好吧,我只是个普通人。"他说,"现在我不会逮捕你们任何一个。"

大家都笑了起来,但是那群武警,自打我们一离开机场,就开始跟踪我们的出租车。我还是很害怕,莎拉紧紧地握着我的手。"放心,我是不会离开你的。"她说,"只要我和查理还在你身边,你就是安全的。"那群警察就在我们入住的酒店外面蹲守。我们在酒店里住了两个星期,他们也就守了两个星期。

从我们房间的窗户看出去,可以俯瞰整个阿布贾。放眼望去,方圆几里之内都是洁净的高楼,其中还有一些装饰着银色的玻璃,映射出笔直修长的林荫大道。黄昏,夕阳给所有的建筑物笼罩上一层红晕,我就静静凝望着眼前的这座城市,彻夜凝望。我根本睡不着。

日出的时候,阳光穿过地平线和云层之间的间隙,给清真寺的圆顶笼罩上闪闪的金光,寺庙四周的高塔上还亮着电灯。这景色简直叹为观止。莎拉走到我们房间的阳台上,她发现我正站在那儿,欣赏着眼前的美景。

"这是你的城市。"她说,"你会为之感到骄傲吗?"

"我都不知道我们国家还有这样美好的存在。我还在努力感受,感受眼前的一切属于我。"

我在阳台上站了一整个早晨,直到气温越来越高,街道上挤满了出租车和摩托车，沿街叫卖的小贩穿着 T 恤戴着头巾在街上兜售着药品。

查理坐在房内，开着空调，看着动画片。莎拉则把安德鲁所有的资料摊在一条长长的矮桌上。在每一摞文件上，我们都会摆一只鞋，或者一盏台灯，或者一个玻璃杯，以防止文件被天花板上旋转着的红木吊扇吹走。莎拉同我讲了她要怎么着手来写这部安德鲁一直在钻研的书。"我们还要搜集更多你这样的故事。"她说，"你觉得，在这儿我们能找到吗？不用去这个国家的南方吗？"

我没有回答，只是浏览完这些文件，然后再次回到阳台上。

莎拉走过来，站在我身边。"怎么了？"她问道。

我探出头，示意她看停在楼下街边的武警车。车门上靠着两个警察，他们都穿着绿色的制服，戴着贝雷帽和墨镜，其中一个抬起头看到了我们，他和身边的人说了句什么，接着，他的同事也抬头看向我们。他们抬头瞧了我们很久，然后点了支烟，坐回车里，两个人一前一后，车门敞开着，厚重的靴子踏在柏油马路上。

"你知道的，去收集这些故事可不是那么容易。"我说。

莎拉摇了摇头，说："我不这样认为。我想这是唯一一个能保你平安的方法。"

"你什么意思呢？"

莎拉将目光从街道上转移回来，说："我们的问题是，现在只有你的故事，一个故事不够有说服力。但如果我们搜集到了一百个故事，那这件事就不容小觑了。如果我们能向世人证明，还有数以百计的村子经历过你们村子的悲惨遭遇，那这件事的影响力就非同小可了。我们需要收集和你有相同遭遇的人的故事。我们必须把事实剖给大家看，然后我们把这些故事交给律师，让当局知道，如果你遭遇了不测，这些故事就会移交给媒体。你明白了吗？我想，这是安德鲁希望这本书能够产生的影响力，他用这种方式来拯救和你有共同遭遇的姑娘们。"

我耸了耸肩："如果当局政府不惧怕媒体的力量呢？"

莎拉慢慢地点了点头："确实有这个可能，那我就不知道了。你觉得呢？"

我望着窗户外林立的高楼，这些宏伟的建筑在热浪中闪耀，仿佛它们都是虚幻的，似乎往上面泼一盆凉水就能将它们唤醒。

"我不知道。"我开口道，"我不知道我们的国家是什么样子。十四岁以前，我印象中的国家只有三块木薯地和一棵榄仁树，在那之后我就去了你们的国家。所以，不要问我，我们国家的事。"

"哦。"莎拉说。又过了一会儿，她再次开口："那你希望我们怎么做呢？"

我又看了一眼阳台外的城市风景，我第一次发现，原来这座城市有这么巨大的空间，每个街区之间都有宽敞的间隔，我曾经以为那些深绿色的方块是公园和花园，但是现在我发现，那些只是等待开发的空地。这座城市还没有建完。看到首都满是充满希望的绿色格子，看到首都是如何携带它的梦想钻进透明塑料袋的，我觉得有趣极了。

我朝莎拉笑了笑："我们去收集故事吧。"

"你确定？"

"我也想被写进祖国的故事里。"我指着热浪中的城市说，"看到了吗？他们给我留了空间。"

莎拉紧紧地握住了我的手。"好吧。"她说。

"但是，莎拉？"

"怎么了？"

"有件事我必须要告诉你。"

我把安德鲁上吊前后的经过告诉了她。这件事既让听故事的人痛心，也让讲故事的人难过。讲完之后，我回到酒店的房内，留她一个人待在阳台上。我和查理坐在床上，他仍旧在看动画片，而我注视着莎拉颤抖的双肩。第二天，我们开始工作。一大早莎拉就下了楼，给了蹲守在酒店门口的武警一大笔钱。然后他们的眼睛就像纸币上面孔的眼睛一样，除了警车里的杂物箱和制服口袋的衬里就什么也看不到了。武警们唯一的要求就是，我们每天必须在太阳落山之前赶回酒店。

我的任务是找到愿意和莎拉谈话的人。大多数人都害怕外国记者，但我向他们保证，莎拉是一个好人。那些相信我的话的人是因为，他们和我有着相同的遭遇。我发现尼日利亚有不少像我这样的人，他们都目睹了石油公司极力掩藏的暴行。政府也希望这些人保持缄默。我们开着一架老旧的白色标志，走遍了祖国东南部的各个角落。那辆车像极了我父亲的那辆。

我坐在副驾驶座上，莎拉负责开车，查理就在后座上自娱自乐。一路上我们听着当地电台里播放的音乐，声音开得很大。公路上到处都是飞扬的红色尘土，就连车里也是。每天收工的时候，我们会把查理的蝙蝠侠衣服脱下来给他洗个澡。每天都能看到查理白嫩的皮肤上会晒出两个红色的菱形，那是蝙蝠面具上眼窝的形状。

有的时候，我感到十分害怕。比如到一个村子中去，发现一群男人盯着我看，我就会回想起当初我和姐姐是如何被追杀的。我不清楚石油公司是不是还在花钱雇人解决我们。我很怕村子里的男人，但是莎拉冲我微笑着说："放轻松。还记得在机场发生的事吗？只要我在这儿，你就不会有事情。"

我试着让自己放松下来。我们去的每一个村子里都有人经历过我经历过的事，莎拉把这些故事一一记录下来，这没什么难的。我们都非常高兴。我们已经竭尽全力地来拯救自己，而且我们认为这是一个好办法。

我们在尼日利亚待了两个星期后，某天晚上我梦到了姐姐妮可茹卡。梦中，她从海里走出来。起先，因为某种看不见的东西，海面起了波澜。接着，在两朵浪花之间的空隙里，我看到姐姐的头冒了出来，周围浮着白色的泡沫。接着是姐姐的脸从水里冒了出来，她站在那里笑意盈盈地看着我，穿着夏威夷T恤，就是那件我从羁押中心出来的时候身上穿的衣服。衣服已经被海水浸湿了，姐姐唤了一声我的名字，站在那里等着我回话。

等莎拉醒来的时候，我跟她说："拜托，我们得去一趟海边，我必须和我姐姐道个别。"莎拉盯着我看了半天，最后还是点了点头。我们一句话也没有说。那天早上，莎拉给警察的钱比以往的还要多。我们一路向南开，傍晚时分抵达贝宁城。我们在当地的另一家连锁酒店过了夜，第二天一早我们继续向南开，一直开到海岸边。一大早我们就出发了，太阳悬在低空中，洒在车窗上的阳光烤得人暖洋洋的。

查理叹了口气，然后踹了一脚汽车的后座。"我们快到了吗？"他不耐烦地问道。

莎拉透过后视镜回给他一个微笑。"就快了，亲爱的。"她说。

当地有许多渔村，公路的尽头就是一个村子。我们下了车，走到沙滩上，查理哈哈大笑起来，跑到海边去堆城堡。我和莎拉并排坐在沙滩上，眺望着远处的大海。我们静静地聆听着海浪拍打沙滩的声音。过了许久，莎拉转身面向我，开口道："我很骄傲，我们已经走了这么远。"

我拉起她的手，对她说："你知道的，莎拉。自从离开祖国，我就时常想，我要怎么跟家乡的姑娘们解释我的所见所闻。"

听了我的话，莎拉不禁笑起来，然后面朝大海伸出双臂。"好吧，"她说，"那你要怎么跟家里的人解释你的见闻呢？我是说，想要解释清楚，可是要费些力气的，不是吗？"

我摇摇头，说："我不会跟村子里的那些人讲我的事的。"

"为什么呢？"

"我不会讲的，莎拉，因为从今天开始，我要彻底跟过去告别。我们现在都是回家的女孩了，你和我。我没有别的地方可以回去了，我也不用跟任何人讲我的故事。谢谢你救了我，莎拉。"

讲这些话的时候，我看到莎拉在哭，然后我也跟着哭了起来。

气温越升越高，海滩上挤满了人。渔民纷纷走到海浪中，大手一挥，撒下亮闪闪的渔网。海滩上还来了一些老人，他们就坐在沙滩上，静静地凝望着大海，母亲们则带着他们的孩子在浪花里嬉戏。

"我们应该走过去，问问他们是不是也有故事。"我说。

莎拉笑起来，指了指查理。"是呀，不过一会儿再去问吧。"她说，"你看他玩得多开心。"

查理玩得很开心，一边跑一边大笑着。十几个当地的孩子跟查理一起玩闹，尽情欢笑，大喊大闹。这在我的祖国并不常见，你竟然会在海滩上看到一个身高不足一米的白人超级英雄，斗篷里灌满了沙子和海水。查理和其他孩子一起追逐打闹，玩得不亦乐乎。

天气太热了，我把脚趾埋进凉爽的沙子里。"莎拉。"我开口道，"你会在这里待多久？"

"我不知道，你想和我回英国吗？这一次，我们会想办法帮你解决文件的事儿。"

我耸了耸肩："他们不喜欢我这样的人。"

莎拉笑了："我就是英国人，我喜欢你这样的人，我肯定也不是唯一的一个。"

我们又这样坐了很久，一直凝望着大海。

下午，在海风轻柔的抚摸下，我躺在海岸高处半遮半掩的树荫下睡着了。在阳光的烘烤下，我渐渐有了睡意，远处的海浪不停地拍打着海岸。我的呼吸，也随着海浪上下起伏，我开始进入梦乡，我梦见我们都待在尼日利亚。我很快活。我梦见自己是一个记者，向世人讲述着尼日利亚的故事。我们——我、莎拉和查理都住在同一个房子里——在阿布贾又高又凉快的三层楼房里。我们的家很漂亮。在那些读着《圣经》终结在《马太福音》第二十七章的日子里，我从来没有梦见过这样漂亮的房子。

在梦里，我很高兴能够生活在这样漂亮的家中，厨师和管家都在冲我微笑，唤我公主殿下。每天清晨，花园里的园丁都会为我采来一枝馥郁芬芳的黄玫瑰，别在我的发间。玫瑰花在枝头微微摇颤，上面还挂着晶莹的露珠。房外有一个白色的木质阳台，还有一个长条形状，弯弯曲曲的花园，里面栽种着鲜艳的花朵，还有供人乘凉的地方。我在尼日利亚的各地旅行，搜集着各种各样的故事，并不是所有的故事都那么悲伤，我也遇到了许多美好的故事。

当然，故事里面有恐惧，也有欢喜。我们国家的梦和你们国家的梦没有什么两样——都和人心一样大。

在梦里，劳伦斯打电话问莎拉什么时候回家，而莎拉只是望向窗外搭积木的查理，微笑道："什么意思啊？我已经在家了。"海浪拍打沙滩的声音将我吵醒。唰的一声，就像收银机的抽屉弹开了，所有的硬币猛烈地撞击着抽屉的边缘。浪潮涌起，又退下，就像不断开合的收银抽屉。

当你从烈日下的美梦中醒来时，有那么一瞬间，你会突然想不起来自己是谁。一开始你觉得自己是自由的，似乎可以变形成为任何东西，而你最想变成的当然是钱币了。而接下来你又感觉到有温热的呼吸喷在你的脸上，你意识到自己并不是钱币，而是海面上吹来的热风。四肢感受到的重量似乎来自海风中盐的重量，而让你沉醉美梦的是在无垠的大海中日夜翻卷的海浪。然而接下来你意识到你也不是这热风。实际上，你能感受到沙粒在你的肌肤上滚动。而那一刻，你又变成了被热风吹到沙滩上的沙粒，只是成千上万中的沧海一粟。

做一个无名小卒是多么轻松啊！不用奔波忙碌是多么自在啊！能够沉浸在美梦之中，像沙子一样，直到海风将你唤醒，是多么美妙啊！但是，紧接着你又明白了，你并不是一颗沙粒，因为沙子在你皮肤的表面滚过，而皮肤是属于你的。所以你是一个有皮肤的生物——那又能如何呢？看起来你并不是第一个伴着声声海浪入睡的生物。数以万计的小鱼在耀眼的白色沙砾上扭动着身子，你和这样的芸芸大众又有什么分别呢？然而，随着时间的流逝，你又发现自己不是一条垂死挣扎的小鱼——实际上你没有真的睡着——于是你睁开眼睛，低头看看自己，然后说："哦，原来我是一个姑娘啊！一个非洲姑娘。这就是我。我就长这个模样。"与此同时，光怪陆离的美梦也随着海浪隐匿在大海之中。

我坐起身，眨眨眼，环顾四周。身边还坐着一个白种女人，我和她一同坐在一处名叫"树荫"的地方。我记起来，这位白种女人的名字叫作莎拉。我看着她，发现她正瞪大了双眼盯着下面的海滩。她看起来——我在你们的语言里，试图寻找一个合适的词来形容她的表情——她看上去惊恐不已。

"哦，上帝。"莎拉说道，"我想咱们还是赶快离开这儿吧。"

睡意蒙眬的我挤出一丝微笑，是呀，是呀。我们总是需要离开某地，不管那是哪里，总是有一个好的理由要离开它，这就是我一生的故事，一直在逃亡，逃亡，逃亡，片刻不得安宁。有的时候，当我思念父亲、母亲，还有姐姐妮可茹卡的时候，我就觉得我会一直这样跑下去，直到死后和他们团聚。

莎拉抓起我的手，把我拉起来。"快起来，小蜜蜂。"她说，"看，海滩上有士兵来了。"

我嗅着沙滩上略带咸味的、闷热的空气，叹了口气。我顺着莎拉的目光看过去，海滩上有六名士兵，他们在海滩的另一端，离我们还有些距离。沙滩上的空气炙热难耐，士兵们的腿被热浪模糊成一团绿色。所以士兵们看起来就像站在一块由魔力物质组成的云朵上，向我们飘来，就像一个在炎热的海滩边，刚刚睡醒的女孩的思绪一般自由。因为光线太强，我只得眯起眼睛。我看到士兵们的步枪枪管在阳光的照耀下闪着光亮，那步枪甚至比扛枪的士兵还要耀眼。那些枪的线条非常流畅、美观，与之相比，扛枪的士兵也只是微微泛着光。乍一看，就像骑骡子那样，步枪骑在了士兵的身上，趾高气扬，熠熠生辉。这些枪杆子知道，如果身下的猛兽死了，它们还可以换另一头。在尼日利亚，命运就是这样迎接我的。阳光照耀在步枪上，也照映在我的头顶上。天气太炎热，时间也不早了。一时之间，我竟无法思考。

"莎拉，他们为什么会来这找我们？"

"非常抱歉，小蜜蜂。这是阿布贾的那群警察，对不对？我以为我钱给得不少，够他们安分几天了，但肯定有人走漏了风声。我猜，他们是在萨佩莱①看到我们的行踪了。"

我知道这群士兵是真的来了，但我还是假装视而不见，这真是个好办法。这就叫"在一切尘埃落定之时，享受傍晚最宁静的时分"。

"莎拉，说不定这群士兵只是到海边散个步，不管怎么说，这条海岸挺长的，他们不会知道我们在哪里。"

① 位于尼日利亚南部的一座港口城市。

莎拉把手放在我的脸颊上，把我的头转过去和她对视。

"你看看我，看看我究竟有多白，你看到海滩上还有人像我这样白吗？"她说。

"所以呢？"

"他们要找的就是一个和白种女人以及白种男孩待在一起的姑娘。小蜜蜂，离我们远一点，好吗？去到下面，跟那些女人混在一起，不要四处张望，等到这些人离开。如果他们带走我和查理，你也不要担心，他们不会对我们怎么样的。"

查理正抱着莎拉的腿，抬头看着他的母亲。"妈咪。"他说，"为什么小蜜蜂要离我们远一点儿呢？"

"不会很久的，蝙蝠侠，等那些士兵走了就好了。"

查理把手叉在腰间。"我不想让小蜜蜂离开。"他说。

"她必须得躲起来，亲爱的。"莎拉说道，"几分钟就好。"

"为什么呢？"查理问道。

莎拉眺望着大海，脸上流露出我从未见过的悲伤。她回答着查理的问题，可说话的时候却转身面向我："因为我们现在所做得还不够，仍然救不了她。查理，我想我们已经尽力了，但是我们还有许多事要做，而且我们还会继续努力。亲爱的，我们不会停下的，我们永远不会放弃小蜜蜂，因为现在她是我们家的一分子。等她平安了，快乐了，我们才会平安快乐。"

查理抱着我的腿。"我要和她一起走。"查理说道。

莎拉摇了摇头："蝙蝠侠，我要你待在这儿，照顾我。"

查理摇了摇头，他看上去满脸的不情愿。我看向海滩的另一端，士兵们已经走了一半了。他们走得很慢，左看右看，仔细观察着海滩上每一个人的面孔。偶尔他们也会停下来，要求海滩上的人出示身份文件。

　　我缓缓地点点头："谢谢你，莎拉。"

　　我走下斜坡，朝着坚硬的沙滩走去，海浪仍在击打着沙滩。我凝望着远处朦胧的地平线，我望着远处蓝色和靛蓝色交相辉映的海洋深处，望着白色的浪花拍打着沙滩溅起水花，把最后一点溅起的水沫推送到岸边。海水浸在沙滩上，发出咝咝的声响。我看着海水慢慢渗入我脚下的土地。我见证了海浪消失的全过程。脚下湿润的沙地让我想起那些追杀者把我和姐姐带走时的情形。我开始感到恐慌。现在我彻底清醒了，我跪倒在海浪里，把冰凉的海水浇在头顶，直到我能清醒地思考为止。接着我沿着莎拉指的方向快步走去，那里距离我只有两三分钟的路程。那是一片隐藏在丛林后面巍峨的高山，山脊上的灰色岩石和树顶齐平。山脊穿过丛林，高度慢慢降低，一直延伸到海岸边上，伸向大海的那块岩石足有两人高。海浪拍打着岩石，溅起白色的泡沫，径直喷向湛蓝的天空。

　　躲在岩石后面，空气一下子就变冷了，我的皮肤不小心碰到了岩石壁上，冻得我哆嗦起来。三两个当地的妇女，也在岩石后的阴凉处休憩着，她们坐在坚硬的沙子上，后背抵着岩石，孩子们就在跟前玩耍。他们跳过母亲的双腿，径直跑进海浪里，彼此嬉闹着，跑到海浪冲刷岩石溅起的白色浪花中去。

　　我和这群妇女坐在一起，冲她们微笑。她们也回给我一个微笑，用她们的语言和我交谈，但我听不懂。这些妇女身上有股汗水和柴火的味道。我转过头，看着海滩上的情况。离我们不远的地方，士兵在朝我们这个方向走来。我身边的女人也在观察他们。士兵走近了，他们看清楚莎拉的肤色后，赶忙加快了脚步。他们站到查理和莎拉跟前，莎拉站得笔直，双手叉腰，直视着士兵们。领头的士兵朝前迈了一步，他个子很高，神情很是放松，步枪高高地架在肩膀上，用手挠了挠头顶。我能看见他微笑着说了些什么，接着，我看到莎拉摇了摇头。然后那人就收起了笑容，开始冲着莎拉大吼大叫。我能听见叫喊声，却听不清他在说什么。莎拉再次摇了摇头，她把查理护到身后。我身边的这几位当地女性也在观察着眼前的这一幕，她们连连感叹："哇哦。"但是孩子们仍旧在海浪里玩耍，并没有注意到海滩上发生的事情。

领头的那个士兵把枪从肩膀上拿下来，对准了莎拉。其余的几名士兵把查理和莎拉包围起来，也取下了枪。那个领头的又大喊了一声，但莎拉再次摇了摇头。接着，只见他把枪管向后一拉，我以为他要用枪抵着莎拉的脸，然而就在这时，查理从母亲的身后挣脱出来，开始从海滩往我们的这块石头跑来。他低着头奔跑，身后的蝙蝠侠斗篷在风中鼓动。起初那些士兵只是笑着看他跑过来，但是士兵中领头的那一个却没有笑。他对部下吩咐了几句，其中一个人举起了步枪，对准了查理。我身边的女人们吓得直喘气，其中一个更是吓得尖叫起来，那叫声简直能把人逼疯。

一开始，我还以为身边落了一只海鸟，所以转头去看，但我回过头时，却发现查理朝我跑了过来。我看到他身旁的沙滩上扬起了沙子，起初我不知道那是什么，但是我听到了步枪的声响，是子弹射进了沙滩上。然后我也发出一声尖叫。那个士兵继续移动枪管，瞄准查理。我赶紧站起身，朝着查理狂奔而去，我疯狂地奔跑着，喉咙像是火烧似的，大声对士兵喊叫道："不要开枪！不要开枪！你们要找的人是我！"我半闭着眼睛奔跑，一只手挡在脸前，仿佛这样就能避开子弹。我拼命地奔跑着，就像躲避皮鞭的野狗。但是，没有人再开枪。领头的那个士兵命令部下放下了枪。所有的士兵都站在那里，双手垂在两侧，看着我们。

从岩石到士兵所在地的半路上，我和查理相遇了。我跪在沙滩上，紧紧地抱着他。查理被吓坏了，脸上的表情十分惊恐，我抱着他，让他趴在我的胸前哭泣。我等着那些士兵过来抓我，可是他们没有动。领头的人只是站在那里，静静地看着眼前的一幕，我看到他又把枪扛回肩上，举起一只手，搔了搔头顶。我看到莎拉双手抱头，拉扯着自己的头发，一个士兵走过去阻止她时，她还在凄厉地尖叫着。

过了好长一段时间，查理才停止抽泣，他冲我扬起脸。我把他的蝙蝠面具取下来一点，这样我才能看清他的脸。他在冲我微笑，我也对他笑了笑。当下这一刻，是领头士兵给予的，在他派遣部下穿过沙滩来抓我之前，他给了我让我在另一个人面前维持尊严的瞬间。就是现在了，终于到了这个时分：傍晚最宁静的时候。我低头对查理笑了笑。现在我明白了，即便我失去了自由，查理却始终是自由的。这样一来，我体内的生命就在他的体内找到了归宿。这种感觉还不错。

我觉得自己的心脏像一只翩跹的蝴蝶。我想：没错，就应该是这样，在我体内还是有一部分幸存下来，不需要再逃跑了，因为这一部分比世界上所有的金钱加在一起还要有价值，它的价值和它真正的归属就是生活。并不是说要在特定的某一个国家生活，而是生活在秘密的、让人无法抗拒的生活中间。我朝查理笑了笑，我知道全人类的希望，都集中在一个灵魂之中。这是个不错的办法，也就是所谓的全球化。

"好了，查理，你会没事的。"我说。

但是查理并没有听——他咯咯笑了起来，挣扎着要我放开他。他的目光越过我的肩膀，看到了在海浪里玩耍的当地孩子。

"放开我！放开我！"

我摇摇头，说："不行，查理，今天天气太热了，你不能穿着那身蝙蝠装。我告诉你，你会中暑的，那样你就再也没有办法打坏人了。把衣服脱下来，现在就脱下来，做回你自己，然后你才可以去海里凉快凉快。"

"我不要!"

"听话,查理,必须脱下来,这是为了你好。"

查理摇摇头。我放开他,让他站在沙子里,接着在他身边跪下来,在他耳边低语道:"查理,记不记得我答应过你,如果你脱掉蝙蝠侠的衣服,我就告诉你我的真名。"

查理点点头。

"那你想不想知道我的真名?"

查理歪着小脑袋,蝙蝠面具上的两个小耳朵耷拉下来。接着他又把头偏向另一侧。最后,他直直地看着我。"你的真名叫什么?"他轻声问道。

我笑起来:"我的名字叫尤杜。"

"有度?"

"尤杜,就是和平的意思,你知道什么是和平吗,查理?"

查理摇了摇头。

"和平,就是人们可以互相告诉真名的时候。"

查理咧嘴笑了起来。我的视线越过他的肩膀,看到士兵们穿过沙滩朝我们走来。他们走得很慢,手里端着步枪,枪管冲着沙地。他们走过来的时候,海浪接连不断地冲击着海岸,最后散落在沙滩之中,结束了它们最后的旅程。海浪翻滚着,裹挟着无限的能量,海水冰冷得足以让一个年轻姑娘从她的美梦中醒来,海浪声大得足以描绘和刻画未来。我低下头,亲了亲查理的额头。

他抬头看着我。"尤杜?"查理说。

"怎么了,查理?"

"我现在要把蝙蝠侠的衣服脱下来。"

那些士兵就快走到我们身边了。

"那快一点吧，查理。"我轻声说道。

查理先是摘下了他的面具，当地的小孩看到他金色的头发发出了称奇的声音。他们的好奇心战胜了他们对士兵的恐惧，他们抬起骨瘦嶙峋的双腿朝我们跑来。查理脱下了其他的装束，他们看见了他白皙瘦小的身体。"哇哦！"他们从来没有在这里见过这样的白人小孩。随后，查理大笑起来，从我的怀里挣脱出去。我站起身，默默地站立在沙滩上。我能感受到身后士兵们的靴子趴在沙地上引起的轻微震动。在我面前，当地的孩子们和查理一起跑向了延伸到海浪中的岩石那边。我感受到一只强有力的手搭在了我的胳膊上，但是我没有转身。我笑了起来，看着查理和那群孩子在一处玩闹，看着他低着头，手臂像螺旋桨一样欢快地旋转着。

当我看到孩子们在两个世界的交界处、在飞溅的浪花里嬉闹时，我激动得哭了出来。这个画面太美好了，而美好这个词，并不需要我向村子里的姑娘们解释，我也不用向你们解释，因为我们都在使用同一种语言。

强劲有力的海浪不停地舔舐着海滩。我注视着孩子们在湛蓝的海水里、在和煦的阳光下手舞足蹈，嬉笑打闹。我笑啊，笑啊，笑个不停，直到海浪的声音将我的笑声吞没。

【全文完】

后　记

感谢您阅读此书。故事中的人物纯属虚构，谨以此书铭记历史。

故事中的"黑山移民中心"纯属虚构，经英国各地难民收容所的实习员工回忆，在此书创作期间，全英此类难民安置中心约有十所。

同样，故事中莎拉和小蜜蜂相遇的海滩也并非尼日利亚当地景点，但小蜜蜂所经历的石油冲突是由该国三角洲地区发生的真实事件改编。在此书创作期间，尼日利亚是世界上最大的石油出口国，同时也是逃亡英国难民数量第二大的非洲国家。

书中提及来自牙买加的难民，仅供读者参考，并非意指该国为最大的难民国。尽管在此书创作期间，每年约有十万零一千名牙买加难民流亡英国。

书中涉及的真实引用，在此，我将向各位一一说明出处。（如有遗漏，望见谅。）本书开篇的引语摘自英国内政部 2005 年出版的《英国的生活：公民身份之旅》（第五版）。"无论月亮消失多久，总有一天它还是会发光。"摘自 www.motherlandnigeria.com。关于马利亚的宗教赞歌摘自 www.christusrex.org。"我们没看到任何人能多拿一条卫生巾"取自 2002 年 7 月 18 日贝德福德郡议会撰写的特别调查报告，该报告于 2002 年 2 月 14 日被丢入亚尔斯伍德移民事务中心的火堆中，该移民中心曾陷入非法羁押的丑闻，书中呈现的版本为原文复刻版。

我已竭尽所能，让书中人物的表达方式尽可能贴近现实。多数表达方式是依照日常听到的方言而创作的，其中亦有部分表达参考了布伦·奇罗杰编写的《尼日利亚英语词典》、赫伯特·伊格波苏尼编写的《尼日利亚英语用法词典》以及 F.G. 克拉希迪编写的《牙买加英语词典》的例子。至于四岁孩童的说话方式，则参照我的儿子——蝙蝠侠——的日常表达。

感谢克里斯汀·培根耐心地为我提供大量关于英国移民羁押中心的信息。克里斯汀推荐的《难民独白》对此书的完成提供了莫大的帮助，他还非常周到地阅读了我的底稿并指出其中的错误。

关于移民以及难民这类话题中涉及的医疗知识和社会背景，均由米娜·法泽尔医生、鲍勃·修斯以及特蕾莎·海伊特尔提供——我的个人网页中可以找到三位医生的访谈实录。

谨以此文献给所有给予我帮助的好心人。感怀于心，珍念万分。

致　谢

感谢安迪·帕特尔森和奥利弗·帕特尔森对本书初稿提出了宝贵意见。感谢莎伦·马奎尔和安娜德·塔克尔给予的温暖与支持。

感谢鲍勃·修斯以及特蕾莎·海伊特尔的鼓励与关切，感谢他们在阅读底稿之后给予了宝贵意见。

感谢苏茜·杜尔、珍妮弗·约尔、玛雅·马福杰、玛丽苏·露琪和彼得·斯塔尔斯多次阅读并帮助修改此书。感谢你们。

克里斯·克里夫于伦敦

2008 年 6 月 16 日

www.chriscleave.com